我从大山走来

席小杰　著

在尘土中辗转
在浮世中重生
一个留守儿童的成长独白

中国财富出版社有限公司

图书在版编目（CIP）数据

我从大山走来／席小杰著．—北京：中国财富出版社有限公司，2022.1

ISBN 978－7－5047－7643－3

Ⅰ．①我…　Ⅱ．①席…　Ⅲ．①自传体小说—中国—当代　Ⅳ．①I247.5

中国版本图书馆 CIP 数据核字（2022）第 013714 号

策划编辑	宋　宇	**责任编辑**	郭逸亭	**版权编辑**	李　洋
责任印制	梁　凡	**责任校对**	张营营	**责任发行**	黄旭亮

出版发行	中国财富出版社有限公司		
社　　址	北京市丰台区南四环西路 188 号 5 区 20 楼	**邮政编码**	100070
电　　话	010－52227588 转 2098（发行部）		010－52227588 转 321（总编室）
	010－52227566（24 小时读者服务）		010－52227588 转 305（质检部）
网　　址	http：//www. cfpress. com. cn	**排　　版**	宝蕾元
经　　销	新华书店	**印　　刷**	宝蕾元仁浩（天津）印刷有限公司
书　　号	ISBN 978－7－5047－7643－3/I・0338		
开　　本	710mm×1000mm　1/16	**版　　次**	2022 年 3 月第 1 版
印　　张	17.75　　**彩　插**　0.5	**印　　次**	2022 年 3 月第 1 次印刷
字　　数	288 千字	**定　　价**	58.00 元

版权所有・侵权必究・印装差错・负责调换

翻越人生的大山

看了小杰的《我从大山走来》一书，感慨万千，她的生命力竟然如此顽强。据我所知，有太多被困在大山里、贫困中的人，他们大多数都按部就班，艰苦地过完一生。而小杰在成长过程中面临的问题远远不止贫困，还有留守造成的心理和教育问题等，这些都是她曾经跨越的重重大山。在她身上，我看到一个时代的缩影，看到千万个留守儿童的生活现状，即便到现在，这样的故事还在不断上演，这是社会亟待解决的问题。作为一个普通人，小杰愿意用自己的生命故事去唤醒社会对底层人群的关爱，给千万留守儿童以希望……作为一名职业公益人，我觉得她值得最大的鼓励。

我欣喜地看到，小杰不但走出了人生困境，克服了重重心理障碍，走上了一条康庄大道，还在利用空闲时间做公益。我多么希望看到更多的生命能够发生如此美好的转变，生命之花，灼灼其华。无数个生命个体的转变，必将让这个世界更加美丽。

因为慈善，我与小杰结识，她主导的同心结项目，虽然规模不大，但运作模式极具参考意义。我在自己的书中也提到，从整体上来看，如今农村的留守儿童并不那么缺一个月三五百元的生活费，他们缺乏的其实是更多的关爱，而同心结项目恰好给予了留守儿童这一部分关爱，让他们感受到世间的温暖。小杰说每年他们资助的孩子中都有一些考上大学，这让她很有成就感，这意味着他们的努力正在悄然发生作用。这与我当时在贫困地区从政时，让公务人员“结穷亲”如出一辙，我深知这种模式的可靠性。在跟小杰的沟通中，我得知他们每一年都会组织去大山里走访、调研，跟进项目进度，我很欣慰，因为那个从大山中走出来的女孩，又回到大山，她将生命中的苦难转化成爱与光的种子，撒向大山。

本书中，小杰以留守儿童的视角写自己的成长故事，这故事是时代的缩影，小杰是千千万万留守儿童的缩影，我希望此书能够引起社会对留守儿童及底层人群的关注和关爱。

陈行甲

2022 年 1 月

目录

我是一名500强外企的白领

我是一个慈善组织的发起人

我是一名实习心理咨询师

我曾到清华大学讲过课，参加过麻省理工学院的线上课程

我喜欢看书、露营、旅行……

我喜欢不断尝试，开拓新的领域

我还是一名阳光且温柔的妈妈

当然，我曾经还是一名留守儿童

我从贫瘠的大山走来……

一、命运的分岔口

在我几乎要向命运低头，放弃对大山外面世界的向往时，一场永远不想看到的意外，发生了……

1
幺爸回家过年

天还没完全亮，灰蒙蒙的。泛白的天边，映衬着连绵不绝的山，一辆小中巴行驶在蜿蜒的盘山公路上，从高山开到河谷，翻山越岭。狭窄的山路，一侧是悬崖，另一侧是峭壁。老旧的小中巴吃力地在山间攀爬，睡眼惺忪的乘客挤在破了洞的座位上。

我坐在后排靠窗的位置，出神地望着外面朦胧的天和巍峨的山。

一个多月前，幺爸（爸爸的弟弟，我的叔叔）也是从这条路回家的。

幺爸是七个兄弟姐妹中最小的，也是最能闯荡的人，他早早地学会了一门手艺，年纪轻轻就在城市经营起自己的裁缝店，生意兴隆，在城市里站稳了脚跟。

临近过年，幺爸一家三口回来看望爷爷奶奶。33 岁的幺爸西装革履，头发打理得乌亮整齐，看上去很精明利索，带回来的山珍海味堆满了屋。幺爸外出时间太长，四川话中夹杂着外地用语，乡音不那么地道了。幺妈烫着卷发，打扮得很时髦，一手牵着打扮得更漂亮的女儿，他们围在院子里“摆龙门阵”。

小我三岁的堂妹穿着红格子裙，脖子上戴着闪亮的珍珠项链，我直看得挪不开眼睛。原来，冬天也可以穿裙子，可我连夏天都没有裙子穿。

看着自己脏兮兮的衣服，我怯生生地对堂妹夸道：“你的裙子真好看。”她拉着爸妈的衣角，像一只随时需要保护的小动物，自豪地说：“这是爸爸亲手给我做的。”

“真漂亮。”内心一阵酸楚，我已经很久没有见到爸妈了。

幺爸总是亲昵地喊堂妹：

“文宝，别碰，那个脏。”

“文文，快到爸爸这里来。”

“文儿，你看，这是乡下的猪。”

……

幺爸温柔的语气、亲昵的称呼，我从没在爸爸身上感受过，爸爸和幺爸太不一样了。

堂姐们围在文妹左右，对远道归来探亲的堂妹极为友好。来奶奶家的人熙熙攘攘，乡亲们围满小院，对幺爸赞不绝口：

“你这才是真正的老板啊！”

“以后带带我们，一起赚点养家糊口的钱。”

接连几天，奶奶的院子一改往日的平静，如同热闹的集市。我明显地感觉到，幺爸回到家跟爸妈回到家受到的待遇不一样。邻居们在面对幺爸一家人时，眼神、语气里藏着崇拜和羡慕，而面对爸妈时，只是表面的寒暄。这些细微的差别，被我那双还不谙世事的眼睛看得一清二楚，却不理解为什么。

幺爸对家里所有的孩子都疼爱有加，带着我们几个孩子一起备年货、大扫除。年三十那天，打扫后的老屋一改往日灰暗景象，变得干净明亮，墙上的彩灯伴随着音乐闪闪发亮，老式大音箱放着脍炙人口的歌《大中国》：“我们都有一个家，名字叫中国……”欢乐的气氛点燃了沉寂的山村，全家人都沉浸在除夕团圆的喜悦中。

我的心情与欢乐的氛围形成鲜明的对比，此时此刻，我多么希望爸妈也在身边和我们一起过年。我六七岁时他们就陆续外出打工，而我现在已经快十三岁了，一晃这么多年过去了，我都要长成大姑娘了。

这几年，爸妈只回来过一两次，逗留几日后，又继续外出打工。爸爸很严肃，妈妈也不温柔，不会表达爱和关怀，他们对我总是有各种各样的要求，爸爸要是像幺爸这样疼孩子就好了，只要有时间，就陪孩子玩耍。

人和人还真是不同，爸爸和幺爸、我和堂姐们出生在同一个大家族，却过着截然不同的生活，我似乎是一只永远坐在井底的青蛙，自卑、绝望，看不到未来。

年三十晚上，全家人吃完年夜饭后，围在热气腾腾的火盆前聊天，而我内心空荡荡的，还在纠结那个想了多少年都想不通的问题：父母为何一定要扔下我？

春节过后，万物复苏，空气中似乎有着与往年不一样的气息。听说幺爸会把文妹留在老家，他和幺妈去北京寻求更好的发展。

我无法想象，一直生活在蜜罐里的文妹，怎么能承受和我一样思念父母的痛苦？之前对文妹的所有羡慕，因这个消息，转变成为莫名的心疼。

新年后开学的第一天，幺爸带着文妹，跟着我们几个孩子一起去学校，看来消息是真的。走在崎岖不平的山路上，文妹一直哭喊着“脚疼走不动”，幺爸耐心地安抚她、鼓励她：“姐姐们都在走，慢慢就习惯了。”

命运就是这么奇妙，前一秒还艳阳高照，下一秒就乌云密布。现在，我和文妹同病相怜，我要多照顾她，让她尽快适应大山里的生活。

放学路上，我和堂姐们边走边教文妹识别哪些野果子可以吃。

有大家的陪伴，文妹开心地探索着乡下新奇的一切，还没意识到父母离开后的日子有多痛苦。

陪文妹一起上下学刚两天，有一天放学后，我们几个姐妹边走边玩，打打闹闹地很晚才回到家，幺爸从屋子里怒气冲冲地走出来。敏感的我一下子嗅到空气中紧张的气息，赶紧停止说笑。大家迅速散开，各自回屋。

看着我和文妹朝屋里走去，幺爸满腔怒火：“怎么那么晚才回来？”

文妹站在原地不敢说话，我故作镇静：“我们在路上玩了一会儿。”

幺爸一听，生气地问：“作业写完了吗？”

放学的路那么漫长，边走边玩很正常啊，想不通他有什么好生气的，我理直气壮地说：“写完了啊。”

幺爸见我态度不好，火气瞬间大了起来，转问文妹：“文文，作业写完了吗？”

文妹低头轻声说：“还没有。”

“没写完作业就开始玩?”他声音抬高好几个分贝，生气地训完文妹后，又把矛头转向我：“你就这样带妹妹的？把你的作业本拿过来，我检查。”

我一下子委屈起来，幺爸肯定是因为别的事情迁怒于我们，但又不想多骂自己的孩子，这才把火气撒到我头上。

我不情愿地进屋取作业本时，听到他大声批评着文妹：“以后没写完作业，不许玩，记住了吗?”

文妹被呵斥声吓哭，抹泪回到自己屋里。

我慢吞吞地从书包里掏出写好的作业本，极不情愿地走到屋檐下，慢慢递给幺爸。他一把拿过作业本，翻看我抄写的课文，愤怒地训起来：“这就是你的作业？字写得这么难看，这也叫做作业吗?”他的声音在小院上空回荡。

幺爸怒气冲冲地转身去灶堂，从柴火堆里抽出一根竹棍，边走边敲着我的作业本，发出巨大的声响：“你知不知道你爸妈在外面打工多么不容易，你为什么不知道好好学习?”

原本没觉得有错，但当幺爸提到爸妈时，我的眼泪瞬间夺眶而出。父母是我的伤疤，是我情感最薄弱的地方，为什么要拿父母来戳我的伤心处?

幺爸似乎想抓住这次教训的机会，厉声训斥道：“你认个错，以后好好带妹妹，别把妹妹带坏了，起好带头作用，听到没?”

身为姐姐，当然知道要照顾妹妹，但为什么幺爸看不到我的懂事，只会劈头盖脸地责骂我？我一直好好照顾着远道而来的文妹，可我们都是孩子，谁照顾我？谁在乎过我的感受？我也需要爱和关怀。想辩解，嘴巴张不开，一肚子的委屈变成一口气堵在胸口，咽不下去又喘不上来，憋得我无法呼吸。豆大的泪珠“吧嗒吧嗒”掉下来。

世界仿佛凝固了，我的耳朵开启了自动屏蔽功能，那些训斥的话语变成了“嗡嗡”声，进不到我的内心世界，只听见幺爸说：“快点认错。”

我没有错，为什么要认错？我用沉默抗议幺爸的无理要求。我有一种不祥的预感，暴风雨就要来了。

幺爸见我一言不发，便一把抓起我的手，那根刚才还用来敲打作业本的竹棍，一下一下狠狠地打在我手上，发出“啪啪”的清脆响声，我咬牙举着手掌，没有一丝躲闪。

我本想说：“我会好好照顾妹妹，请幺爸放心。”但是莫名的委屈让我像一头倔驴一样不低头、不妥协。

幺爸以为我会屈服认错，没想到我如此倔强，他被彻底激怒了，拿起竹棍又一次狠狠地打在我已经疼得麻木了的双手上。过了一会儿，幺爸在我的倔强面前败下阵来，可他不肯面对自己无法驯服自家孩子的现实，执着想要得到一个哪怕形式上的认错。而倔强的我依然用沉默的泪水和他较量着。

我对一直生活在遥远世界的幺爸刚产生的亲近感还没有扎根，就因无理的训罚瓦解了，在我心里幺爸一下子变成了陌生人，我对他甚至心生怨恨。

这时，奶奶听到声音，赶紧从灶堂赶过来，拦着幺爸：“别打了，她平时很懂事的。”

奶奶舍不得斥责即将要远走他乡的儿子，和蔼地劝解道。

幺爸火气没有消，转向奶奶，愤怒地说：“我要替他爸爸好好管管她，我还没见过这么倔的孩子，她不认错，我就继续打，一直打到她认错为止。”

“别打了，吃饭了，别再打了。”奶奶一只手抓着竹棍，另一只手摸着我的头，“你快认错，认错就不打了。”

我坚持不认错，心想：“怎么带坏你家孩子了？为什么谁都要欺负我？”

我的倔强，反而使幺爸担忧：难道长期留守的孩子都像倔驴一样不服管？

如果我能预知第二天要发生的事，就不会和幺爸较真了，那时的我并不了解他内心真正的痛苦：被迫外出求生，不得已抛下孩子。

僵持很久，幺爸看我坚决不认错，生气且失望地走开了。我泪眼模糊地看着红肿、麻木的手，默默流泪。我和幺爸各自的痛苦，从彼此身上找不到宣泄口。

我像一只受伤的小狗，躲在角落里舔舐伤口，呜咽、哀号，却无人安抚。

2
幺爸不告而别

那一夜，我没睡好，从噩梦中惊醒。天刚亮，我从黑色的蚊帐里爬起来，奶奶不在床上，不在灶堂，院子里也空寂无声。走到屋后的菜园里，看到奶奶围裙里包着刚摘的菜，向村口那边张望着。原来幺爸和幺妈已经在天亮之前不告而别了。

昨天的心结还没打开，他就走了。我其实想等他心平气和的时候，告诉他我为什么不认错、为什么委屈。我希望他看到我的懂事，也希望得到他的认可和尊重，尽管是小孩子，我也有自己的尊严。我也很想听听幺爸的心里话，他本意并不是要打我，只是希望我好好学习，即使父母不在身边，也要做个上进的小孩。但是谁又会跟一个孩子道歉呢？我有些后悔，不该惹幺爸生气，把气氛搞得如此不愉快。他会不会也在后悔不该如此大动干戈呢？

这一天在学校，我过得浑浑噩噩，中午趴在桌子上睡着了。上课预备铃响起时，我从睡梦中惊醒，匆匆忙忙跑去上厕所。从老师的办公室门口经过时，看到几名老师聚在一起表情凝重地议论着什么。我好奇地放缓奔跑的脚步，隐约听到“车祸”“死伤惨重”“很惨”一类的词。

我莫名地胆战心惊起来。从厕所回来后，发现老师们已经散开了，我跑回教室去上课。

放学后，我带着文妹一起回家。我不会因幺爸打我，就迁怒于文妹，反倒担心文妹第一天跟爸妈分开不适应。一路上，我故意开一些玩笑让她高兴。和她嘻嘻哈哈地跑进院子时，站在屋檐下的爷爷，看到嬉笑的我们，愤怒地喊道：“别唱了，文文，你爸出事了，你咋还有心情唱歌？”

我这才注意到气氛的异常。天已渐黑，整个院子没人点灯，灶堂的烟囱也不冒烟，没人做饭。冰冷压抑的氛围，跟平时的热闹完全不同。我愣在那里，不知道到底发生了什么事，连问的勇气都没有。

我悄悄地走到奶奶房间，奶奶浑身无力地瘫在床上，呻吟着，我吓得不敢上前，默默地退出来了。文文呆坐在她的房间。没人说话，没人交流，更没人告诉我发生了什么……

直到晚上，陆续听到有人说，今天早上，幺爸出门忘记带身份证，回家拿完身份证在去城里时出了车祸，整辆车从高山坠下悬崖，没有几个人活下来，幺爸被送到重症监护室抢救去了。亲戚们去了县城的医院守着幺爸。

我一下子想起老师们白天说起的车祸，揪心起来，原来幺爸就在他们谈论的那辆车上。

那一夜，家里人草草地喝了口粥，就各自回房休息了。我和文文睡在她的屋里，没有说一句话，屋里死一般的沉寂，只听见风吹着窗户上不稳固的玻璃，“嚓嚓”作响。

夜里，我想了很多，其实我还在生幺爸的气，没有完全从昨天的情绪中走出来。但我希望他安然无恙，然后我主动去道歉，我俩重归于好。想着想着，心里越发难受。似睡非睡到半夜，听到开门的声音。

“文文，你怎么还在睡啊，你爸爸都快没了。”幺妈哭着喊道。

黑暗中，我听到幺妈匆匆忙忙地帮文妹穿衣服的声音。文妹大声地哭起来，娘儿俩哭成一团，我忍不住也哭泣起来，哭声交织在一起，打破了山村夜晚的宁静。幺妈抱起文妹跟奶奶打了个招呼，然后很快消失在黑夜里。

我抱着被子去了奶奶的房间。她貌似一夜没合眼，身体很虚弱，嘴里念叨着：“他们早上出门的时候，走得太早了，没让我做饭，他把身份证忘在家里，回来后，给他煮了四个鸡蛋，平时一个都不愿意吃，没想到昨天一下吃了四个，这会不会是他的最后一顿饭?”奶奶重重地叹着气，拉着长调说完这段话。

我靠着奶奶，不知如何作答。她呻吟片刻后，继续说：“我不应该让他走的，那晚做的梦不吉利，我不该让他走的……很多人摔得很惨，还在抢救。一定要救过来，哪怕瘫痪在床上，我也愿意照顾他，照顾一辈子也愿意，才三十三岁啊，万一走了，文文可怎么办啊……”

奶奶情绪一时难以控制，啼哭起来。我握着她毫无力气的干瘪的双手，不知道该如何用语言来安慰她。

我一直认为大人们说的抢救，意味着还有一线希望。我虔诚地祈祷着幺爸能回来，我会主动跟他道歉和解。

等待的时间是煎熬的。奶奶不吃不喝，拖着虚弱的身子爬上山烧香祈福，而爷爷一言不发，坐在竹椅上发呆，盼着幺爸平安归来。

两天过去了。那一晚，奶奶突然爬起来，好像有感应一般，一瘸一拐地奔出屋子，手扶着走廊上的柱子，望向院子外面那黑暗的路口。

没过几分钟，屋外响起了噼里啪啦的鞭炮声。山里人放鞭炮，有太多种意义，有喜事会放炮，大难不死会放炮，虚惊一场会放炮，人去世了也会放炮。我在想，这个鞭炮声，究竟意味着什么？幺爸是不是脱离危险了？

奶奶听到鞭炮声，不顾虚弱的身子向院门口疾步走去，我远远地看着。

一群人回来了，人群中没有见到幺爸。只见二伯抱着一个黑色的小盒子，奶奶一下子扑了过去，趴在黑盒子上，拉着长调哭号起来……

我和堂姐们站在走廊里，看着发生的一切。我不知道黑盒子里到底是什么，问堂姐：“盒子里是什么？”

“幺爸的骨灰。”大堂姐小声说。

“啊！”刚才的鞭炮是迫魂炮。我没有做任何心理准备，犹如受到电击一般木讷地站在原地。想起奶奶之前讲过，有人去世，会放迫魂炮，用鞭炮告诉人们令人悲痛的死讯，也为逝者送魂。幺爸真的走了，他回来同我和解，永远不可能实现了。我心里像堵着一块大石头，压抑、难过，眼泪夺眶而出，比他那天打我时流得还凶。

奶奶不肯放开黑盒子，哀号着，大伯扶起奶奶：“妈，我们把他接回家了，我们让他回家吧。”

奶奶紧紧地抱着那个黑盒子，不肯松手。

二伯抱着骨灰盒穿过院子，正准备将骨灰盒安顿在堂屋外面时，爷爷走过来，大声地喊道："进屋。"伯伯们都愣在原地，不知所措。

大伯劝解道："爸，不能入堂屋。"

按老家的丧葬规矩，逝者不满六十岁的、在外出事的……是不允许进堂屋的，破了规矩是大忌。

爷爷懂这些规矩，可现在他丝毫不听劝解，再一次大喊道："进屋。"

他脾气格外倔强，伯伯们拧不过他，只好小心翼翼地将黑盒子摆在堂屋正中间。

爷爷见骨灰盒被安然地放到堂屋后，落寞地转身回了侧屋，伯伯们也跟去侧屋商量后事。

奶奶站在堂屋，摸着黑盒子，不断抹着泪水。我靠在堂屋外的柱子上，望着奶奶瘦弱的背影，她仿佛随时都会倒下去。

泪流满面的我，默默地对着黑盒子里的幺爸说："你打我，我不生气了。你也别生气了好不好？我们和解好不好？"几天前还训斥过我的幺爸，现在却变成了一个小盒子，就这样离开了我们，才三十三岁啊！

我不知道外面的世界有那么多危险，也不知道明天会发生什么，更不知道为什么坐车都会丢了命。那一刻，我懊悔两三天前惹他生气，如果我向他妥协，告诉他会好好照顾妹妹，请他放心，该多好。可该说的话没来得及说，该原谅的没来得及原谅，一切就都来不及了，而幺爸愤怒的样子依然刻在我脑海里。

奶奶从堂屋里一步一步挪出来，慢慢回到侧屋的床上躺着。我靠在她的床边，听着全家人围在一起商议着葬礼的事。

"老幺在外火化，与传统的土葬不一样，得请一个懂火葬的风水先生。"

"历来都是土葬，我们这里很少有火葬的，到哪里去找懂火葬的风水先生？"

"无非就是看生辰八字，看阴地风水，别因为火葬就不知道该怎么办了。"

“该看的还是要看，不能疏忽。”

……

火葬打破了传统的丧葬规矩，大家一时拿不定主意，你一言我一语。

爷爷刚刚的怒气已经平息，给伯伯们每人都分配了丧事任务，说道：“老四也正往回赶，你们把日子往后推两天，等他回来。”

老四是爸爸！听到这消息，我有点恍惚，爸爸要回来？我喜出望外。但全家人都处于极度的悲痛中，我不敢表现出一点兴奋，甘苦参半。我已经一年多没有看到爸妈了，这一年经历那么多事，尤其是幺爸离去，我不知道该如何应对，我期望能依偎在爸爸身边。

第二天，大家忙碌着葬礼的事，我跑到路口，等待爸爸的归来。

等了好几天，我忍不住去问爷爷：“爸爸怎么还不回来？”爷爷说，爸爸葬礼那天下午才能到家。我不死心，依旧每天到路口等待爸爸归来。

葬礼前一天，院子里支起了天棚，摆上了桌椅，远近的亲人、附近的乡亲都来悼念，屋里屋外挤满了人。大人们反复跟小孩子交代千万不能乱跑。堂屋外是来回穿梭的人，我披上白色孝衣，看着幺爸的遗像，一次又一次地磕头跪拜，每次跪拜我都在自责、懊悔，并真诚地道歉。

葬礼那天，天还没完全亮，唢呐声、锣鼓声打破寂静，一切就绪。由于逝者是火葬，没有绕棺①这一环节，我被安排在队首，文妹在我后面，抱着幺爸的亡牌，八大金刚中一人抱着幺爸的骨灰盒在文妹身后，队尾是举着花圈、灵房子的送葬队伍。幺爸英年早逝，送行的队伍里都是晚辈，一长队孩子向坟地走去。

阴暗的天空飘起小雨，清晨的薄雾还在山间笼罩。我手拿引魂幡，文妹一直轻声啼哭。白事先生在队伍后面指挥，他的声音被唢呐声盖住了，我生怕犯了禁忌，不停回头看他的手势。我踩着菜园里松软的土，深一脚、浅一脚，小

---

① 在西南丧葬文化中，逝者埋葬前，要由八大金刚开棺，所有的亲人按照辈分由大到小依次绕着棺材走一圈，向死者做最后的告别。

心翼翼地走着。我期望幺爸能去往极乐世界，不再计较我们之间的不愉快，我努力不去想他愤怒的样子，去想他陪我们在院子里嬉戏的场景，他一直在开心地笑……

那短短几百米路，走得无比漫长……

到了安葬地，白事先生指挥着骨灰盒在哪儿落下。八大金刚一边念悼词，让逝者安心离开，让生者节哀，一边缓缓将骨灰盒放入土里。悼词念完，晚辈跪拜、转身，白事先生将五谷从坟坑另一侧撒向我们，有的落入土坑中，有的落入撩起的衣物里，有的砸在身上，隐隐作痛。据说谷物接得越多，后代越兴旺发达，而此刻，我只希望幺爸能够安息。

文妹一直在啼哭，我却不知该如何安慰。

哀婉的唢呐声、鞭炮声，这时再次响起，幺爸生前穿的衣服被扔进土坑，我泪眼模糊地看着挥动的铁铲，好像看到了几天前幺爸打我时挥动的竹棍，那时疼在手上，而现在疼在心里。看着泥土慢慢盖住一切，直到一个小坟包堆起时，内心依然感到悲痛、压抑，无法释怀。

白事先生在坟头、坟尾插上黄荆树①树枝。法事做完，似乎宣告幺爸的生命永远画上了句号。

---

① 按当地习俗，黄荆树谐音“黄金树”，在坟头、坟尾各插一枝，有先发金后发银之意。黄荆树树枝插上后会生根发芽长成大树，或许代表着逝者对生者的护佑，也或许代表着生者对逝者的怀念。

3
爸爸回家

我不知该如何应对这打击，没有倾诉的对象，内心的痛苦无法宣泄。大人们忙着照顾前来吊丧的亲朋好友，我站在拥挤的人群中，茫然无措。

爸爸赶到家已是下午，他情绪非常低落，陷入失去弟弟的悲痛中，只顾着张罗葬礼后的事，完全顾不上我。我靠着柱子远远地望着日思夜想的爸爸，只见他不停地偷偷抹眼泪。

爸爸回来，似乎是奶奶的一剂良药，他的安抚让奶奶精神状态好了很多。

晚上，客人们散去，伯伯们聚在一起聊着幺爸生前的事以及文妹如何安排的事。那种悲痛，在亲人们的相互安抚中慢慢化解。

他们聊到很晚，我迷迷糊糊睡着了。等我从睡梦中醒来，只听到爸爸和奶奶的声音，原来大家都已经散去。爸爸在奶奶的房间搭了一张床，他们在讨论我的事。

爸爸问："秀有没有来月经？"

奶奶说："还没有。"

爸爸接着说："弟弟走了，对你们的精神打击也很大，你们还要带文文，现在外面条件好一点了，我这次准备把秀带走。"

听到这话，我激动得心提到了嗓子眼儿，睡意全无，兴奋地正准备回话。

但奶奶更激动："带一个和带两个没什么区别，秀在家很懂事，帮忙干很多活，你们带走了我会很难过的。"

我紧张极了，想让爸爸快接话，快跟奶奶解释……但那几秒屋子里没有声响，或许爸爸不敢太强硬，怕奶奶一时不能接受。我生怕爸爸妥协，默默祈祷："爸爸，求求你，带我走吧。"但我又不敢说出心里话，怕奶奶不高兴。如此沉默下去，我回到爸妈身边毫无希望。

我灵机一动，装作睡醒的样子："你们怎么还没睡？"

爸爸说："秀，你醒了？"

"醒了。"

爸爸把话题拉回来："你愿意跟我去新疆吗？"

当爸爸把问题抛过来时，我才知道有多么难回答。奶奶是非常疼爱我的，我知道她舍不得我，我如果说想去，一定会伤她的心；但如果违心地说不想去，那就意味着，我又失去了回到父母身边的机会，而下一个机会不知道何年何月才能到来。

面对这次选择，我应该听从内心的声音：我要出去，我需要父母，我需要陪伴。

我小心翼翼地说："我知道爷爷奶奶舍不得我走，他们对我很好。但是爷爷奶奶再好，我也想跟爸爸妈妈在一起。"

奶奶哀叹一声，没有责怪我，她已经懂了我的意思："秀说的有道理，孩子是要跟爸妈在一起的。"

奶奶的认同让我激动万分，心似乎已经飞出了大山。

这时，爸爸突然问道："你喜欢弟弟还是妹妹？"

我不知道这话的意思，只好说："没有想过。"

我在为到底能不能去新疆而担心。

第二天，亲戚们都知道爸爸要带我去新疆的事。大家七嘴八舌地对我说："你别去了，他们都很忙，哪有时间照顾你？"

"在哪里上学不一样，非要去给你爸妈添麻烦。"

"外面赚钱不容易，花销很大的，你去了负担太重。"

"你以为外面都好啊，人家说普通话你能听懂吗？"

……

大家的反对意见将我淹没。我想努力爬出天井，一股力量却在狠狠把我往下拉。回到父母身边，为什么就这么难?

我生气地喊道:“我就要去！我要去新疆！我要跟爸妈在一起!”

幺妈跟爸爸说：“四哥，你好好考虑一下，外面压力很大。文文在身边时，花不少钱呢。”

我难以理解，别的爸妈带着孩子在身边，一家人其乐融融，我们家为什么就做不到，非要外出打工？我怎么就变成了爸妈沉重的负担？我到底有什么错？为什么没有一个人站在我的角度替我考虑？你们没有看到我在夜里流过多少泪，能不能不要阻止？我想爸妈，快想疯了！

生怕爸爸改变主意，却不知如何扭转局面。我气冲冲地跑出房间去上学，一路惶恐不安。

这一天，我在学校心神不宁，不知道命运将如何安排。如果再次被留下，我一定会陷入深深的沮丧和痛苦中。我甚至想过，如果再不带我走，那我就结束自己的生命，我受够了孤苦伶仃的生活，活着还有什么意义？反正没人在乎我。

放学的时候，爸爸的身影出现在学校的窗户外。我一下子高兴起来，看样子，他要带我去新疆。但我又很快地冷静下来，万一爸爸只是来跟老师打个招呼，让老师好好照顾我呢？我惴惴不安。

我忐忑地走出教室，爸爸说:“咱们去找一下老师。”

我试探地问:“是要带我去新疆吗?”

爸爸点点头。

我激动得差点哭出来，期待了无数个日日夜夜，终于可以走出大山，跟爸妈团圆了。整理好情绪去跟老师道别，爸爸跟老师谈论着什么我一句都听不见，满脑子都在幻想着新疆的样子，幻想着新生活。

在办公室办完手续后，爸爸带我在学校里溜达了一圈。他说:“这次出去不知道什么时候回来，你在学校逛一圈吧。”

我对学校没有一丝留恋，恨不得快点离开。

没有跟任何一个同学道别，便离开了校园。我心情愉快极了，从没感到如此快乐，不用拎着笨重的水壶去上学，也不用排队洗饭盒，再也不用看别人的脸色，再也不用受委屈……

平时漫长又寂寞的回家路，变得美好起来。我再也不用在这条路上孤独地走了。

我问爸爸："我们什么时候去新疆?"

"明天，新疆有急事，这边事情也办得差不多了。"

我简直不敢相信自己的耳朵！明天？也就是一觉醒来，我就要离开日夜都想逃离的地方了。走出大山的梦想马上要实现了？我边想边笑，两行眼泪止不住地流下来，那是激动的泪水、希望的泪水。

回到家，奶奶知道了我会离开，便说："你不想走的话，也可以留下来，我还是会好好照顾你的，你出去住不习惯的话就回来。"

我对爷爷奶奶有些恋恋不舍，尤其是对奶奶，她是最爱我的人。为了不让她伤心，我压抑着兴奋，低头在一旁收拾东西："放心吧，奶奶，你们要好好照顾自己，你们好好的，有空我就回来看你们。"

奶奶知道我去意已决，不再留我，开始打包她亲自做的好吃的。爸爸让我简单收拾了几件衣服，其他东西稍做整理，锁在木箱子里。

那一夜，我睡得很踏实，隐隐约约听到爸爸和奶奶闲聊。爸爸说，走了一个，也会来一个，冲冲喜。我睡得迷迷糊糊，没有多想。

天还没完全亮，我们便起身准备出发了。我看到爷爷奶奶满脸的不舍，眼泪在不停地打转，他们紧紧握住我的手，久久不愿松开。

我没有哭，内心憧憬着外面的世界，对未来充满无限期待。离别对于留下的人来说，太残酷，他们要承受的痛苦比离开的人要多。这一点我最清楚，爸妈每次离开，我都比他们更难过，比他们情绪更激动。离开的人出门赶路、赶车，没有太多的时间品尝离别之苦，而留下的人要面对亲人离去的失落，常常陷入思念和担忧之中。

"秀，去外面听爸爸妈妈的话，想家了就回来看我们。"奶奶不舍地叮嘱道。

我拉着爷爷奶奶的手，看着他们日渐佝偻的身子，祈祷他们身体健康、长命百岁。

告别后，我和爸爸加快步伐，去赶那趟开往城里的汽车。我俩匆忙赶到山脚下的公路边，拦下那趟开往城里的小巴车。我们坐在后排靠窗的位置，这时天还没完全亮，灰蒙蒙的。

小巴车行驶到一处陡峭的路段时，爸爸情绪突然激动起来："你幺爸坐的车，就是从这里掉下去的。"

望着窗外陡坡处车滑过的痕迹和悬崖峭壁，我不敢想象悬崖下的悲惨场景，一车三十几个人，只有五六个人生还。我再次回头看爸爸时，他手捂着眼睛，抹了一把眼泪，重重地叹了口气，默默地看着窗外，一言不发。

幺爸的突然离世成了我命运的转折点：他走了，爸爸把我接走。如果命运可以选择，我宁愿自己还在大山里，只要幺爸好好地活着。

这个悬崖，让我和文妹交换了童年：我结束了远离爸妈的孤独生活，她开始了我曾经的生活，我走出大山，她回到大山。

大山，给了我和城里人完全不同的生活经历，想起过去的一切，如同一幕幕电影画面在眼前晃动……

二、短暂的美好

陆续去外面打工的爸妈狠心地把我一个人丢在爷爷奶奶身边。我的世界开始慢慢坍塌，我没有一天不想逃出大山，到爸爸妈妈身边，在他们的呵护下安安心心地长大。可无论怎么祈求上天，日子总是在令人绝望的等待中度过。

1
我出生的大山

爷爷奶奶家在大山脚下，离镇上的医院很远。从奶奶，还有奶奶的奶奶开始，大山里生孩子的事儿，都是村里的接生婆来管。

我从妈妈肚子里快出来时，爸爸急忙把接生婆请到家。妈妈肚子痛了几个小时，羊水也破了很长时间，我却迟迟不露头。家里人急得团团转，万一出个什么差错，后果不堪设想。

爸爸急得不知该如何是好，接生婆看他紧张地来回踱步，打发他去烧热水。

没料到，爸爸前脚一走，我后脚就呱呱坠地了。

听见第一声啼哭，爸爸放下木盆，兴奋地跑回来，小心翼翼地抱起我。接生婆笑他："你前脚一走，闺女就出来了，看来这孩子见不得你①，你俩不和。"接生婆特意说闺女，是想告诉爸爸，是女孩子。

爸爸才不在意这些呢，他激动地看着怀里的我，逗我道："你见不得我，是不是?"屋里的人都被逗笑了，刚才还紧张的氛围，瞬间变得轻松愉快。

天命不和，是民间说法。在幼时记忆里，爸爸是一个给我温暖和爱的人，并没有因为"天命不和"而冷落我。

有人说，小孩子一般都记不住断奶前的事情，我却从断奶期间就开始记事了。不确定这段记忆出现在梦里还是现实中，但它一直真实地存在于我的脑海里。

---

① 方言，不喜欢你的意思。

我们住在一间极其简陋的土屋子里，屋内有一张中式带床架的床，上面罩着一层网眼布蚊帐，色泽已有些灰暗。床一侧有两个四四方方、笨重的储存谷物的柜子，床的斜前方是一张笨重的四方桌，桌子两侧摆了两把手工编的竹椅。

那天，妈妈一只手抱着我，另一只手拿着东西，担忧地说："今天开始断奶了，一会儿肯定会哭得很厉害，怎么办？"

爸爸在一旁淡定地说："一会儿你就藏起来，就说你去外爷家，不回来了，她见不到人，应该就没盼头了。"

爸爸从妈妈怀里接过我，我本能地做出反抗，哭闹起来。

或许在大人的眼里，孩子什么都不懂。爸爸一边抱着我，一边跟妈妈说："快藏起来。"

妈妈弯着腰，溜到床和柜子中间狭窄的过道，躲在那里纹丝不动，脸贴在几乎透亮的蚊帐上盯着我和爸爸，偷看我的反应。

大人们还真是不懂孩子，我虽是个吃奶的娃，可内心都明白着呢。

我不停哭闹以示反抗，爸爸紧紧地抱着我，迅速转过身，背对着妈妈，我灵活地转过身子，看到妈妈的身影躲在蚊帐后面。我拼命地哭闹挣扎，朝妈妈那边奔去，双腿却被紧紧地夹住。我放开嗓子，大声哭喊，在爸爸怀里挣扎。

爸爸拧巴着身子，在原地转了好几圈，一边拍着我的后背，一边哄着："你妈去外爷家了，今晚不回来了，肚子饿了就吃饭吧，别哭啊。"

妈妈明明就在那里，为什么要骗我？我止不住地哭，对他们并不高明的骗术表示抗议。

事情如何收尾，我完全没了印象，而妈妈躲着我的画面却像特写镜头，在脑海中时常回放。人生第一段记忆，竟然与一个善意的谎言有关。直到今天，我都有些伤感，我讨厌极了谎言。

这一段回忆弥足珍贵，从那段记忆开始，我朦胧地意识到：一个家，是由爸爸、妈妈和孩子构成的。

我学会走路后，活动范围越来越大，视野从一间屋子，慢慢扩大到家里的小院子和所在的小村庄。

我们家的两间小屋，土墙青瓦，孤零零地坐落在山脚下的梯田间，背靠着方圆十几里最高的山峰——龙岭山，乡亲们用方言喊它“龙儿山”。龙儿山像一条沉睡的卧龙，巍峨高大。

我们的小村庄，就在龙儿山山脚下，爷爷奶奶和叔伯们都住在这里。

隔老远，就能听见乡亲们的吆喝声：

“嘿——湾里的李哥，你们今天用牛耕地吗？”那时，几家人一起养一头牛，轮流用牛耕地。

“嘿——不用，你们要用就来赶牛吧。”

那吆喝声在山间回荡……

大家在田地里劳作，也会在田间地头聊聊种庄稼的经验。大山、田地、乡亲们，是我小时候全部的世界，我在这样的环境下自由、开心地成长。

妈妈总把一些话挂在嘴边：

“秀，别浪费。”

“好久不吃肉了，今天开开荤。”

“明年可以给孩子买新衣服了，今年就凑合一下吧。”

“别把衣服弄脏了，你没有换洗的衣服，洗好的衣服还得两天才干呢。”

“秀，快试试这件衣服，你堂姐已经穿不上了……”

节俭清贫的日子丝毫不影响我内心的快乐，回忆都是温暖的。

温暖的小屋时常传出一家三口的爽朗笑声，笑声绕过屋顶，回荡在整个山间。

灶屋（厨房）是儿时的快乐源泉。

在进门的墙角，一个简式的圆形木桌有点歪斜，靠着墙，做得有些粗糙，桌面并不能保持水平；用泥巴糊的老式土灶，上面放了三口巨大无比的黑铁锅；灶的中间，黑乎乎的烟囱通向屋顶；灶膛前，常年堆放着凌乱的柴火；灶后面放着用来切菜的案板，两米多长，被几根木棍支撑着倚在墙角；案板旁边有一口石头水缸，用来囤生活用水，旁边摆了两只水桶；案板的另一侧有一个后门，通向猪圈。

为了保持厨房泥土地面的干燥，妈妈总是小心翼翼地舀水。

做饭时，妈妈围着锅和案板忙碌，我和爸爸坐在灶前又矮又长的板凳上帮忙生火。三个人一边忙着，一边商量着吃什么饭。

灶，是神圣的。爸爸妈妈能从那里变出各种吃的，烤面皮、烤地瓜、烤玉米、烤土豆……总能满足我的馋嘴巴。

我最喜欢帮忙烧火，从柴火堆里抓一把干草或者干树枝，放进灶口。但我的手很小，每次只能抓住很少的干草，一下就能烧光，所以我不停地在柴火堆和土灶之间来回跑。

妈妈是总指挥，喊火太大时，爸爸就用火钳把正燃烧的柴火拿出来一点儿；喊火太小时，我们又赶紧添柴火。火势稳定后，我就到爸爸怀里，看着熊熊燃烧的火焰，等待食物出锅。一看到爸爸从灶里掏出熟透的食物，我就在他怀里欢呼。每次都吃得满脸黑灰，却非常开心。

大多数日子里，食物很简单，白粥、清水面条外加一些青菜，偶尔吃一顿米饭，闻到肉香味的日子更少。我以为这就是每个家庭正常的饭，后来才明白，我们家不富裕，粮食也不充足，所以当有肉作为晚餐的“佐料”时，我会兴奋地在厨房里上蹿下跳。妈妈每次都先解我的馋，肉刚刚煎好，便让我先尝一块。很久闻不到肉香，吃到肉就格外满足，那时候，快乐很简单。

家里没有通电，连蜡烛也是稀缺物品，我们只用得起煤油灯。煤油灯灯光微弱，三个人需要凑得很近。妈妈小心翼翼地盛饭，爸爸小心地端饭，我跟前跟后地打着灯……

吃饱后，再一起去喂猪。有时，后门一开，来自猪圈伴有臭味的风会吹灭煤油灯，这时我们三人就围成一团，挡着风口，再点起煤油灯，一起保护那微弱的灯光。

白天爸妈在农田里忙碌，汗流浃背；晚上我们一家三口围在煤油灯下共享欢乐时光。一个充满爱的小家，让我感到无比幸福，甚至觉得我们家的猪都比别人家的幸福。

温暖的小家，留给我太多美好的回忆：

我咿咿呀呀地学说话，爸妈就仰头大笑；

我学走路，跌倒在路上，啃一嘴泥土，他们笑得前仰后合；

我有时懒散地躺在爸爸怀里，他就让我张开小嘴，一颗一颗地数牙，或者检查有没有蛀牙；

爸爸用胡子茬扎我，逗得我咯咯直笑；

爸爸赶着牛去犁地，偶尔会把我放在犁上，我既害怕又兴奋；

爸妈也会带我去田里插秧，在水田里抓鱼和螃蟹；

……

一家人在一起的日子，总是那么快乐，我每天都被爱包围着，很幸福。

2 生活所迫，爸爸外出打工

一间卧室、一间厨房、一间简陋的猪圈，屋前是用泥土垒起来的小院子，没铺石头，常常长满杂草。院子旁边是菜园子，这就是全部的家。

后来，爸爸到处筹钱，召集了泥瓦工，准备修建堂屋，还给院子铺上石头，准备当粮食的晒场。

开工那天，爸爸点燃了鞭炮，工人们在噼里啪啦的鞭炮声中动工了。

抬石头、和泥、改木料、砌瓦……我每天都能听到凿石头发出的“叮叮当当”的声音与工人“嘿呦嘿呦”的抬石头声、吆喝声，热闹极了。妈妈在厨房里忙着做饭，我在院子里，围观工人们干活儿。

房子修得很快，半个月后，卧室旁边多了两间屋子，用泥土垒起的院子也铺上了石头，院子变得宽敞明亮。最重要的变化是，家里通电了，虽然总是停电，但跟煤油灯比起来，家里亮堂多了。

爸爸和工人们开始收尾，抬走废弃的石头边料，收拾着地上乱七八糟的工具。歇息时，爸爸站在院子里抽烟、发呆。

看着他站着一动不动，我跑到他前面，撒娇地抱住他的双腿。爸爸低下头，笑了笑，掐灭手上的烟，把我抱起来，信誓旦旦地说：“等我们以后有钱了，再把那边的屋子也修起来，修成一圈，那就是一个真正的四合院，好不好?”他手指着院子，向四周划了一圈，眼睛中有光芒。

我还不懂修房子有多么不易，只是看着卧室那间屋子的墙是白色的，而新砌的堂屋的墙是红色的，中间拼接的缝隙很丑，我对爸爸说：“红色的墙不好看，还是原来白色的墙好看。”

爸爸被奇怪的评论逗笑了："都是用红土做的，土干了，就会变成白色，过段时间就一样了。"我费解地望着那道"不和谐"的缝隙，红色的墙怎么能变成白色的？

完工当晚，妈妈做了一大桌子饭菜，爸爸热情地在新修的堂屋里招待工人们。按照习俗，小孩子是不能上席吃饭的。我端着饭碗，时不时用袖子擦着鼻涕，躲在堂屋外好奇地偷看他们。喜欢热闹的我，对那一桌子饭菜倒不是很感兴趣，就想听大人聊天。

一位工人看到了我，吆喝着："来，小孩子来这里吃。"

听到有人逗我，我害羞地躲起来，只听爸爸说："小孩子随便吃点就好，别管她了，来，喝酒，喝酒。"

我仍躲在门外，时不时地偷看他们。他们频频碰杯，爸爸一会儿高兴，一会儿叹气，一会儿又握着石匠的手说："弄一个家不容易啊，这院子只能砌成这样了，真没钱，不然一起全修好了，省得再麻烦你们。"

一位帮工叔叔说："已经很不容易了，压力别太大嘛，慢慢来。"

爸爸端起一杯酒，仰头直接下肚："哎，在家里赚钱太难，或许该找条出路了。"

大家应和道："一睁眼就是那几块薄地，还不知道能长出来啥，有啥子出路嘛，最多到处跑跑帮大家干点活，难啊！"

听着他们开始聊着听不懂的事情，我索性跑出去玩了。

天色渐晚，一位工人从堂屋走出来，醉醺醺地说："走了，不早了，你们也好好休息。"他走起来有些摇晃，慢悠悠地蹲下去，拿起地上的木头工具箱，踉踉跄跄地离开了。

大家走后，爸爸扶着墙，从新修的堂屋回到卧室，一会儿哭，一会儿笑。妈妈把他搀扶到床上，转身出去洗碗。

我好奇地盯着他，问道："爸爸，你为什么一会儿哭又一会儿笑？"

他半睁半闭着眼睛看着我说："我喝醉了。"

我被他扮的鬼脸逗笑，好奇地问："什么是喝醉？"

“喝醉就是晕了。”他挥着毫无力气的胳膊。

我继续问：“为什么要喝醉?”

他没再睁开眼睛，闭着眼说：“高兴的时候也可以喝醉，难过的时候也可以喝醉。”

我不解地问：“那你到底是高兴还是难过?”

他已经没有力气再回答问题了，只说了两个字：“都有”。

我不明白，高兴就是高兴，难过就是难过，为什么又高兴又难过？我准备再问的时候，爸爸“啊”地一声坐起来，肚子里的食物喷射而出，好在他避开了我，吐在了地上。

妈妈听到动静，从厨房冲过来一把拉开我，坐在床边，拍着爸爸的后背，抱怨道：“就不能少喝点吗？自己喝多少酒还不知道？吐得到处都是，这怎么睡觉？真讨人厌……”

这时，爸爸已经昏昏沉沉地睡过去了，没有声响。

妈妈回过头看着我，指着地上那堆呕吐物，无奈道：“你离那里远点，臭烘烘的。”

房屋修好后，爸妈忙着春耕。

有一天，我从村里的幼儿园放学回家，妈妈特意走过来给我“打预防针”：“今天你要乖一点，你爸心情不好，千万不要惹他。”

我回头看了一眼远处的爸爸，他正一言不发地收着晒场上的粮食。

妈妈说：“白天耕地的时候，碰巧牛很倔强，不听使唤，你爸气得把一根木棍都打断了，这会儿还在气头上。”

我不害怕他会冲我发火，倒是同情那头可怜的牛：“牛有受伤吗？他为什么要打牛啊?”我很不理解。

妈妈说：“牛没有受伤，但应该很疼，那根棍子有胳膊那样粗，牛一下就蹲在地里了。”

一听那么严重，我恨不得跑到牛圈里看看，但又不敢去。妈妈并没有告诉我，爸爸为什么会那么生气，为什么要把火气撒在牛身上。我有些闷闷不乐。

那晚，家里很反常，没人敢说话，静悄悄地吃晚饭。我也不敢像平时那样靠近爸爸，只是时不时偷偷地看他一眼，那种凝重的表情，对于年幼的我来说无法读懂。他对牛下手，我有点怪罪他。

后来才知道，分给我们家的地，土壤坚硬，寸草不生，犁地都非常困难，更不要说长出庄稼来。国家的公粮交不上，家里的粮食也要见底了，生活难以为继。

爸爸的话变少了，我偶尔故意去逗他，他牵强地笑完以后，很快又陷入沉默。后来，他陆续把院子里剩余的石头整齐地垒砌起来，反复晃动，确认是否稳固，他好像在做什么准备。

偶尔听到爸妈的争论。

“你走了家里这一摊子怎么办？”妈妈不高兴地说。

爸爸无奈地说道：“在家里没有希望，我只能出去试试。有重的农活你就跟大哥、二哥、三哥说一下，能干多少就干多少，别硬撑着。”

“谁知道外面怎么样呢？”

“那也总比在家里强。”

……

那些天，这样的话题争论了好几次，最后都会陷入一片沉默。爸妈的交流开始变少了，我猜他们出现了分歧。每次争吵后，妈妈的脸隐匿在灯光后，看不清她的表情。我不能理解爸爸说的“外出”是什么意思，去哪里？去多远？去多久？在家里为什么生存不下去？他要寻找的希望是什么？

答案很快来了。

爸爸一改阴沉的情绪，对我格外好，我猜不出为什么。一天晚上，家里停电了，爸爸坐在灶前的矮板凳上，我坐在他腿上，燃烧的灶火在他眼里闪烁，他很正式地说：“答应我，要好好地听妈妈的话，爸爸明天要外出打工了。”

他伸出小拇指，要跟我拉钩。

我没跟他拉钩，吃惊地问：“明天？”我转身看着妈妈，她正低头忙着做饭，一言不发。

妈妈没有否认，看来是真的。

爸爸收回小指头，点点头："嗯，明天。"

"什么是打工？"

他想了想，回答道："就是出去赚钱。"

"去哪里？"

"很远的地方。"爸爸没有说具体的地名。

我追问道："那你什么时候回来？"

他迟疑一会儿，眼睛看向灶火，回答道："不知道，应该很快就回来了。"

火光在他眼里不停地闪烁，我似懂非懂地点了点头，对"很快就回来"这个答案表示满意。可爸爸究竟如何赚钱？去的地方到底在哪里？我满脑子都是问题，却憋着没问出来。

那晚，妈妈把家里少有的腊排骨拿出来，这是家里最好的食物，爸爸让她收起来，说："咱们家的肉本来就不多，留着你和孩子吃。"

平时温柔的妈妈语气很强硬："出去闯荡不容易，出门前吃饱，别饿着肚子出去。"爸爸没再说什么。

晚餐时，爸爸不停地把排骨夹给我吃。饭后，爸爸一直把我搂在怀里。妈妈在忽闪的灯光下，把箱子翻了个底朝天，一会儿问军大衣带不带，一会儿纠结被子带哪一套，一会儿又问路上吃什么。不一会儿，一床被子、一床褥子就被捆起来，行李堆满地，感觉都能把人淹没。

妈妈似乎想把所有的东西拿给爸爸，但又担心路上无法携带这么多行李，尤其是厚重的被褥。他们在讨论怎么拎走那么多行李时，我渐渐地在爸爸怀里睡着了。

第二天早晨醒来，天已经大亮，我睁开惺忪的睡眼，看到地上的行李都不在了，一骨碌从床上爬起来，走出房间，妈妈正在院子里挥着扫帚"刷——刷——刷"地扫着地。孤单的背影，透着落寞。

从那天起，这个小屋子里只有我和妈妈了。

3
和妈妈相依为命

爸爸离开后，生活一切照旧，但也发生了细微的变化，曾经可以穿透屋顶的欢声笑语消失了，屋子里显得有些空荡。

我成为爸爸的替补，坐在那个又矮又长的板凳上，学着爸爸的模样，帮妈妈生火做饭；我也开始拿起扫帚，帮妈妈扫地，做些简单的家务……

妈妈总是心事重重，常常念叨：

“不知道你爸走到哪里了？”

“也不知道在外面怎么样了？”

每当她念叨起爸爸，我就格外想他，还有他烤的各种好吃的。

爸爸不在，妈妈更加忙碌，我常常饿得毫无力气，最后等到的要么是一碗简单的白粥，要么是一碗清水面条，让人毫无胃口，而我不敢抱怨，知道妈妈已经很辛苦了。

有一天，我正在院子里玩石子。突然，妈妈从屋里冲出来，拾起走廊上的竹竿，一边喊一边疯狂地冲进菜园，用棍子追赶着什么，只见一只老鹰迅速盘旋逃走，叼走了一只小鸡。

我飞奔进菜园，看到母鸡竖起浑身的羽毛，不知所措地在地上打转。妈妈咬牙切齿地吐着脏话，对母鸡没好气地说：“看好你的鸡崽，叼走就要被吃掉，听到没？”

母鸡惊魂未定，愤怒地张开羽毛，围着其他的鸡崽打转。我为那只被叼走的小鸡感到伤心，靠近妈妈拉着她的衣角，妈妈现在是唯一可以保护我的人，我内心冒出一丝不安，“妈妈，我不会被老鹰叼走吧？”

“你那么大，它怎么叼得走你?”她突然笑起来。

我亲眼看见老鹰捉小鸡，一下子意识到妈妈的重要，对她的依赖感更加强烈了。

过了一段时间，妈妈终于收到爸爸的来信。屋檐下，我趴在妈妈的腿上，等着她读信。

妈妈满心期待地拆开信，念起来：

> “我的妻女明、秀，见信佳。经过几天几夜的辗转，我终于抵达北京，走了好几个工地，也没有找到合适的工作。我又辗转去了大连，这是一个海边城市，大海很广阔，城市很漂亮，但很遗憾，我并没有在这里留下来。后来，我又坐车来到沈阳，在一位老乡的帮助下，在这里的工地上找到了一份临时工作，刚刚稳定下来。
>
> 一切安好，请放心。我的邮寄地址是×××，你们可以给我写信。时间过得很快，家里都还好吗？很想念你们……”

读完信，我看见妈妈脸上挂着泪珠，过了半晌，她激动地说：“太不容易了，去了那么多地方才安顿下来。”

有了爸爸的地址后，妈妈经常给爸爸写信，她常常趴在桌子上，眉头紧锁，一写就是半天，写完一段就拿起来嘀嘀咕咕地念，念到不通顺的地方，就揉成一团扔了重写，有时候错别字太多，用笔改了又改，最后又一把揉成一团扔在地上。

妈妈每次写完信，地上就有一堆废纸团。直到满意了，她才会小心翼翼地把一张张纸铺开，晾干墨水后，再一页一页地折起来，不想出一点错。

我常常等得不耐烦，问妈妈什么时候写好。她灵机一动，把我也拽入写信队伍中。我刚上一年级，很多字还不会写，她就让我用拼音代替，还夸奖我写得好，说爸爸看到一定会很开心。

慢慢地，我也喜欢上了写信。我和妈妈每次写厚厚一摞的信，把信封塞得满满当当。我看到妈妈开心的笑容，感觉给爸爸回信是一件幸福的事。

写信耽误了一堆农活，妈妈大声叫道：

“天啦，猪还没喂呢！”

“饭还没做呢！”

“晒场里的粮食还没收呢……”

然后风风火火地去干农活。

信写好后，要等到赶集的时候寄出去。

赶集对我们娘俩来说，是日常生活中最渴望的事。山高路远，走一个多小时的山路，才能抵达镇上的集市，但我们乐此不疲。我喜欢热闹的集市，偶尔妈妈还能买个吃的，满足我的馋嘴巴。

妈妈每次收到来信，都兴奋不已，看完信后又会潸然泪下；没有收到来信，她脸上也会写满失落，心神不宁。

有一次，我们满心期待地去赶集，穿过集市，直抵邮局。妈妈笃定有来信，但她在厚厚的一摞信件里来回翻找好几遍，也没有找到写有她名字的信。她沮丧地从邮局里走出来，一边走一边抱怨道：“也不知道忙什么呢，写信的时间都没有。”她放慢脚步，唠叨着：“也不知道在外面怎么样？没有消息急死人。”

她干脆停下来，转身往邮局走去：“走，去给你爸爸发电报。”

我跟着妈妈回到邮局，她拿到一张电报单。电报单中间有几排田字格，妈妈解释说，那里需要填写电报内容，下面是收费标准，按字数收钱，一块钱一个字。

妈妈纠结地问我：“怎么用最少的字说清楚，你帮忙想想？”她掰着手指头一个字一个字地念着：“家里都很好，但是没有你的来信，一切是否都好？”

除了最后的问号，加上其他标点符号共二十一个字，需要二十一元，那是一笔数目不小的钱。

我琢磨着怎么缩减字数，她却灵机一动，在电报的格子上写下两个字“可好”，连问号都舍不得用。

电报发出以后，我们在邮局的凳子上开始了漫长的等待。

过了中午，接到爸爸发回的电报："安勿念"，爸爸也没舍得用标点符号。

愁眉不展的妈妈，可算露出了笑容，心也安定下来。

从那时候开始我便知道，思念这东西，如同一根无形的线缠绕着我们三个人，我想着爸爸，妈妈想着爸爸，爸爸想着我们。

从邮局出来，集市上熙熙攘攘的人群已经散去，只剩稀稀拉拉几个人闲逛。妈妈快速采购了几样日常用品，四处张望，看有没有可以搭乘回家的车辆，但一直走到集市口，也没有看到一辆车。

酷热的天，走山路回去实在有点艰难。我肚子饿得"咕噜咕噜"叫，不满的情绪全部都写在脸上。妈妈注意到我的小情绪，在集市口给我买了一个油烧，勺子形状的油炸饼。我试探性地问妈妈要不要吃，她看了我一眼说："你吃吧，我不爱吃这个。"

幼稚的我听不懂大人的假话，狼吞虎咽地吃起来。妈妈在集市口来回张望，自言自语道："拉人的车早已经走了，爬山走回去到家得三四点了，这可怎么办？"

这时，来了一辆拉猪车，里面还有几头没卖出去的猪。

师傅喊了一句："去哪里？"

"龙儿山，但是你这里没办法坐啊。"妈妈回答道。

"上来嘛，捎你们一段路，站在边上，比走路强，这么热的天，你还带个娃娃。"师傅好心地说。

妈妈有些犹豫："去龙儿山，多少钱？"

"你们娘俩给一块钱，也不赚你们钱。"

妈妈没有再犹豫，扶着我从车斗后面爬上拉猪车，她也爬上来。一上车，就看到好几处粪便。扑鼻而来的臭气令人作呕，几头猪踏着粪便凑过来。我胆战心惊地抱着妈妈的腿，看着脏兮兮的猪，再看看手上还剩下的一口油烧……没有心情吃了。

那几头猪饿了，嗅着我手上的油烧不愿意离开。我干脆把它扔向车里另一个角落，它们一哄而上，抢油烧去了。

车子发动，风吹散了恶心的臭味，妈妈一只手把着车栏杆，一只手护着我。

车子开得很快，车里的猪被颠得左右摇晃，猛烈的风把我们的头发吹得凌乱不堪。妈妈看到我嫌弃的表情，安慰道："比走路强多了，走路的话，现在估计还不到十分之一的路程呢。"

我一想也对，于是不再嫌弃拉猪车，而且令人作呕的味道没那么强烈了。拉猪车从河谷地带的镇子一路盘山而上，很快就到了山脚下的分岔路口。车子刚刚停稳，我们便迅速跳下车。拉猪车呼啸而去。

还要翻过一座陡峭的山，才能到家。我已经没有力气翻过这座山了，妈妈鼓励道："加油，就这一座山，爬上去，战胜它，翻过去就到家了。"

山坡很陡峭，我手脚并用才能保证安全，不一会儿便大汗淋漓。妈妈在身后给我加油。累得迈不开腿时，我们终于翻过了山头，一阵山风吹来，吹干汗水，像是给我们的奖励。

"这风太舒服了。"妈妈满面春风地说。

明明是收到爸爸的电报才那么开心。我没有揭穿她内心的小秘密，而是张开双臂，让山风吹过脸庞、拂过身体，应和道："真凉快啊。"

我们娘俩就这样彼此相依相伴。我跟在她身边，当她的小听众，听她倾诉着对爸爸的思念。

当然，在我闹情绪时，妈妈也会用棍棒教训我。那时，我就希望爸爸快点回来。爸爸总是说很快就回来，但并没有很快。他以前在菜园里种的各种各样的果树，像是梨树、枇杷树、苹果树、杏子树都已经一点点地长高了，而我还是没有等到他的回来……

有一天，我在苹果树下玩耍，一抬头，发现树上零星地结了几个果子，有鸡蛋那么大了。我高兴地跑进厨房把妈妈拉出来，让她看，妈妈开心地说："哎呀，天天忙，都没注意到苹果树结果子了，你好好照顾它们，你爸爸托人带消息回来，苹果长大的时候，他就要回家了。"

我一听，便按捺不住激动的心情，跳了起来："真的吗？爸爸真的要回来

了吗？”

妈妈用力地点点头：“他都出去大半年了，时间过得真快。”

“我会照看好它们，爸爸看到苹果树结果子一定会很高兴的。”我对妈妈说。她笑着摸了摸我的头。

我每天都去观察苹果树和果子，在树下祈求果子健康长大。

不知为什么，零零散散的果子，竟然一颗颗陆续掉落，最后，只剩一颗青苹果孤零零地挂在树上。我日夜祈祷，果子一定要长到爸爸回来。

鸡蛋大的青苹果一天天地长成一颗大苹果，预示着爸爸回家的日子越来越近了。

有一天放学回家，我还没到家，就听到那曾经熟悉的、穿透屋顶的笑声从堂屋传出来。爸爸真的回来了。我飞跑进屋，爸爸正在收拾地上的行李，他也看到了我。

我飞一样冲进他怀里，爸爸把我抱起来，那双强有力的大手把我高高地举起，抛向空中，当我惊呼着从空中落下时，他稳稳地把我接住，抛起、接住，抛起、接住……耳边都是风声，心脏一阵阵紧缩，兴奋无比。

我突然想起那颗苹果，那是为爸爸准备的礼物。赶紧从爸爸怀里挣脱，跑去园子里。

跑到苹果树下，怎么也找不到那颗苹果。奇怪，我清清楚楚地记得它长在哪根枝杈上。来回翻找枝叶，还是没找到，苹果消失了，我伤心地哇哇大哭起来。

爸爸听到哭声，赶紧追过来询问怎么回事。

“苹果没了。”我哭道。

妈妈赶过来，跟爸爸解释道：“你之前种的苹果树开始结果子了，结了好多果子，没想到都掉光了，只剩下一颗。秀说一定要等你回来一起分着吃，结果不知道去哪里了？”

妈妈责问道：“是不是你偷吃了？”

我生气地大哭道：“不是我。”

“我怎么可能吃掉？那是特意留给爸爸的团圆礼物。”我内心无比委屈。

爸爸安慰道：“秀，没关系，走吧，进屋看看爸爸给你带了什么。”

他抱起闷闷不乐的我回到房间，从包里拿出很多我从没见过的东西。他拿出一根黄色的东西，问：“知道这是什么吗？”

我摇摇头。

“这个叫香蕉，海南长的，南方才有的水果。”

香蕉？我立即擦干脸上的泪珠，认真地看着爸爸一点点剥开黄色的皮，露出了白色的头。他让我咬一口，我试探性地咬了一口，觉得味道很奇怪。

爸爸问：“好不好吃？”

第一次吃香蕉，不觉得很好吃，但依然点点头，问爸爸：“海南在哪里？”

爸爸说：“海南在中国的最南边，被蔚蓝的大海包围着，是一个海岛。”

在他的信里，提到过海。我忍不住追问：“海是什么？”

“跟水库很像，只是比水库大得多，看不到边。”爸爸只能用我看到过的水库来描述。

我还是想象不到有多大，村子里的水库从这头走到那头需要很长时间，已经很大了，大得看不到边的海那该有多大？水会不会漏了？

爸爸说的这些新奇的事物，香蕉、大海、火车都是我没见过的，它们到底是什么样子？我想了半天，但依然是一堆问号。

爸爸聊起外面打工的事，妈妈责怪他不回信。那天我们三个人聊到很晚，我心里那个完整的、其乐融融的家又回来了。那一夜我睡得格外安心。

团圆的日子没过几天，爸爸又要外出了。他说这次去新疆，很远，要坐很长时间的火车。

我和妈妈慢慢地适应了爸爸的远走他乡。

我一直以为，以后的生活会一直这样下去，我和妈妈一次次地等爸爸回来，再一次次地送他离开……

4 妈妈也离开了

爸爸去新疆后，信件往来的时间更加漫长了，妈妈的信也越写越厚了。

妈妈比以前更加坚强能干了，农忙时节，她经常一大早就起来开始忙碌，做早饭、喂猪、晒粮食……除了中午回来吃饭，白天一整天都在山间地头劳作。

有一天早上，我从睡梦中醒来，天已经大亮。环顾四周，妈妈不在，我去开门，发现门被紧紧地反锁着。我用尽力气去拉门，却怎么也拉不开，我害怕地哭起来，心想难道妈妈不要我了？一想到她每天都在嘀咕埋怨，她会不会像邻村的那位妈妈一样，抛下孩子离家出走了？会不会出去找爸爸了？

胡思乱想的我爬上窗台，打开窗户，两手紧紧抓着铁窗栏，哇哇大哭，冲窗外喊：“妈妈，你去哪里了？快回来啊，妈妈……”

嗓子哭哑了，也没有回应，我只好坐在窗户边盼着妈妈回来。

直到阳光照进整个院子，妈妈才背着满满一背篓青草出现在我眼前，我忍不住伤心地哭起来。

“啪”的一声，妈妈重重地放下装满青草的背篓，气冲冲地打开门，大声呵斥我：“哭什么哭？有什么好哭的？你看我背这么多东西，怎么带你去？”

她火气很大，我心里委屈，却不敢作声，只好默默地抹眼泪。

吃早饭时，妈妈的火气消下去了，才心平气和地对我说：“大清早去山里干活，你没有睡醒，总不能把你放在草丛里睡觉吧？山上到处都是露水。妈妈也很担心你，急匆匆地割草，想着趁你睡醒前赶回来。”

我明白她一个人屋里屋外地忙很辛苦，于是没有再伤心，原谅了妈妈。后来，每当独自醒来时，我还是会害怕一个人在家，总是蜷缩着藏在桌子下，直到妈妈回来……

妈妈个子不高，却总能把家里打理得井井有条，可繁重的生活，难免压得她喘不过气，以至于失去耐心，大吼大叫。发完脾气，她自己躲在一边偷偷抹泪。妈妈在硬撑着这个家。

冥冥之中我感觉，接下来的日子会发生变化。

一天，我和妈妈从外面回来，妈妈正低头从口袋里翻找着钥匙，我发现门正中间用一根针钉着一张纸条，上面写着："今晚八点，放二十五元钱在洗衣槽，否则就杀了你……"纸条背面写满"杀"字。

我还没有念完，妈妈揭下纸条，神色慌张地把我抱起来，连走带跑地去了不远处的爷爷奶奶家，她一路上喘着粗气、满脸恐惧。

爷爷奶奶和伯伯们聚在一起，妈妈把纸条递给大家看。

伯伯们看完，猜测道："难道是老四上次回来不小心漏财，有人想敲诈？"

妈妈脸都吓紫了："不给钱会怎么样？真的像信上说的，要杀人？"

伯伯们安抚妈妈："没那么大的胆子，别太担心。"

大家绞尽脑汁地想着该怎么处理这事。

我依偎在妈妈怀里，听着大人们的讨论，吓得喘不过气来。

经过全家讨论，最终决定我和妈妈住在爷爷奶奶家，伯伯们第二天去镇上派出所报警。

那段时间，盗贼横行，张家的羊被偷了，李家的现金被盗了，接二连三的偷盗消息，让妈妈处于极度的惶恐和焦虑中，妈妈特别害怕的时候，会让她最好的女伴来家里住，给她壮胆。

原本很喜欢唱歌的妈妈，也许受到这件事的惊吓，渐渐地，她的歌声在家里消失了。她整个人变得紧张兮兮的，在任何地方都疑神疑鬼地东张西望。进门之前，她要环顾四周；进门后，她快速地将门关上，用好几根粗棍子顶着门……

勒索纸条事件后没多久，一位老乡从镇上带回一封爸爸的来信，跟往常不同的是，妈妈没有念给我听，她看完信后表情凝重。我静静地待在她旁边，等她开口说话。

过了一阵，妈妈说：“秀，我出去找你爸爸，你跟爷爷奶奶一起生活好吗?”

我很意外，有些不知所措，说不出任何话。

妈妈继续说：“爷爷奶奶会照顾好你的，别担心……”

妈妈的口气，让我没有选择的余地，我无法反对，就像爸爸外出的决定一样，我只是被通知而已。

我沉默着，眼巴巴地看着妈妈，但妈妈躲闪着，不肯看我的眼睛。我一下子明白，我必须接受她将离开的事实。

无法再依赖妈妈，我为自己接下来的日子做了一点点心理铺垫：爷爷奶奶会好好照顾我，可以跟堂姐们住在大院子里，天天跟她们一起玩。妈妈去新疆与爸爸团聚后，就不用过担惊受怕的日子了。我应该为妈妈这个决定感到高兴才对。

妈妈并没有让我做好充足的心理准备，几天后，她把家里的地转给亲戚；把家里的粮食用最大的秤称量后，搬到奶奶家；清洗好家里的东西，晾干后收纳在柜子里……

临走的前一天，妈妈把我的衣物、书本收拾好，放在一个木箱里，将家里厨房、卧室、堂屋的门一道道地锁上。她蹲下来，把钥匙挂在我的脖子上，郑重其事地嘱咐：“现在家就交给你了，你要好好看家。”

可怎么保护家?我也不住这里，万一有小偷进去我也不知道，身上忽然有种莫名的压力。我看着妈妈，看到她眼神里的不舍、担心、无奈，还有一丝对外面世界的期待。

妈妈背起笨重的木箱，佝偻着腰往奶奶家走去。我一言不发地跟在她身后，不断回头张望着我们的小家。

没想到，这一次离开这个小家，变成永久地离开，我们一家再也没有回到这个屋檐下生活。一家人围在灶前做饭，爸爸在墙上给我画身高刻度，红色的墙慢慢变成白色，院子里开花结果的果树，穿透屋顶的欢声笑语……一切美好就此画上了句号。

到了爷爷奶奶家，奶奶帮妈妈放好箱子后蹲下来逗我：“秀，以后跟奶奶一起生活啦，开不开心?”

我怎么开心得起来，爸爸出去打工了，妈妈也要去找爸爸了，父母外出讨生活，所有的一切，我都只能被动接受。我不想扫奶奶的兴致，只好点点头。堂姐们围过来，热情地欢迎我，一些乡亲也过来凑热闹，说笑起来：

“秀，你妈要走了，以后可怎么办?”

“以前是你爸爸不要你，现在你爸妈都不要你了。”

……

听到大人的玩笑，我恨得牙痒痒，恶狠狠地看着他们，没有回话。妈妈注意到我的情绪，赶紧说：“没事的哈，他们开玩笑的，我很快就会回来的。”

那晚，妈妈唠叨了很多事，但也就那几句话：

“秀，你要好好学习。”

“秀，你要听爷爷奶奶的话。”

“我很快就会回来的。”

……

我被动地接受他们的安排，一点点消化这一切，不喜欢却不得不接受。

妈妈说很快就回来，也许和爸爸一样，并不会；乡亲们说妈妈不要我，也不会，哪有父母不要孩子的呢?妈妈应该是被勒索纸条吓得不敢在家里待出去找爸爸了，何况爸爸出去之后，我也慢慢适应了。

没有人安慰，只好自己安慰自己。

天还没亮，公鸡还没打鸣，妈妈就忙碌起来。我没睡好，跟着起床了，想和妈妈说点心里话，就是张不开嘴。她走到哪里，我就跟到哪里，帮她检查要带走的东西。

妈妈这次外出，附近有两三个老乡一起同行，他们早早来到家里集合。一切准备就绪，爷爷奶奶、伯伯们帮忙拿着行李，一起送行。我夹在人群里，走出院子，送到村口池塘边。

外面天很黑，他们手上点着火把，妈妈跟大家告别。她看了一眼人群中的我，身子靠近我，把火把移到身后，我感觉到火光一直在我眼睛里闪烁跳跃，把脸照得温热。

妈妈叮嘱道："秀，我走了，要听爷爷奶奶的话……"她把我凌乱的头发捋到耳后，欲言又止。我盯着她，没有说话。

大家催促着妈妈赶紧走，要不会错过唯一一班开往城里的汽车，她转身，迈开步子，跟上其他人，迅速朝黑暗中走去。

我的双脚不听使唤地跟着走了一百多米，他们走得越来越快，我跟不上他们的步伐，妈妈回头喊："赶紧回去。"

我停在原地，几分钟前，火光还照得我脸庞温热，这会儿火把在远处，火光越来越微弱。妈妈一行人拐过路口，和火光彻底消失在黑夜里。

来不及拥抱、安抚我，妈妈就匆匆地离开了。

送行的人群很快散去，只有我孤零零地站在黑夜里，失落地望着妈妈离开的方向。村里又沉寂了，一股凉风吹来，吹透了身上那件妈妈织的毛衣，我单薄的身体在黑暗中一阵阵战栗，鼻涕流下来，我用毛衣袖子擦了擦，转身往家跑去。

我没有掉一滴泪，离开或许对妈妈而言是解脱吧。

那一年，我 7 岁多，成为后来大家都知道的那个庞大群体——6000 万名留守儿童中的一员，成为没有父母陪伴，独自在家乡，依靠爷爷奶奶生活的孤独孩子。

三、一个人的世界

我努力应对着生活中的种种困难，而生活就像恶犬，一旦嗅到你身上的胆小怯懦，就会扑过来咬你。

1
我的留守生活

爷爷奶奶细心地安排着日常生活，奶奶做的每一顿饭，都比妈妈做的白粥、清水面条要好吃很多；堂姐们喊我一起上学，新鲜的环境让我暂时忘记了爸妈不在身边的痛苦，直到妈妈出去的第三天，有人捎口信回来。

爷爷奶奶、伯伯们围在一起，我靠在离他们三五米远的床边，伯伯说："秀的妈妈在火车上惊吓过度，疯了。"

"妈妈疯了"，我听后整个人傻了。难道妈妈跟村里李疯子一样了？蓬头垢面、衣衫褴褛、神志不清、六亲不认，身上还散发着恶臭，见人就骂。有一次，我跟堂姐们做恶作剧，去李疯子家偷西红柿，李疯子一边追我们，一边捡起石头砸我们，现在想起来还毛骨悚然。如果妈妈也变成李疯子那样，以后怎么办？我不敢往下想。

伯伯说："据说火车大概到了兰州至哈密路段，外面都是戈壁，没有人烟，车上出现了小偷，那个人一直尾随她，她情绪失控后，在车上大喊大叫，惊动了车上的乘警和医生。"

我双手紧紧抓着蚊帐角，将它缠绕在手指上，又慢慢地松开，不断重复着这个动作。

爷爷分析道："可能是那个勒索纸条吓坏了她，加上第一次坐火车出远门，车上很乱，才会疯的。"

我心乱如麻，用蚊帐蒙着头，偷偷擦拭着眼角的泪珠。妈妈真的疯了吗？她现在在哪里？安全不安全？

伯伯接着说："可能也没大事，她就是一时受到惊吓，列车员给她注射了

镇静剂后，她睡了很长时间，醒来后好像没有太大的问题，好好休息下应该没事。”

我真想现在就在妈妈身边，看看她到底怎么样了，还认不认识我……

大人们讨论着妈妈疯了的事，没有避开我，也没人安慰我。他们偶尔看看站在角落里的我。我躲闪着他们的眼神，装作什么都没发生，内心却希望有人告诉我：你妈妈没事，她会安然无恙，一切都会好起来的。

大家散开后，我跟奶奶睡在一张床上，她睡在那头，我睡在这头，老旧发黑的蚊帐罩着我们，暗黑的夜，见不到一丝光。担心、思念、害怕、恐惧，像病毒一样袭击着我的神经，我的每个细胞。我浑身紧绷起来，眼泪不停地流，却不敢哭出声。奶奶像往常一样，用手捂着我冰冷的脚，给我带来几丝暖意。

我毫无睡意，听着几只老鼠在屋顶格层里兴风作浪。这是妈妈离开后，我第一次失眠。大人们交谈的场景在脑海里反复出现，妈妈到底有没有疯？

第二天早晨，我还没起床就听见附近乡亲们在奶奶家院子里谈论妈妈变疯的事。我简直头痛欲裂。

推开门，有乡亲看到我出来，竟然肆无忌惮地开起玩笑：“有个娃娃的妈疯了，以后就有一个疯子妈了。”

有人打断她：“小孩子不懂，别吓唬她。”

我不满地瞪了他一眼，走去灶堂，他们还在议论着妈妈变疯这件事。这个与他们并无关系的事，竟然成了他们的新话题。第一次感受到世间的薄凉，自己身上的悲剧，可能是别人的谈资或笑柄。他们竟能从他人的痛苦中，咀嚼出乐子。

我真想冲着他们吼几声：“闭上你们的嘴，你们可以没有同情心，但不要在我面前指指点点。”

我不敢对那些嚼舌根的人抗议，只会懦弱地默默流泪，大口地把饭往嘴里塞，豆大的泪落在碗里，和饭一起被一口口吞下去。

吃完无味的早餐，背上书包，赶快逃离恶毒的闲言碎语，朝学校走去。今天堂姐们没有等我。

走过几处田野，没看见一个同学的踪影，难道迟到了？我在山路上狂奔，一边跑一边胡思乱想：妈妈真的疯了吗？我会失去她吗？还能再见到她吗？她还能回来吗？没有答案，耳边全是“呼呼”的风声。

到了学校，同学们已经规规矩矩地坐在教室里。完蛋了，迟到了！老师刚好走过来，看见了正准备进教室的我。

“站住，这都几点了，你才来？”老师严厉地叫住气喘吁吁的我，“别进去，站在门口，不许进去。”

我被他的吼声吓得心跳加速，低垂着头，木讷地站在教室门口。

“双脚并拢，语文课本拿出来，翻开课本，跟着一起念。”他命令道。

我用余光看到坐在前排的几个同学一直在瞄着我，真丢人啊！

我嘴上念着书，心又乱起来，妈妈真的会疯吗？堂姐们上学的时候为什么不叫我？重重的书包背在身上向下坠，双腿开始发麻，好想蹲下去，拒绝无情的罚站，但我没有反抗老师的勇气，只能咬牙忍着。

忍了好长时间，我快站不住了，老师从教室里走出来，见我低头不语，厉声道：“下次还迟到吗？”

我摇摇头。

“你家里住什么地方？很远吗？”

“在龙儿山下。”我支吾地回答。

“是那座山吗？”他指着远处最高的那座山问。

我点点头，真想听到老师说，还真是远啊。

然而，他却像一头狮子一样，凶巴巴地说：“并不是很远啊，比你更远的同学都到了，早起有那么困难吗？”老师没有问我为什么迟到，只是大声地教训我。

以前被老师骂不会特别在意，很快就会忘怀。这次，我莫名其妙地心灰意懒起来，真想告诉他，妈妈外出打工，在火车上出了状况，我担心得一夜没有睡好，请原谅这一次的迟到。

话到嘴边又咽下去，我低着头，一言不发。

熬完一天的课，放学铃声一响，我第一个冲出教室，没有去找堂姐们同行，一个人快速奔回家。

放学的大部队还没跟来，路上几乎没有人。突然听到有脚步声离我越来越近，我回头一看，是他！他平时拉帮结派，说话嗓门高还很粗鲁、爱欺负人。他径直向我跑来，我感到不妙。到了一段无人的路，他大喊一声："站住，别走!"

我很害怕，没有听他的，继续跑着，他快速地冲到我前面，扯住我的衣服，喘着粗气，踉跄地叫道："让你别跑，你跑什么?"

我试图掰开他的手，但他紧揪着我衣服不放。

"你口袋有钱吗?"

"没有。"我胆怯地回应着。

"不可能，谁身上还没有零花钱?"

我确实身无分文，倒想着口袋里有点零花钱呢。我吓得快哭出来，说："真没有。"

他粗鲁地把我书包扯过去，书、作业本、笔、饭盒全被抖出来，散落一地，他见没有钱，又搜衣服、裤子口袋，裤子快要被他拉扯掉了，我赶紧提着。

他什么都没有搜到，两眼直冒怒火，用微胖的食指指着我，凶巴巴地说："下次有钱的时候，要主动交给我，听到没有？不然，看我怎么收拾你。"

此时，真希望堂姐们立即出现，教训一下这个小恶霸。要是有个哥哥就好了，可以狠狠地揍他一顿。可我没有哥哥，堂姐们也没有及时出现。

我又气恼又害怕，没有回答他，赶紧收拾散落一地的书本和笔。他恶狠狠地继续喊道："听到没有?"

这时，放学的大部队跟了上来，他害怕被人看见，一溜烟地跑了。

要是被人看到自己受欺负，多没面子，于是我快速捡起地上的东西，慌乱地塞进书包，甚至没来得及扣好书包，便起身快速往家走。路上，不争气的眼泪流了出来，心想：这一天怎么那么倒霉，被乡亲们取笑、被老师罚站、被同学笑话和欺负……

好想爸妈，他们如果在我身边，就不会发生这么多事情了。我终于感受到分离的痛苦，越想越难过。我有点后悔，为什么要那么懂事？如果当初乞求妈妈留下来，她也许会留下来。

妈妈到底有没有疯？我还能不能见到她？此刻，从未有过的孤独和恐惧将我淹没。而痛苦，才刚刚开始。

几天过去了，没有妈妈的任何消息，乡亲们渐渐不再议论妈妈变成疯子这件事了。

没有消息，也许就是最好的消息吧。我尝试自我安慰。

我隐藏着思念，但越是隐藏、克制，思念越像病毒一样蔓延，无时无刻不缠绕着我。我慢慢变得不爱说话，沉默且内向。

三伯家跟爷爷奶奶还有幺爸家同住一个大院子，幺爸常年在外，屋里没有人；三伯凭着聪明灵活的脑袋，早早地做起包工头，自家已修上砖房，配上电视，是十里八村的首富。三伯家的两个堂姐，一个大我一岁，另一个大我两岁。刚搬来跟爷爷奶奶住时，她们热情地照顾我，带着我上学，和我一起玩。

后来，我开始被冷落，她们上学、放学带不带我，完全取决于心情好不好。上下学的路上，需要爬过小山，走过树林、坟地，阴森森的，我祈求她们带我一起走，但仍然会被故意甩开。她们的冷落和排挤就像天然的屏障将我们割裂开，我却不知原因。

路上刁蛮的孩子莫名其妙地多起来，他们的谩骂声充斥在耳边。我无比渴望和堂姐们和好如初，这样，横行霸道的孩子就会远离我。可我实在摸不清堂姐们的脾气，更不知道如何缝合与她们之间的裂痕。

我跟奶奶在厨房做饭时，堂姐们会若无其事地过来，看奶奶在做什么好吃的，但巡视一圈后，她们又跑回自己家厨房。我并不明白她们前来的意图，也跑去三伯家厨房，跑到半路，就听到“啪”地一声，厨房门被紧紧关上。紧闭的门深深刺痛着我的心，我尴尬地停止奔跑的步伐，一步步挪回奶奶的厨房。

为了省电，奶奶的厨房经常用煤油灯，我从黑暗的角落，凝望着对面其乐融融、亮堂堂的三伯家，心情复杂。

一个院子，两个世界。

有一次和堂姐们发生冲突，我才明白她们疏离我的原因，她们认为爷爷奶奶偏爱我。可她们有爸妈陪伴，而我呢？爸妈不在身边，爷爷奶奶是我唯一的依靠，没有爸妈的滋味，她们是体会不到的，她们为什么要排挤一个爸妈不在身边的妹妹？奶奶更是小心翼翼，生怕给我吃得好一点，会被堂姐们埋怨自己偏心。奶奶热心地跟所有的孙女分享好吃的，她尽力维持我们之间的平衡，可依然换不回堂姐们对我的接纳。

我怄着气，鼓足勇气独自上学。有时，路上空无一人，天空看起来分外遥远，浮云如鬼魅般在空寂的山野间飘荡，我疯狂奔跑来驱赶恐惧；有时大雾弥漫，只能看见眼前三五米的路，我一个人勇敢地在浓雾中穿梭，如同冒险；有时遇到坏孩子，我就千方百计地绕路躲开……

爸妈离家外出打工，我的经历竟然像一场对人际关系的考验。曾经在一起玩的堂姐们，一言不合就变为路人；妈妈在家的时候，乡亲们会亲昵地喊我小名，妈妈离家后，他们便扯掉了伪善的面具，开起恶俗的玩笑，变得冰冷无情。

这一切，对于小小年纪的我而言怎么都想不明白，只能咬牙像个小大人一样，艰难地应对并小心翼翼地独来独往。

早晨，我早早地起床，从米缸里抓两把大米，放在长方形的铝盒里。用过的药瓶洗干净后，用来装泡菜，奶奶有时候用油煎一下泡菜，这就是下饭菜。还要拎一个空水壶，在上学的路上找一口水井，灌满后带到学校用来喝水、蒸饭、洗碗。

我穿着露出半截胳膊的不合身衣服，斜挎着缝了很多次的军绿色书包，就像童子军一样，吃的、喝的、用的，挂满一身，走起来浑身丁零当啷。

上学路上，有好几口水井，为了少拎一段路程，同学们会尽量挑选离学校近的水井。可离学校越近，井边的学生就越多，打水就越难。

小小的井口，常常乌泱泱地围着十几个孩子，有的蹲在井边，有的趴在井边。个子矮小的我挤不到井边，通常徘徊在外圈，打上水是极其困难的事情。

“起来，起来，别挡路。”

“你给老子滚远点。”

“别挤了，掉井里了。”

“你为什么插队?”

不只是粗俗地谩骂，有时大家为了抢水还拳打脚踢。

井边的泥地被踩得稀巴烂，一不小心，就会摔倒。我总是小心翼翼，但有时还会摔倒在泥地里，顾不上擦裤子上沾的泥巴，赶紧爬起来继续找打水的突破口。等到大部分人都打上水时，井里的水已变得异常浑浊。我只好打上浑浊的井水，让泥土在壶里慢慢沉淀。

早晨的上学路，常常狼狈不堪，我还时常担心水壶里会不会有蛇卵。同学们说，喝了井水里的蛇卵，肚子里会长出蛇，内脏会被吃掉，人会被活活咬死。为此，我每天担惊受怕。

通常，走到靠近学校的公路时，会有辆摩托车按着喇叭从身边疾驰而过，坐在摩托车后面的是班上的莹莹同学。她爸爸是乡长，自行车都少见的年代，摩托车显得更为稀罕。她的乡长爸爸每天都骑着摩托车送她上学，她不用爬山路，也不用挤在人堆里抢着打水。

我好生羡慕她。

除了打水，吃饭也是一件靠运气的事。

晨读课之前，各个班级的人在食堂外弯弯曲曲地排着长长的队伍。大家手里拿着装着生米的饭盒，倒上打来的井水。

食堂的厨房里有一个庞大的圆柱形炉灶，有两个大圆桌那么大，用水泥糊成的，很高，就快触到屋顶了。炉灶旁边有几层阶梯，厨师站在阶梯上，厨娘站在炉灶边，同学们把饭盒递给厨娘，她再递给厨师，厨师放进炉灶里。厨娘很粗鲁，常常冲孩子们大喊大叫，像大家欠她钱似的。

饭盒放进炉灶后，大家都要在门口张望片刻，而后不放心地离开。因为能顺利吃上蒸米饭很不容易，比如：迟到了会错过饭盒放进炉灶的时间，吃不上饭；饭盒没盖好米撒了，吃不上饭；我的书包有个洞，有时候米一粒一粒地漏完了，也吃不上饭。

当上午第四节课还没下课时，厨房师傅们会把一筐筐饭盒抬到教室门口，清香的米饭味飘进来，大家就坐不住了。

下课铃声一响，同学们一股脑围在筐子前，翻找着自己的饭盒。幸运的话，很快就能拿到饭盒。我挤不过力气大的同学，等大家慢慢散去，才能拿到自己的饭盒。有时饭盒倒扣在筐子底部，饭撒了，吃不上饭；有时候水放少了，米夹生了，又吃不上饭；每个人的饭盒上用油漆标记了班级，时间一长，油漆慢慢脱落，厨房师傅们常常分配错班级，这时候需要一个班、一个班地找饭盒，等找到时，饭盒里的饭也许会扣在筐底，也会吃不上饭。

偶尔还会出现意外。有一次，一个同学的饭盒里横躺着只死老鼠，吓得他惊慌失措，更吃不上饭。

能幸运地找到饭盒，成功地吃上米饭，就像中大奖一样，大家脸上都会露出满足的微笑。吃不上饭时，只好眼巴巴地看着别人吃。

能顺利吃上饭很开心，就着奶奶煎的咸菜，边吃边想念妈妈。妈妈在家的时候，偶尔会有零花钱，可以买两毛钱一勺的海带汤。汤里虽然只有零星几片海带、星星点点的油花，但足以让我格外满足，那是一顿饭中最有营养的。妈妈离开后，我不想跟奶奶要零花钱，所以很久没有喝过海带汤了，当吃米饭噎着时，就喝早上打的井水。

妈妈在家的时候，我从来不把鸡毛蒜皮的事放心上。妈妈不在身边，任何事情都变得艰难起来。我小心翼翼地跟所有人保持距离，处处看人眼色行事，每天如履薄冰、格外疲惫。真希望爸妈在我身边，做我坚强的依靠，有人恶语相向时，可以帮我骂他一顿；有人推我时，可以把他揍一顿；拎不动水时，可以帮我一把；雨天艰难前行时，可以给我撑伞。

爸爸妈妈，你们在哪里？听到我的呼喊了吗？

无论如何祈求，依然没有爸爸妈妈的消息，每天都在期盼中醒来，在不安中入睡，很多心事无处诉说，各种情绪慢慢积压在心中。

2

大山，爷爷奶奶和我

我没有课外书，爷爷奶奶家里唯一的一本连环画《孟姜女哭长城》被我翻了一遍又一遍。我没有玩具，便自制一些玩具，比如：把家人用来捆东西的麻绳当跳绳；从公鸡身上拔几根毛做鸡毛毽子。要是哪家敲锣打鼓，迎娶新娘子，我便跑到田埂上看热闹。

与爷爷奶奶相伴的日子，经常听到他们吵吵闹闹。

奶奶忙里忙外，看到爷爷不下地干活时，就开始发牢骚。奶奶一发牢骚，爷爷就暴躁起来。只有晚饭后，爷爷坐在那张不平的圆桌前，一边卷着烟草，一边津津乐道地给我讲故事时是最慈祥的。

从爷爷的故事，还有叔伯们的一些口述中，我了解到了爷爷死里逃生的经历。

爷爷从小家境殷实，高祖做盐生意发家，爷爷是家里的独生子，十几岁考上重庆一所学府，是乡里远近闻名的知识分子。爷爷在重庆只读了一年书，后来因为战火，不得不回家了。那时，家里的生意越做越大，有了很多农田，雇用了几十名长工。爷爷认为普及文化知识很重要，便在乡里办起免费学堂。

奶奶是大家闺秀，长相秀丽，去爷爷的学堂念过几次书。后来，办学堂的爷爷把漂亮能干的奶奶娶回了家。好日子不长，战火很快烧到了大山深处，奶奶在动荡的年代，先后生下七个子女。

爷爷曾讲过一段故事：战争发生时，没有人敢出家门，怕撞上乱飞的子弹。恰好家里的大水牛得了重病，爷爷顾不上纷飞的炮火，牵着牛，沿着田边的坡往兽医的家走去，边走边躲。大黑牛病得迈不开腿，趴在田沟里无法动弹，爷爷怎么拽也拽不动。最后大黑牛泪汪汪地望着爷爷，在爷爷的抚摸下，慢慢闭上了眼睛。

“不打仗就好了。”爷爷讲这些故事时，会眼神呆滞地看着某处，似乎往日的画面正在他眼前重现……

总想办学堂的爷爷，渴望着战争能结束。

可事与愿违，战争没有早早地结束，爷爷差点在这期间丧失性命。

后来，我的爷爷从英俊潇洒、志在教育的知识分子，变成了脾气暴躁的农民。每代人似乎都有每代人的苦，爷爷奶奶直到晚年才算过上安稳一些的日子。

爷爷从小没干过农活，只想当教书匠，怎能向命运低头？

姑父在学校承包工程，介绍爷爷去学校当门卫。靠近学校，能听到读书声，逃离农田，爷爷感到莫大的满足，所以爷爷在家的日子不多，大多数时间都是我和奶奶两人相互依偎。

农活太多，奶奶总是日出而作、日落而归，忙里忙外，难免会忽略了我的情感诉求。

看着奶奶被里里外外的家务压弯了腰，我也放下我的情感诉求，帮奶奶干起家务。奶奶做饭，我就帮她烧柴火；奶奶喂猪，就帮她照明；奶奶挑水，就拿小水桶帮忙拎；奶奶下地干活，就也跟着干活……渐渐地，我学会了很多农活。

我还会跟着奶奶上山拾柴火，她背着竹编的大背篓，我就背着小背篓，向深山里走去。一开始，我对阴森的大山有些惧怕，奶奶一边拾干柴，一边讲大山的故事。

奶奶说，“龙儿山有灵性，养育了一代又一代人，我们家族世世代代住在山下，依附于大山，向大山索取，大山是我们的依靠，应该感恩大山。”奶奶说大山是家族的靠山，我顿时对大山产生了敬意，也不再惧怕大山了。

奶奶虽然瘦弱，但能轻松地爬上树，先用斧子剁下干树枝，再把树枝截断装进背篓里，干脆利落，一点儿没有曾经大家闺秀的影子。在我眼里，奶奶早已被生活磨炼成刚强、能干的农村妇女，否则怎么能熬过战乱、动荡的年代？怎能养大七个子女？

渐渐地，拾柴火的任务落在我身上，我开始尝试独自上山拾柴。学着奶奶的样子，背上背篓，到深山里寻找干树枝。每一次拾柴，都像一次探索之旅，可以发现从未见过的树木、花，带我走入另一个新奇的世界。阳光透过树丛，斑驳的光点在树林里摇曳闪烁，治愈着我的伤痛。

有一天，我尝试向山顶走去，越走越阴森。我一边拾干柴，一边不断给自己打气，不知不觉，背篓里装满干柴，也攀爬到了山顶。我放下背篓，在一块大岩石上坐下休息，抬头望向远方，浮现在眼前的是层峦叠嶂的山脉和缓缓西落的夕阳，别有一番风景。

突然想起爸妈去的新疆也在西边，我猛地站起来，踮起脚尖望向夕阳西下的远方。但山的那边还是山，望不到头，也望不到爸妈。

妈妈啊，多想跟你说说心里话，向你倾诉我的思念啊，你能感应到吗？你能听到吗？我不敢喊爸妈，也不敢表达思念，生怕山下的奶奶会听到，只是忍不住对着西边的大山，一声声地呼喊：

“喂——，喂——”

呼喊声，是渺小生命的挣扎。稚嫩的声音在山间回荡，那是唯一的回应，仿佛能将我的声音传送到父母那边。

站在山顶，迟迟不愿离去。奶奶曾说，菩萨能传达众生心意，我便跑到庙里拜菩萨，在佛像前虔诚地跪下，默默地磕头，祈祷菩萨把我的思念带给父母。

我似乎听到大山和菩萨在说：“孩子，一切都会好起来的。孩子，我会保护你的。”无形中似乎获得了某种力量。

拜完菩萨，天色渐晚，不能久待，于是顺着山脊下山。坡太陡，身体不受控制地奔下山坡，背篓在后背摇摇晃晃，我感觉不到它的重量，身子变得轻盈起来，像天空中孤独的飞鸟，自由翱翔。山风从耳边吹过，似乎吹走了心里的阴霾。恍惚间，我和大山融为一体，大山真的成了我不可缺少的依靠，在它的衬托下，我对爸妈的思念像有了着落一般。

我飞一般奔进屋，把背篓放在柴火堆前，正在做饭的奶奶看到我，说：“秀，你爸妈写信了，在桌子上。”

我惊诧万分。天哪！大山听到我的呼喊声了！菩萨显灵了！

奶奶手指的方向，一封白色的信件躺在陈旧的圆桌上。我缓慢地走过去。

我小心翼翼地拆开信，里面滑出两张照片，是爸妈的合照。这段时间妈妈常常出现在我的梦里，但梦里始终看不清她的脸。这两张彩色照片，让我终于想起妈妈的样子，她面带笑容，站在城市的街道上，穿得很洋气，比在家的状态还好。我长舒一口气，谢天谢地，妈妈没有疯。

奶奶识不了几个字，却也凑过来看。她笑眯眯地说，“你看你爸妈跟城里人一样，外面的街道跟咱们这里就是不一样。”

奶奶去做饭了，我跑到无人的角落，读起了信：

> “秀，妈妈已经平安抵达新疆，在你爸爸身边安顿好了，这才抽空给你写信，妈妈很想你，你有没有想妈妈？”
>
> 妈妈，我怎能不想呢？每一分钟都在想念你啊！我难过地看下去：
>
> “秀，你可能听说了我在火车上遭遇的事，不要太担心，是妈妈在车上遇到小偷，精神过度紧张，担心出现意外再也见不到你，是我想太多了，现在已经安全了。秀，别担心妈妈，在家要听爷爷奶奶的话，爷爷奶奶年纪大了，你要多帮他们干活，要好好读书，想我的话就给我写信。另外，爸爸妈妈很想你，你可不可以去拍张照片寄给妈妈，这样妈妈想你的时候，就可以看看你……”

妈妈担心再也见不到我，我何尝不是日夜思念着她？我拿着信和照片，瘫坐在地上，嘴咬着膝盖：“妈妈，你为什么要离开？明明你也很想我，为什么不要我？你知不知道我有多想你？日子过得好辛苦，快要疯了。”

眼泪顺着膝盖流到小腿，像无声的河流。

过了好一会儿，奶奶喊吃饭，我迅速擦干眼泪，揉揉僵硬的脸，平复好心情，拐去厨房。

奶奶眼神不好，没有看出我刚哭过，只是问信上说了什么，我把信里的好消息告诉她，然后提到爸妈想看看我的照片。

奶奶碎碎念起来，计划着去拍照的事。

匆匆吃完晚饭，我趴在大柜子前，在信纸上奋笔疾书，写下我对堂姐们的控诉、被同学们欺负所受的委屈，还有对他们无尽的思念……

我一口气写完，回看一遍，又毫不犹豫地撕了。爷爷曾说，写信报喜不报忧。如果这封信寄出去，妈妈一定会非常担心。想到这里，我不免悲伤失落起来，还是自己承担忧愁吧。

第二天，生怕堂姐们看到我，为了完成那一封信，我带着纸笔，偷偷溜回那个久久空着的自家小屋。

几个月没人住，厨房门上的铁锁已经锈迹斑斑，费了很大的力气才打开。厨房里堆满柴火，门无法完全推开，只能推开一个小缝。打开卧室旁边的门，屋里有一股浓烈的霉味。我把信纸铺在满是灰尘的桌上，一个人静静地回想过去一家人的欢声笑语。我像妈妈那样趴在桌子上写着信：

"亲爱的爸爸妈妈，你们好，我已经收到来信，看到你们的照片，我很开心。我在家一切都好，会帮奶奶做饭、做家务，也会自己洗衣服，爷爷奶奶把我照顾得很好，你们放心。我在学校也很好，同学们都不错，只是很想你们……"

除了思念，痛苦、孤独、忧郁的情绪通通都被隐藏起来。信中的我，像一个大孩子一样成熟、懂事。仿佛我和爸妈之间不只相隔几千公里，而是隔了一个世界，我感受不到他们的爱，他们也不懂真正的我。回信的目的，似乎只是为了让他们安心在外面赚钱。可钱到底是个什么东西？它可以让父母抛下我，把陪伴我的黄金时间拿去换钱？钱真的会给他们带来快乐吗？

玻璃相框里面封存的合照提醒着我：我是有爸妈的孩子，并不是乡亲们说的，我被爸妈抛弃了。

打开紧闭的窗户，想起自己曾经被锁在屋里时，我独自爬上窗台，撕心裂肺地哭泣，等待外出干活的妈妈回来。那时候，我可以等到她，现在等多久妈妈才能回来呢？我又像之前那样，爬上窗台，坐在那里，幻想着她能从拐角处突然出现……

晚上，奶奶让我念念写的信。她听完，满脸微笑，连声称赞我写得好。陪伴我的奶奶也没有察觉出文字背后我的真实想法。

为了给爸妈寄照片，第二天奶奶让我穿上较新的粉红色衣服，去镇上唯一一家照相馆照相。

一路上，奶奶迈着矫健的步伐，我需要快走才能跟得上。集市上总是人潮涌动，乡亲们背着背篓来回穿梭，我只好在晃动的背篓间躲闪。

照相馆的老板娘长相甜美、能言善道，跟下地干活的农妇很不一样。奶奶跟她讨价还价，我在一旁酝酿拍照的情绪。轮到我时，我紧张地走到幕布前，看着眼前的相机，惊慌失措，眼睛不知盯向何处，不自在地看着脚下那一排色泽鲜艳的假花。

拍照师傅喊："来，小姑娘，看这里，笑一下。"

我不开心，笑不出来，加上门牙被小朋友撞歪，一笑的话，难看的龅牙就会露出来。我绷住脸，目光闪躲地看着前方。

闪光灯忽闪一下，"好了。"拍照师傅喊道。

我从假花中间走出来，想快点逃离照相馆。老板娘跟奶奶解释，胶卷要送到城里去洗，两周才能拿到照片。她写下取件的时间和姓名，把纸条递给奶奶，奶奶一边表达感谢，一边把纸条包在好几层的手绢中。

出了照相馆，奶奶去集市上采购日常用品。集市热闹得很，铁匠铺里，铁匠们光着膀子，从火炉里拿出烧得通红的铁块，"叮咣叮咣"地用锤子敲打，红光闪烁、火花飞溅；卖猪的牵着猪在集市上四处走动，我东瞅西看，回想着和妈妈赶集的画面。

奶奶人缘好，总会遇到一些乡亲，她们相互握手、寒暄问好。看到奶奶身边的我，他们总要提一下：

"这是老四家的女儿吧？"

“她爸爸妈妈都去了外面?”

“你还真能干，还帮忙带孙女。”

……

谈到爸妈，我就低下头看地面，催促奶奶赶紧走，不喜欢他们谈及我的伤心事。

从镇子上回家只能走路，奶奶晕车，不能乘坐任何交通工具。来回走那么多路，又要冒着大太阳爬山，妈妈在的话，我肯定会撒娇，告诉她爬不动，妈妈一定会考虑坐车回去，哪怕是拉猪车也好。

跟着七十多岁的奶奶，我不敢说累，更不敢撒娇。奶奶那么大年纪，背着重重的背篓，怎么能让她为难呢?我们一路攀爬到山顶，再走回山脚下的家中。还是孩子的我，已经习惯了把真实的自己隐藏在懂事的外表下。

两周后取到照片，照片上的我，僵硬着脸，眼神复杂、充满不安，嘴巴紧闭，没有一丝笑容。

奶奶跟老板娘简单寒暄后，把照片、信，还有我的思念一起从邮局寄出去。

再次收到爸妈的回信时，妈妈在信里夸照片拍得很好，衣服好看，夸奖我懂事，她竟然没有从那张毫无笑容的脸上，察觉到我内心的孤独和痛苦，没有看出我的隐忍和万般思念，我们之间曾经有的亲密关系，被空间一点点割裂。

即使如此，写信仍是唯一的情感寄托，有时候在信纸上会毫无顾忌地把苦闷心情宣泄出来，再偷偷跑去小树林烧掉。只要写出内心积压的痛苦，情绪就能获得暂时的缓解。

从前，是我和妈妈思念爸爸，等待爸爸的来信；现在，我一个人思念爸妈，等待他们的来信……

3
我是透明人

一天下午，体育课又被改成劳动课。体育老师让学生们去搬运操场里的碎石头。我来来回回地搬运很多趟后，抬头一看，一大半同学已经溜走了。这时，校长朝碎石堆走来。他是值得我仰望的一个人，五六十岁的年纪，眼里闪着睿智的光，经常邀请一批批城里来的人到学校参观，吸引外面的资金，不断对学校进行翻新建设。在他的领导下，校园越来越美，种上了橘子树、松柏等景观树，这些树跟山里所有的植被都不同。我常趴在他办公室的玻璃窗上张望挂在墙上的照片。照片里，他站在一架硕大的白色飞机前，精神抖擞。校长见过世面，看过大山外的奇妙大世界，一个让我充满好奇又无法企及的世界。身边的乡亲们，几十年如一日奔命于田间地头，给不了我人生向上的力量；我的老师又都凶巴巴的，唯有校长，让我产生无限崇拜。

校长是过来夸奖我的勤劳能干吗？我心里泛起一丝丝期待，礼貌地向他问好。然而，他不屑地扫了我一眼，漫不经心地点了几名学生："你、你，还有你，去多媒体教室。"

同学们几乎都被校长叫走了，我没有被点到，有些失落。多媒体教室平时总是锁着门，听说都是高科技设备，很神秘，我也很想能被点名进去看看。于是，我更加卖力地搬石头。回头一看，早无校长的身影，只剩下几个身上脏兮兮的同学在卖命干活。

我这才恍然大悟，校长选的不是努力搬石头的孩子，而是衣服干净、长相端正的。低头看看自己，破旧的衣服，还蹭上了白灰；被汗水打湿的凌乱头发，紧贴在脸上，还有一对大龅牙……这样的丑小鸭，校长怎么会选呢？见多识广的校长，原来跟别的老师并没有不同，只会以貌取人，并不会鼓励诚实肯干的学生。

我垂头丧气地搬着地上的石头。同样是人，为什么自己会被如此对待？难道我是馊掉的菜汤、爬满虫子的树叶、无人愿意触碰的垃圾吗？

不，我不是。

我扔下石头，倒要去看看多媒体教室有什么新鲜事。

多媒体教室门窗紧闭，我好奇地趴在窗户上，看到教室里坐满被选中的衣着干净的同学们，他们戴着耳机，装作认真听课的样子。教室后面坐满宾客，摄影师在拍照，老师在讲台上演示着从未见过的设备，他一拉绳子，黑板前一块白布慢慢地降落下来，老师走到一台发光的仪器前，放上一块写满字的玻璃，白布上神奇地出现了文字。

我趴在窗户上看得正起劲时，被一位老师发现了，他呵斥着赶我走，我只好仓皇而逃。

直到彻底离开学校，我都没有进过多媒体教室，它成了一个道具，一个展示学校教学设施的道具，那些进了多媒体教室的学生也是道具，配合着摄像机，摆出听课的假动作。

与其当校长的道具，还不如搬石头呢。我又有点庆幸自己没有被他选中，去参与一场拙劣的骗人把戏。

一口气跑到学校树林边，坐在台阶上，莫名地失落起来。殊不知，被人忽略的日子，才刚刚开始。

之后不久，学校迎来一年一度的“六一”儿童节。有人被选去跳舞，有人被选去唱歌……几轮筛选后，我又被剩下了，任何活动都与我无关。爸妈抛下了我，老师、堂姐、校长没把我看在眼里，我像隐形人一样，没有人注意到我的存在，我应该很丑吧，看上去糟糕透顶了吧。

有节目的同学每天排练，我留在教室里打扫卫生，默默地干活。大家都翘首盼望着儿童节的到来，没有存在感的我，对这个节日没有一点期待。

节日当天，表演节目的同学穿上新衣服，化着浓艳的妆。操场上、教室里的欢乐气氛感染不到我，我像一个局外人，没有新衣服，也没有要表演的节目。我似乎游离在这个世界之外，孤独无助。

商店老板娘把零食、饮料、玩具都搬到学校，支起临时摊位，同学们围在那里买东西。口袋里没有大把零花钱的我，只能远远看着大家享受节日的快乐。

“同学们请注意，请各班级排好队，‘六一’儿童节会演即将开始。”播报声一响，大家纷纷跑去操场。

校长先发表致辞，此时站在台上的校长，身上的光环消失了，他不再是令我仰望的校长。

节目一个接着一个，赢得阵阵掌声，台下的同学们踮着脚尖看向舞台。捣蛋的男同学去讨好从台上走下来的女同学，塞给她们零食、玩具。所有人都沉浸在节日的氛围中，而我默默地站在远处，不敢靠近，也无法融入。

路过学校的乡亲们也来学校看表演，人越来越多，里三层外三层围满了舞台。我忽然被夹在人潮中，不断地被拉扯、推搡，好不容易才从人潮中挤出来。

阵阵喝彩声在身后响起，我不知所措地把手伸进口袋里，呀！口袋里的一枚五角钱硬币丢了。本来想在回家的路上买一点零食，这下可好，连零花钱都离我而去。翻了几遍口袋都找不见，口袋很浅，或许是滑出去了，或者是被挤掉了。

为了找回那珍贵的五角钱，我毫不犹豫地挤回人群中，弯着腰仔细寻找。夹在拥挤的人潮中，我感觉自己要被挤成馅饼，无法呼吸，只好再次艰难地挣扎出来，懊恼地看向人群。

每个人脸上都洋溢着笑容，整个世界似乎都在和我作对。失落、自卑、难过的我，孤独地朝家里走去。到底是谁偷走了我的快乐？这种孤苦无依的生活，什么时候才能结束？这些问题悬浮在燥热的空气中没有答案。

我尝试去结交朋友。女同学们丢沙包，我就讨好般地跟着；她们跳橡皮筋，我就跟在她们身后迎合。我身体不灵活，沙包玩得不好，跳橡皮筋也不厉害，所以没人愿意跟我一组，渐渐地我从女孩子队伍中退出来了。

我也尝试跟班上的男同学玩。为了融入他们，应他们的要求举起手发誓：“坚决不向老师告状，否则天打雷劈。”

获得信任后，跟随他们走到校外隐蔽的树林里，他们玩的游戏是过家家。我当妈妈，另一个男同学当爸爸，他们让我们在隐蔽的丛林后面“睡觉”，要脱下裤子。

我有些傻眼，愣在原地不知所措。他们一再怂恿说，只是游戏而已。我奇怪地问：“为什么要脱裤子？怎么扮演呢？”

他们大笑起来：“难道你没有见过你爸妈晚上做的事吗？”

爸妈是我内心扎得很痛的一根刺，难道他们知道我爸妈不在身边的事吗？他们也想笑话我是个没爸妈的孩子吗？

不想跟他们解释爸妈不在身边，我愤怒地翻过围墙，匆匆跑掉，背后的讥笑声不绝于耳。

大山里的孩子们野蛮地生长，缺乏生理知识，被好奇心渐渐带偏。我不再参与他们的游戏，继续躲在僻静的角落，当落单的丑小鸭。

这天中午，几个孩子围在一个深沟的管道口，看谁敢从那根管道爬过去。

几个大胆的孩子爬进管道。我也很想钻到一个黑暗的地方，别人看不见的地方。洞口不大，我身子刚好能爬进去。

前面爬的几个孩子喊着：“里面好黑。”

“往里爬，你是不是害怕了？”

“赶紧爬，少废话。”

声音在空洞的管道里听起来有些瘆人。

爬一会儿，管道没有了，在微弱的光下，只能看见四周用石头砌成的通道。通道越来越窄，前面的孩子爬得很快，我已经跟不上。

在黑暗的通道里，我感到无比安全，这里没人耻笑我。待在这个封闭的空间，温热的脸慢慢冷却下来，通道越来越窄，里面越来越看不清楚，空气有点稀薄，头开始有点晕，不知道前面还有多远，我害怕起来。

思考再三，我改变了主意，决定往回爬，不再逞强，也不想再取悦别人。通道很狭窄，不能调转身子，我只好跪着往回退，每退一步都很艰难，速度也慢下来，后退很久也没有退到入口，我更加害怕，万一在管道里出事了，怎么办？爬得快要筋疲力尽时，终于退到入口位置，我长舒一口气。

我担心洞里发生危险，跑去找出口。两位同学带着我穿过大操场，绕过老师们的宿舍、后院、高墙外面的斜坡，才找到管道的出口，如此远的距离，幸亏自己没有继续爬。

等了很久都没等到他们爬出来，上课铃声响了，我们只好跳下高墙，跑回教室，这时才发现，班里的孩子都已经坐在座位上，悬着的心终于落下来。

就这样，几次尝试融入集体，都以失败告终，我彻底放弃了。从此决定哪怕不被喜欢、不被看见，无人关注、无人关爱，渺小得就像一颗尘埃，也不要再违背内心，去讨好那些从来不在意自己的人。从此，独来独往的日子越来越多。

四、成长中的雨季

这个世界缤纷绚烂，充满了爱，也弥漫着痛，它有多精彩就有多令人绝望，纵使有再多的晴天，也晒不干我内心深处漫长雨季形成的河流。

1
暴风雨来了

日子过得井然有序，太阳从东边山头升起，从西边山头落下，是一天；春夏秋冬四季轮换，是一年。我掰着手指头数日子，没有爸妈陪伴的日子一天又一天从指尖溜走，我盼望着重逢，盼望着他们的归来能驱散周围的黑暗和孤独。但在等到爸妈归来之前，我必须鼓励自己，即使掉进黑暗，也要勇敢地发光。

“轰——”

摩托车驶进校园的轰鸣声，打断我的思绪。同学们都朝窗外望去，“莹莹，你爸爸来了。”有同学小声说。

窗外阴云密布，看来要下雨了，怪不得莹莹的乡长爸爸比平时来得更早。老师提前布置好作业，莹莹爸爸已经站在教室门口，老师朝他点头笑了笑，说：“莹莹，你收拾一下准备走吧。”

莹莹收拾好书包，从座位上站起来，飘逸的白裙子真是美极了。所有人目送她出去，羡慕她能早点回家。

有爸爸接，有漂亮裙子穿，可以提前下课，她就是现实生活中的公主吧？

老师敲着黑板，把大家的注意力拉回来。我忍不住偷瞄着走到操场上的父女俩，乡长爸爸冲女儿微笑着，接过她身上的书包，跨上车，莹莹坐在后面，紧紧地抱着她爸爸的腰。踩下油门“轰”地一声，父女俩呼啸而去，留下一堆灰尘在空中飘扬。要是爸爸也能这样来接我该多酷。我幻想着，自己轻飘飘来到操场上，而爸爸正骑着摩托、穿着铠甲，微笑着等我上车。

不一会儿，小雨淅淅沥沥下起来，窗外陆续多了几位家长，他们伸着脑袋望向教室里。“大家都有父母来接，一定不会有人来接我，一定。”内心涌现出伤感。老师打断思绪：“今天有大雨，不用打扫卫生，把座位底下的纸捡一下，赶紧回家吧，不要在路上逗留，不要走危险的陡坡，大家结伴而行。”

同学们快速收拾好书包，冲出教室，家长给孩子穿雨衣、换雨靴，我尽量不去看他们脸上的表情，低头从人堆中挤出来。我没有雨伞，没有雨衣，没有雨靴，也没有家长来接，我毫不犹豫地一头冲进雨里，快速逃避这不曾拥有又让我难过的亲情时刻。

走出学校不久，淅淅沥沥的小雨变成滂沱大雨，乌云像个大锅盖一样扣在头顶，天色阴暗，像极了世界末日，很快头发、衣服、书包全被浇透了，而距离到家还有一半的路程，我挽起裤腿准备疾步快走，脚上那双妈妈做的千层底布鞋灌满了雨水，鞋底与地上的泥土粘在一起，每走一步，布鞋就深深地陷进泥土，用尽浑身力气，才把鞋子拔起来，越心急越无法加快速度。怕鞋子坏掉，干脆脱下来，光着脚丫子，小心翼翼地踩着泥泞的路，费力前行。

雨如瓢泼一般，我被淋成落汤鸡。

走到一处狭窄的路段，一边是陡峭的悬崖，另一边是涨满水的稻田，尽管我万分小心地挪动身体，但还是踩到一处凹凸不平的地方，身体无法保持平衡，直接滑倒在地，浑身沾满泥浆，爬起来，再次滑倒，短短二百米的路，我不知道摔倒了多少次……

我气恼地干脆坐在泥浆里，湿冷的身体被风吹得瑟瑟发抖，内心突然下起了暴雨，我哭喊着：“爸爸妈妈，为什么要去外面打工？为什么不能来接我？为什么要抛下我？”眼泪止不住地流下来，与脸颊的泥浆混为一体，分不清是泪水还是雨水。

不远处的田边，一位农民伯伯穿着蓑衣、戴着斗笠，低头忙碌着，在给稻田蓄水，没有注意到不远处有个孩子在泥坑中挣扎，在向他寻求帮助。天色渐晚，我不能任性地在这里坐下去，抓到路边伸过来的一根树枝，吃力地站起来，脚步一深一浅，向家的方向走去。

摸黑回到家，换下湿透的衣服，洗掉身上的泥浆，若无其事地坐在灶火前，烤着湿透的头发、书包、书、本子。

奶奶端来熬好的红糖水，自责地说："我没本事，连把伞都不能给你送，让你受这些罪。"

听到奶奶自责，我懂事地安抚："没事，放心吧，我不会感冒的。"

吃完饭，帮奶奶洗完碗，我赶紧蜷缩在被窝里，泪珠不由自主地落下，悄无声息地打湿了枕头，内心在哭泣，却只能自我消化。瓦房不隔音，一道道闪电在窗户上划过，"轰隆隆"的雷声在屋顶上翻滚，疲惫不堪的我在电闪雷鸣中睡着了。

睡到半夜，脚突然触碰到一摊冰凉的水，正困惑水是从哪里来的，一滴水又滴在脚上。我摸出枕头下的手电筒，打开一看，凉席中间已经有一摊积水，奶奶蜷缩着身子睡在一侧。

"奶奶，快醒醒，屋顶漏雨了。"赶紧摇醒奶奶。

她爬起来，打开灯一看，屋里四五处都在滴水。我们迅速起身，把家里的大盆小盆全都搬来接水，盆不够用，把大碗也拿过来接。

奶奶抱怨起来："老天，下了那么久，你怎么还在下哦。"

"叫你大伯帮忙，总说自己忙，这屋顶都破成这样也不管，现在躲不过去了，说什么也要翻修，再不修我就住外面去。"奶奶生气地说道。

那一夜，我们裹着被子，蜷缩在没有漏雨的地方睡觉。雨滴在瓷盆里、塑料盆里、铁盆里、碗里，"滴滴嗒嗒"，像一部悲伤的合奏曲。第二天，雨停了，大风却狂刮，站在家门口，一万个不想出门，可不可以不用上学啊？昨天的经历让我后怕起来。

奶奶从柜子里翻出家里唯一一把雨伞，撑开一看，好几个支架都坏了。奶奶劝我拿上吧，总好过没有伞。我换上一双雨鞋，前脚掌底已经断裂，只能自我安慰比布鞋要好走。

上学的路上有好几处滑坡，昨天摔跤的滑坡路段，旁边就是几十米高的悬崖，滑落下去的话，几乎没有生还的可能，令人毛骨悚然。农田的玉米被昨夜的大风吹得卧在地里，水田里灌满了雨水，浑浊不见底。我小心翼翼地通过那些坍塌的路段，遇到特别滑的路段，只好趴在地上，用四肢爬行。

遇到疾风时，雨伞被无数次吹翻，我只好收起雨伞，紧紧地抱着路边的树，以防被吹到天上去。路面泥泞不堪，有洞的雨鞋毫无作用，里面都湿透了，昨天的狼狈今天重演。

如此渺小的我，风能吹走，雨能浇透，却要学会一个人战胜狂风暴雨。到了学校，没有烤火的地方，只好穿着湿漉漉的衣服、鞋子，开始一天的学习。一整天，我都哆哆嗦嗦地打着寒战，放学时，衣服已经被体温“自然烘干”。

折磨人的雨季，什么时候才能结束啊？

艰难地熬到第三天，天终于放晴了。太阳照耀着宁静的山野，爽朗的读书声再次回荡在雨后的山间。

坐在教室，突然眩晕恶心，整个世界都旋转起来，我举手告诉老师，要去厕所。

走出教室，从操场通往厕所短短几百米的路，显得非常遥远，每走一步都要费很大力气。走到操场中间时，一头栽了下去，我一边责怪自己太马虎，一边试图爬起来，但只感到天旋地转，没有一点儿力气。

我趴在地上试图抬头，仍然晕眩无比，翻身坐起来，强烈的恶心感袭来，忍不住地吐了一地。

“这是怎么了？”我害怕极了，神色慌张地望向四周，寻求帮助，却没有一个人影出现。我尝试自己站起来，离开恶心的呕吐物，刚走了两步便双腿无力，又蹲在操场上。此时，妈妈要是能出现该多好，我需要她。老师过来也好啊，给我一杯热水，我想躺下休息。

我在原地待了好一会儿，直到感觉不那么晕了，我才一步一步挪回教室。刚好下课，同学们吵闹着冲出教室，我躲闪着回到自己的座位，趴在桌子上，没人发现我的异样。

我像透明人一样，一个人与大风抗争、与暴雨抗争、与病痛抗争，什么都是一个人。

拖着沉重酸痛的身体回到家，奶奶在做饭。我像往常一样，坐在灶前帮忙烧火。奶奶看我满面通红又喘着粗气，摸了摸我的头，说：“秀，你发烧了。”

她赶紧熬了一大碗红糖姜水，让我喝下，然后把我扶到床上躺下，给我盖上两三层被子，又去做饭了。陈旧的棉花被压得我喘不过气来，内心却温暖起来，幸好有奶奶在。

暴风雨锻炼了我的勇气，呼啸的风阻止不了我前行。但在学校里，发烧生病时，却没有人过问一句，那种冷漠无情，让我害怕。

感冒好了，雨季也渐渐过去。夏天的烈日，炙烤着大山的每个角落。日子过得很快，这一学期马上结束了。

期末考试成绩出来了，我竟然滑到了勉强及格的水平。妈妈在身边时，我能考八九十分。她离开仅仅一个学期，我的成绩一落千丈。

晚上，拿着分数不高的试卷，忐忑不安地回到家，奶奶听说我的分数后，并没有说什么，也没有教训我。

暑假一到，下滑的学习成绩被我抛在脑后，和院子里的堂姐们玩耍起来。

这一天，我跟堂姐们脑洞大开，躲开大人，把家里两米长、一米多宽的切猪菜的菜板抬到池塘里，当作竹筏划着玩。池塘边的水不是很深，中间位置相对较深，我们三人上了“竹筏”，在池塘边缘嬉戏，但“竹筏”撑不起三个孩子的重量，我们只好从上面下来，并将它原封不动地搬回去。

没有玩尽兴，又把家里的大塑料袋拿来，吹满气，用绳子紧紧地捆起来。堂姐们让体重最轻的我趴在大塑料袋上，她们开始转大塑料袋，速度有点快，我瞬间失去支撑，一头栽进水里。我的脚无法接触到池底，浑浊的水一口一口灌进嘴里。我在水里惊恐地扑腾、挣扎，心想完蛋了。

过了许久，堂姐们才从后背抓起我的衣服，将我拽出水面，衣服勒得我难以呼吸，我上岸后干呕不止。惊魂未定的我，喘着粗气，吐着嘴里的泥沙，浑身哆嗦。堂姐们却仰头大笑：“刚才人怎么不见了，凭空消失了？”

我差点被淹死，她们却拿生命开玩笑，有那么好笑吗？我头也不回地愤怒走开了。她们还在原地兀自大笑不停。

回到家，偷偷换下湿透的衣服，洗好后晾在竹竿上，生怕被奶奶发现。我不敢告诉任何人，就当什么事都没有发生过。

夜里，我梦见自己淹死了。爸妈因为路途遥远，没有回来，孤零零的我被一铲一铲地埋进土里。被这个噩梦吓醒后，我睡不着了，越想越后怕，万一溺水怎么办？万一真的死了，生命永远停在那里了怎么办？

我心里装着一个梦——走出大山，这场意外差点让一切戛然而止。

我开始远离堂姐们，远离可能出现的意外。

夏夜，酷热难耐，躺在院子的席垫上，仰望星空，不断地问天上闪烁的繁星："星星啊，你们能把我的思念带给爸妈吗？他们不在身边，我一个人过得好辛苦，我害怕自己真的发生意外，再也见不到爸妈。我想走出大山，到爸妈身边。星星啊，你能告诉我，什么时候我能回到爸妈身边吗？"天上的星星一闪一闪，似乎在回应，告诉我这一天即将到来。不知不觉，我在星空下睡着了。

2

走过最黑暗的路

暑假结束，新学期开学了。开学头两天，是劳动日。

操场上的杂草疯长了一个暑假，长度没过膝盖。老师带着同学们聚集在操场劳动，有的徒手拔草，有的用锄头锄草，有的把草运到垃圾桶，干得热火朝天。

干了一整天，“草场”变回了操场。第二天，所有的课桌椅被搬到操场，教室被打扫得干干净净。经过两天的劳动，大家疲惫不堪。

放学前，老师给大家发新书，我拿到了崭新的课本，上面写着：三年级上册。

我是三年级学生了。新学期，我常感到非常吃力，不懂的地方越来越多。

一天放学前，老师布置作业：“从这个学期开始，不写小作文了，要写长作文，今天写一篇文章《生活中最重要的人》，500 字，明早交。”

话音未了，同学们开始嘀咕：“天哪，500 字？”

“数学作业还要做很多算术题。”

“怎么这么多作业啊？”

“这不可能完成啊。”

老师打断大家：“别吵，你们不再是低年级的孩子，作业会比以前多，只要用心做，很快就能做完，明天一早交，没有商量的余地。”

老师离开教室后，同学们在教室里大眼瞪小眼。我收拾好书包，走出教室，像往常一样从几个接孩子的家长中挤出来，不想去听他们对自家孩子的各种关心话语。回到家，帮奶奶烧火做饭，饭后又帮奶奶喂猪，一切收拾完，开始写作业。

生活中最重要的人，写谁呢？

爸爸妈妈已经成了陌生人，70 多岁的奶奶，五官精致，年轻时是远近闻名的大家闺秀，她慈祥、温柔，陪伴我长大，虽然很瘦弱，却精明能干，撑起我的世界。

那就写奶奶吧。我文思泉涌，奋笔疾书。正写到兴头上，圆珠笔不再流畅地出墨水。

“不会没墨水了吧？”

我打开竹筒笔，果然笔芯已经没墨了，真是怕什么来什么，我就这一支笔。我瘫坐在凳子上，不知如何是好。天已经黑了，离家最近的商店要走半个小时。附近的邻居，除了堂姐们，没有上学的孩子，堂姐们的铅笔盒里倒是有各种各样的笔。可她俩正在跟我冷战，会借给我笔吗？虽然内心极其不愿意去求她们，但必须放下面子去借笔。

我厚着脸皮，慢慢穿过走廊，来到堂姐家，二堂姐正在用钥匙开门，看到我时装作没看见。

我靠近二堂姐，站在她面前，低着头小声请求道：“姐姐，我笔没有墨水了，今天作业特别多，能不能借我一支笔？”

二堂姐看我这样，没有再怄气：“可以借给你。”

我赶紧连声道谢，真想感谢她八辈子祖宗。虽然她的八辈子祖宗也是我的祖宗，但接下来的话，让我想收回所有的感谢。

“但今天要早点睡觉，睡觉前你得还给我。”她很冷漠。

我愣在原地，急忙解释说：“可是……今天……作业特别多，我写不完的。”

“那我管不了那么多。”她一点也不肯通融。

当二堂姐进屋把笔拿出来递给我时，我仍然愣在原地。她大声问道：“你借不借？”

我内心憋屈，迟疑地接过笔，小声回了一句：“谢谢。”

回到房间，写作文的灵感和思路早已烟消云散。先写数学作业吧，看着密密麻麻的数学算式、加减乘除的符号，瞬间脑袋剧痛，我来不及细算，连蒙带猜，快速把答案写在每一个等号后面。

脑门上冒出来细密的汗珠，我急得哭了起来，一边抹泪，一边写作业。

奶奶心疼地看着我，不知道该如何帮忙，于是拿着蒲扇卖力地给我扇扇子，扇过来的风，透着奶奶的怜悯、无奈和安抚。

奶奶从来不会打抱不平，也不会开口让堂姐们借给我笔。平时堂姐们已经在抱怨奶奶偏爱我了，要是她出头为我去借笔，会让堂姐们更加排挤我。她不想我们之间的关系恶化，唯一能做的就是默默地扇扇子。

我写完数学作业，正准备写作文。哪知，二堂姐的脚步声传来，我迅速抹干眼泪，祈祷她对我说："今晚用吧，明天再还。"

二堂姐像一阵风一样进了房间，干脆利索地说："我来拿笔，我要睡觉了。"

祈祷并不管用，只好再次请求她："我作文还没写，能不能……"

还没等我说完，她说："不行，我要睡觉了。"粗鲁地夺过笔，转身就走了。

我心口像堵了一块大石头，无法呼吸，一时说不出话。

奶奶看着发生的这一切，没有办法阻止，心疼地问我："秀，你的作业怎么办?"

不想让奶奶跟着难受，我安抚她："没事，没事，明早我去学校补作业。"

奶奶担心地追问："那得几点起床啊?"

我心里默默计算着时间，路上走路一个小时，写作文差不多也需要一个小时，如果要赶上早上七点半排队蒸饭、八点晨读，那么五点半必须出门，如果路上小跑，六点前必须出发。

"最晚六点走吧。"我声音里有一丝胆怯，眼睛不敢看奶奶。我知道自己不够坚强，会忍不住流泪。

"那么早，天还没亮呢。"奶奶怜惜地看着我。

是啊，天还没亮呢，但没有别的办法。我不能跟老师解释说笔没有墨水了，那样会被罚得更惨，他只会认为那是不写作业的借口。

无论早晨那条路多么黑，我都要去挑战，没有退路。

天还没亮，奶奶把我叫醒，递给我两块钱、一个手电筒，叮嘱我买点零食填肚子。站在家门口，倒吸一口冷气，这时四周还伸手不见五指，对面堂姐家的灯还没亮。

“要不等会儿再走吧，太黑了。”奶奶不放心让我一个人走夜路。

不知道哪里来的勇气，又像是在赌气，我深吸一口气：“没事的，放心吧，奶奶。”说完，迈出院子。

奶奶站在门口，担忧地目送我离开。

这是我人生第一次独自一人去挑战漆黑的山路，我不断给自己加油打气：“做勇敢的人，迎难而上，没有什么大不了的。”

前一秒是勇气，后一秒就是恐惧。山野万分寂静，我感觉后背发凉，大气不敢出一口，咬着牙根，一步一步向前迈着。暗夜中，听到自己的呼吸声，害怕得要命，只能轻轻地吸气，再轻轻地呼出来，不敢抬头看前方，也不敢回头，把视线停留在脚下半米左右的距离。

从家到学校一个小时的路程中，有一段陡峭的山路，有无数段田间小路，有密集的丛林，还有好几处坟场，但最让我害怕的是前段时间出过车祸的那一段路。事故路段很邪门，死伤不断，恐怖的画面在我脑海里迅速闪过，前面的路，每一步都是挑战。

寂静的山野，只能听见自己的脚步声和一长一短的呼吸声。清早的空气清冷，让我的脑袋异常清醒，原本打算一路小跑，但因为完全看不清脚下的路，只能疾步快走。我把注意力放在脚下一块块大青石上，但又想起爷爷说铺这些路的先辈们，有的就牺牲在路上，不免又紧张起来。每走一步，都要克服巨大的心理障碍。

经过一处坟场，几个坟头挨着路边。如果不从坟地走，只能走更阴森的树林，白天穿过那里都会感觉后背发凉。比起让人汗毛倒竖的树林，我宁肯选择坟地，毕竟附近有一家人。

靠近坟头时，我把黑暗中的它们当作一个个普通的小土堆，屏息凝神，三步并做两步，一股凉风从坟地吹来，周身寒战。我的脚不听使唤地跑起来，把坟场甩在身后，但感觉后面有东西在紧跟着我，心脏都要跳出来了。

提心吊胆地走了好长一段后，天开始一点点放亮了，脚下的路慢慢清晰起来，我飞奔起来，除了自己的喘息声，听不见任何其他声音。那一刻，大山一定看见了我，夜空一定看见了我。我终于敢回头看了，坟地早已消失在远处的黑暗中，仿佛自己从一个恐怖的时空穿越而来。我瞬间感觉自己强大起来，战胜了某种无形的东西，也许是黑暗，也许是内心的恐惧。

东边的山头镶上了一丝金边，太阳升起来了，我差点喊出声。

恰巧这时，又要路过那棵传说中的妖树了。有人说，曾经有个女的在树上吊死了；有人说，曾恍恍惚惚看见一个白衣女子在树上梳头；还有传言说，曾经有人在这棵树下撒尿，回去就疯了。

靠近那棵树时，树叶“哗啦啦”响起来，我浑身哆嗦起来。铆足了劲儿，以最快的速度低头奔跑，斜挎包拍打着我的一条腿，限制着奔跑的速度。

我突然想起路上经常遇到的一个高年级学长。有一次他从我身边经过，发现我在哭泣，关心地问我怎么回事？他是唯一一个能看见我情绪的人。后来我在路上经常遇到他。他爱打抱不平，洒脱、仗义、爽朗，会吹笛子，每次听到笛声，我全身如同洒满阳光，他一度成为我路上最期盼遇到的人。学长此刻要是能出现在路上，陪我走过这段可怕的路程，该多好！

想到学长，我充满恐惧的内心渐渐平静下来。

前面就是商店了，如果能在那里买到笔，我就可以趴在他们家屋前的石头上写完作文，这样就不用一个人孤零零地走剩下的路段了，毕竟后面还有更可怕的路段，我这样打算着。

满怀期待地去敲商店的大木门，一下、两下、三下……迟迟没人回应。我不敢叫门，生怕打破大山里的宁静，只好失落地转身走开，继续赶路。

走到下一个坟场时，想起爷爷说过，面对任何东西，只要心怀敬畏，便无须害怕。我内心默默地念叨："老天爷保佑'你们'，希望'你们'在另一个世界喜乐美满。"还真管用，紧张的情绪缓解很多。

从一个同学家屋后经过时，厨房里传出做饭声，抬头一看，大山四处飘起袅袅炊烟，整个世界都醒过来了，天也亮了，我不再是一个人面对这寂静的山野了，不禁长长地松了一口气。

刚刚放松，很快又到了让人害怕的车祸路段，路上没有行人，车祸后满地血迹的场景充斥着脑海，令我再次紧张起来。

车祸发生在不久前的一个周末。周一我们上学时，还能看到路上斑斑血迹，玻璃碴碎了一地，路边的树也被撞倒了。

我放慢脚步，内心开始挣扎，能不能不经过那段路？是否有其他的路？答案是否定的，那是必经之路。总不能站在这里不走吧？作文也还没有写完，我此时要是放弃了，那这一路所做的努力，就全白费了。内心有一个声音响起：不能放弃！前面最漆黑的路都勇敢地走过来了，这里也可以的。

我试图不去看路边被撞倒的树，踩过玻璃碴，拼命地跑了七八分钟，绕到下一个山弯才敢停下来。我蹲在地上喘粗气，但又不敢逗留太久，还没等呼吸平稳，就站起来继续奔跑。

学校越来越近，天也彻底亮了。我已满头大汗，头发全部湿了，粘在前额上，后背也湿透了，肚子"咕咕"地抗议起来。

我感觉自己像英雄一般，血脉偾张，像打了胜仗。我大笑着，但笑着笑着，眼泪忍不住流下来，泪水和汗水掺杂在一起，流进嘴里，咸咸的，又有一点苦涩的味道。我抹了一把泪，在学校附近的井里打了一壶水，今天终于没人跟我抢水了。

径直朝学校的商店走去，四周悄无声息。我顾不上那么多礼节，直接敲打着商店的门。

"有人吗？我要买东西，有人吗？"

喊了半天没有动静，继续用力敲门。

"有人吗？我要买东西。"

“喂，有人吗?”

“开开门，有人吗?”

过了好一会儿，两扇门终于缓缓地打开了，老板娘顶着凌乱的头发，打了一个哈欠，抱怨道：“怎么那么早啊，烦死人。”

“对不起，我要买支笔赶作业，笔没有墨水了。”我抱歉地解释道。

本以为她会同情我，但并没有，她非常不耐烦地说：“你等一下，我去生个火，把水烧上。”

看着她头也不回地走了，我内心焦急万分，忍不住在心里骂了一句。老板娘平时就势利眼，堂姐们来买东西，一提三伯的名字，她客客气气的，对我却总是如此冷漠，但和势利眼有什么可计较的呢。

只见老板娘慢慢悠悠地往锅里加了两瓢水，再一点点生火。我心急如焚，所有骂人的词语在内心轮番对她说了一遍。过了一会儿，她一脸不情愿地朝我走来，慢腾腾地走进商铺，问道：“要一块钱的，还是两块的?”

“一块的。”

她一听，更没好脸色了，不情愿地递给我一支笔。本想买点吃的填饱肚子，但实在不愿意再跟她多说一句话。我给了钱，转头就走，身后响起她的抱怨声。

我拿起笔冲进教室，教室里空无一人，没有思考太久，就“唰唰”地写起来，掐着时间，凑够字数，赶在排队蒸饭前把作文补完了。

写完后，我松了一口气，一大早完成了那么多挑战，感觉自己像一个勇敢的战斗英雄，胜利地完成了一个个任务。

大清早的过度紧张使我一整天都没有办法保持精力上课，上午饥肠辘辘，下午开始犯困，真想早点回家，把今天经历的一切，骄傲地告诉奶奶。

正当我回想着早上的勇敢行为时，语文老师“请”我去办公室。

我胆战心惊地敲开办公室的门，脚刚迈进来，就听见语文老师愤怒的声音：“你写的是什么东西?”他“啪”地一声，将作文本直接扔给我。我从地上捡起来，打开一看，上面重重地写了两个红字：

“重写。”

自以为是的“英雄”，瞬间被老师打回原形，原来自己什么都不是，什么都不行。

老师厉声道：“今天写完再回家，先回去上课。”

我情绪低落地回到教室，熬完下午第三节课，大家跑到教室外活动，我坐在座位上沉默不语。

一名同学满脸沮丧地跑到我跟前，告诉我：“数学老师让你去办公室。”看样子他刚刚被骂过。完蛋了，数学作业也出问题了，昨晚慌慌张张写的作业，一定错误百出。

我迈着沉重的步伐去了办公室，到了门口，一种不祥的预感让我止步。数学老师凶狠地喊了一句：“进来。”我吓一跳，刚走到他桌子前，还没站稳，脸上重重地挨了一巴掌，待我还没反应过来时，头上又重重挨了一巴掌。那个力量太大，我身子没站住，被扇出去几步远。

“你做的是什么东西？”数学老师恶魔般地冲我吼叫。

我的脸火辣辣地疼，整个人都被老师打懵了，没有听他在说什么。想到这一天接二连三的打击，我眼泪倾泻而下，任由老师辱骂。

“我放弃努力了，你们也放弃我吧，求你们别再管我了。”我心想，内心绝望透顶。

“今天把所有作业重新写一遍，把算术题改对了，交给我检查，改对才准回家，滚回去。”老师不依不饶。

放学了，同学们都回家了，教室的门也锁上了。我背着书包，走到操场上，趴在操场上的乒乓球台上重写作业。我强迫自己集中注意力，不能再出任何差错。越强迫自己，不争气的眼泪越是“哗哗”地流个不停。

这一天，体内的水分全变成了眼泪，流干了。

改完数学错题送去给老师检查。他端着饭碗，站在办公室门口，看见我走过去，把筷子插在饭碗里，一只手接过我的作业本，快速检查一遍，说：“又错了一道。”

我害怕劈头盖脸的巴掌，身体本能地往后倾斜，但这次他没动手：“回去把这道题改完回家吧。”

还要重写作文，哪能回家？我沮丧极了，拿过作业本，又回到乒乓球台。

天色已经暗下来了，我眼睛要贴到作业本上才能看清上面的格子。我开始害怕回去的路，不管不顾乱写一气，到了500字，立马收尾。然后，急匆匆把作文本交给语文老师。

他拿过作文本，没有打开看，说了句：“回家吧，下次要好好写。”

谢天谢地，或许他知道天黑了，一个女孩走山路回家很危险。

我疾步走在那些可怕的路段，晚上的寂静和早上的寂静不太一样，山谷的人家一处处地亮着灯，让人心安些。但我还是小跑起来。

跑过车祸路段后，天彻底黑下来了，想起堂姐的为难、商铺老板娘的不近人情、老师对我的体罚……所有委屈和无助，变成无法控制的号啕大哭，哭声回荡在山间。我被这个世界孤立、抛弃，没有人懂我、保护我，似乎每天都活在黑暗和绝望里。

一个可怕的想法冒出来：我为什么要活着？我死了会不会有人在意？

这种想法就像我头顶的一团乌云，无法散去。

我拖着沉重的步子回到家时已经很晚了，奶奶做好晚饭还在等我，她急切地问道：“怎么这么晚才回来？出什么事了吗？被老师留下了吗？”

“没事，咱们吃饭吧，都挺好的。”我故作淡定，不想告诉她被老师打骂的事情。白天还想着回来跟她分享清早时战胜种种困难的经历，现在却什么话都不想说。我把一口口滚烫的饭往嘴里塞，却尝不到一丝味道。

3
人生中第一次长途电话

没有关爱的日子，让我的生活陷入恶性循环。

越想念爸妈，就越难以集中注意力学习；越难集中注意力学习，成绩就越糟糕；成绩越糟糕，老师对我的态度就越冷漠，我的座位就离黑板越远，搬进老师不愿管教的盲区，而我就越疯狂地想念爸妈……

生活就像一个死结，不知该从哪一处入手，去改变这一糟糕的局面。生活又仿佛冬日的花蕾，还没盛开，就被霜雪打败。我什么时候能等到爸妈回来？

这一天，老师怒气冲天地点名，台上站了一排同学，我也被点到。

老师拿着一根棍子，从讲台的一侧开始，一个一个地训话："为什么不写作业？"

我有些不解，我明明交作业了，为什么也被点名站到讲台上？

老师挪到我面前，问了同样的问题："为什么没写作业？"

"我写了。"我真诚地看着他回答。尽管生活如此糟糕，我依然会努力地去完成作业，因为不希望被老师批评，被老师罚站，被同学们耻笑，我想维护自己的尊严，不愿被人踩在地上。

"你骗谁呢？没写就是没写，居然还骗人？"他翻开本子，我一看那一页空空的。

"奇怪，昨天写的作业去哪里了？"

"你看看在哪里？"老师用手中的棍子用力敲打着作业本，发出"啪啪"的响声。

我无从辩解，低头一言不发。

“你不交作业，还撒谎，伸出手来。”老师厉声道。

我不情愿地伸出手，棍子重重地落在手掌心。

“还撒谎吗?”老师追问。

我沉默，不想回话。

“看你承不承认。”老师用棍子继续抽打。

我忍着剧痛，哭着说：“我真的写作业了。”

眼泪流出眼眶、流过脸颊，被误解比被棍子打手心更加令人感到疼痛。绝望透顶的日子何时结束?

回到座位上，仔细翻找书包。书包里有书、作业本、铁皮铅笔盒、咸菜瓶，这么多东西在里面挤压。随着我的翻找，原来写满作业的那一页掉了出来，还被书包里的咸菜瓶溢出来的油浸得黄黄的。我想拿着那张掉出来的作业去向老师解释，但看着那页脏脏的纸，我自己都嫌弃，还是算了。

放学路上，心情再次跌入谷底。想要见爸妈，见不到；想要关爱，得不到；想要尊严，没有。我看不到一丝希望，找不到自己存在的意义，有那么一瞬间，有个恶魔在脑子里怂恿我：“还是去死吧，这个世界上没人爱你。”

“别挣扎了，选择结束吧。”

……

我甚至期许放学的路上发生意外，还故意往陡坡悬崖边走。路过家附近的堰塘边时，夕阳如瀑，洒在波光粼粼的河面上，我恍惚地站在水边，试探性地迈了几步，却没有勇气跳下去……

期中考试成绩出来了，语文刚刚及格，数学只考了 39 分！这分数让我有点胆怯，却也让我有一丝窃喜，这下总该有人注意到我的变化了吧?

原以为老师会找家长谈话，爷爷奶奶会郑重其事地告知爸妈，或许爸妈看到一落千丈的成绩，会跑回来关心我。

然而，我以为的事情，都停留在“以为”。

老师没有批评我，只是要求把所有的卷子拿回家让家长签字。爷爷大多数时间不在家，不管我的学习，奶奶也不识字，爸妈更是遥不可及，我学着大人的笔迹，在卷子上签完字，然后把卷子塞到书包里，像什么事都没发生过。我的成绩根本没有引起任何人的注意……

生活有望穿秋水的等待，也有意想不到的惊喜。

一天爷爷回到家，心情不错，在那个高低不平的圆桌前讲规矩："秀，等你长大了，以后也会到外面的世界闯荡，出门不能做丢人的事。吃饭是有规矩的，饭桌上的一举一动，最能看出一个人的教养。"

我不知道什么时候才可以去外面，只好默默地听着。

"吃饭时，要等长辈都入座后，晚辈再坐下，长辈先动筷子，晚辈才可以动碗筷。夹菜不能在碟子里乱翻，不能夹离自己很远的菜，也不能站起来。吃饭时要安静，细嚼慢咽，不能吧唧嘴，发出很大的声响。要学会夸赞饭菜可口，饭后主动帮忙收碗筷，还要关照大家，请大家慢用……"

爷爷的叮嘱，我没有回应，一边听着一边看着厨房的地上，一队蚂蚁正匆匆搬运着食物。

爷爷忽然转变话题："对了，我差点忘记了，中学的张校长办公室安装了一部电话，这是大山里的第一部电话，只需要一个电话号码，就可以和很远地方的人通话，你说多神奇。"

爷爷感慨着科技的变化，随后说到重点："下周二下午 6 点，秀的爸妈会打电话过来，我们到时候提前过去等着。"

听到"爸妈"这个字眼，我本能地抽搐一下。我有些兴奋，但想到那么差的考试成绩，又害怕起来。

"那会不会太麻烦张校长了？"奶奶说。

"没关系，据说接电话不要钱，拨打的一方付电话费，我们给张校长带点东西，表示感谢。"

我不知道神奇的电话到底怎样把声音从那么远的地方传回来，满脑子想的是：该和爸妈说什么？满腹心事，先说哪一件？是诉说思念，还是告知最近的学习成绩？

爷爷又说道："打电话很贵，一分钟要花一元二角钱。我们每天都在说话，从来不用花钱，万万没想到，要跟远方的亲人说话，需要花这么多钱。”

原来电话费那么贵，我一定要想好说什么。

从周末开始，我跑到小树林，对着一棵大树，一个人开始练习起来：

“爸爸妈妈，你们好，我在家挺好的，爷爷奶奶很好，请你们放心，不要牵挂，你们在新疆好吗?”

我明明不好，为什么要说好？我摇摇头，继续想措辞：

“爸爸妈妈，你们好，我很想你们，我在家很孤单。”

不行，这样会被爷爷责怪的，爷爷说报喜不报忧，不能让爸妈在外面担心我。

“爸爸妈妈，你们好……”

练着练着，我不知道该说什么，失落地靠着一株竹子坐下，脑袋里一片空白，长期不和爸妈沟通，我已经不知道该如何和他们交流了。树林里风声、鸟叫声不断，抬头看着轻柔飘动的青翠竹。我期待那天快点到来，又有一些不安，一根麻绳似乎在心里打了结。

令人期待又忐忑的日子来临了。周二放学后，我跟在几个顺路的同学后面穿过好几个田间地头，步行 30 多分钟，从小学部走到能接听电话的中学部。

爷爷奶奶已站在中学部门口等我，会合后，在校园里拐过几栋平房，打听着找到了校长办公室。爷爷热情地和校长寒暄起来：

“张校长，今天给您添麻烦了。”爷爷握着校长的手。

“没事，咱们就别见外了。”这位中学校长是我二姑父的哥哥，也算亲戚了。他招呼我们坐下，我挤在沙发的角落。

“这个娃娃爸爸在哪里打工?”校长问道。

“在新疆。”爷爷说着递上了烟。

校长接过烟，说：“那有点远哦。”

他们寒暄着，我望着那部血红色的电话，生怕它会响起来。

这时，校长走近电话，教爷爷电话的使用方法，他说：

“电话响起来的时候，直接拿起来就可以了，如果想大家都听，就按这个免提键。”

爷爷听得很认真，嘴里重复着校长的话，怕自己忘记如何用。校长交代完，说：“你们随便用，我出去了，这样你们自在一点。”

校长的通情达理，让我松了一口气。血红色的电话，也就有一本书那么大，这么小的东西怎么能把爸妈的声音从新疆传过来呢？万一它马上响起来，我该说什么？电话要是不响怎么办？我很紧张。

距离约定的时间还有几分钟，我紧握拳头，腿哆嗦起来，既害怕听到爸妈的声音，又怕听不出他们的声音，百感交集。

约定的时间到了，电话没有响起。我有些庆幸，电话干脆别打来了，我没有准备好，好想逃走。

突然，电话响起，我心跳加速。

爷爷走过去，按了免提键：“喂，能听见吗？”

信号不是很好，发出“滋啦滋啦”的噪声。

“喂，有人吗？”爷爷扯着嗓门喊道。

对方无回应，爷爷干脆拿起了电话，说：“好好，现在听见了，终于听到了。”

“我们都好，秀在旁边。”

我一听叫我，整个脑子懵了，愣在原地一动不动。爷爷示意我过去接电话，我木讷地走过去，拿起电话，把听筒靠近耳边，听到爸爸的声音传过来：“秀，我是爸爸。”

曾经熟悉的声音，一下子唤醒我所有的思念。压抑的情绪瞬间爆发，我止不住大哭起来。

爸爸听到哭声，急忙说：“怎么哭了，秀？你怎么哭了？”

我想告诉他，我想他们了，但号啕大哭的我，没有办法说话。

“你别哭，你妈过来跟你说话。”爸爸说道。

几秒钟后，电话那头响起另一个熟悉的声音：“秀，是我，我是妈妈，你别哭啊，听到了吗？别哭了。”

妈妈的声音传过来，我的情绪更加不受控制，哭得更厉害了。

妈妈焦急地喊起来：“别哭了，秀，你这样哭，妈妈很难受。”

我想心平气和地跟他们说几句话，但憋了一肚子的委屈、思念……我哭得停不下来。哭声是我此刻唯一能发出的声音。

奶奶着急地说：“你赶紧跟你爸妈说两句话，有什么好哭的，我哪里委屈你了？”

爷爷也有些生气地说：“这孩子怎么回事……”

妈妈在电话那头试图压过我的声音，喊着：“你别哭了，好好听爷爷奶奶的话，我们很快就回去看你。”

我情绪得不到一点缓解，依然撕心裂肺地哭，奶奶生气地把我拉到一边。

爷爷接过电话说：“没事，别担心，秀没事，小孩子这样很正常，她平时好好的，你们在外面安心工作吧。”

他们寒暄几句，准备挂电话了，我一听要挂电话，哭得更加伤心了，情绪没有得到安抚，准备许久的话都没说出来，就这样挂了吗？

“嘟嘟嘟……”电话挂断了。

爸妈为什么不允许我放肆地哭泣，为什么不耐心地安抚我。他们要是说一句：“听到你的哭声，我们很难过，知道你很想念爸妈，我们也非常想念你，争取早日回去看你，你做得很棒。”我的情绪一定会好转的。

昂贵的电话费，不允许发泄情绪。我想，即使不考虑电话费的问题，他们也不会这样安抚我，他们根本不了解一个独自留在家乡孩子的内心世界，他们只期望看到一个乖巧懂事的孩子独自茁壮成长，丝毫不会关注我的情感需求。

人生第一通电话，我没有说出一个字。

回家的路上，奶奶生气地说：“我们对你不好吗？哪一点委屈你了？你哭成这样，你爸妈该胡思乱想了。”爷爷哀声叹气。

我一点也不怪奶奶，因为她怕爸妈在外面担心。可爷爷奶奶哪里懂得小孩子的心思。我哭，是完全不受控制的，不是因为爷爷奶奶对我不好，我只是很想念爸妈而已。

我沉浸在悲伤的情绪中难以自拔，没有办法心平气和地跟奶奶说出心里话。

这一通电话，对我来说，如同一把刀刺在我的心上，也撕开了我最后的伪装。本以为自己足够坚强，能够为接电话而高兴，可以把想念藏在内心，可以在电话里若无其事地聊天，但我还是那个脆弱的我，一听到爸妈声音就崩溃到无法说话。

回到家，我担心奶奶会继续生气，一直默默地跟在奶奶后面，更加卖力地干活，帮她一起剁猪草、熬猪食、喂猪、做饭。

奶奶见我沉默寡言，也不再怪罪我。

4
离家出走

第二天，大堂姐听说了我接电话大哭事件，忽然热情起来，把一块饼干塞到我的手里，叫我一起上学，也不再孤立我。我感到一丝暖意。

但好景从来都不长，我只是她们显示自己重要性的陪衬。

“秀，给你看一样东西。”一天，大堂姐兴高采烈地拉着我去她家门口的小花池。

一朵洁白无瑕的栀子花突兀地插在土里。

“哪里来的?”我问她。

“从学校里摘来的，你闻闻，香不香?”

我凑近花朵，深吸一口气，白色的花瓣散发着醉人的香气，我有些担心地问道：“花骨朵插在土里，这样能活过来吗?”

“一定能活的，明年咱们小院子就能长出一棵栀子树，那时满院子都能闻到栀子花香了。”她天真地说道。

看看花骨朵，我认为活不下去。但看着大堂姐如此欢喜，我没有打击她，只是静静地在一旁和她一起欣赏快要蔫掉的栀子花。

第二天下午，我挥动着笨重的扫把扫院子，大堂姐气呼呼地向我冲过来，一只手揪住我的衣领，质问道：

“是不是你偷了栀子花?”

我愣在那里，不知所措。

她狠狠地抓着衣领，往前推我，吼道：“是不是你，快说，是不是你?”

我试图拽开大堂姐的手，但她抓得更紧了。

“不是我，你松开手。”我压根儿不知道栀子花去了哪里。

大堂姐把我推倒在地，干脆骑在我身上，掐着我的脖子，怒喊道：“只有你一个人知道这事儿，不是你偷的，还能有谁?”

没有做的事，坚决不会承认，说：“我没偷。”我愤怒地喊着，哪怕用死证明清白，我也愿意。

“叫你不承认。”她比我力气大，一只手按住我两只手，另一只手狠狠地掐着我脖子。我不能呼吸，感觉要窒息了，我拼命地拉扯她的手。平时被欺负，忍气吞声就算了，现在还要被掐死吗？我恶狠狠地看着她，用尽最后的力气，声嘶力竭地发出尖叫：

“啊……”

“啊……”

“掐死我啊，你掐死我……”我真的不想活了，死了一了百了吧。

大堂姐听到我这样一喊，有些害怕，犹豫片刻，从我身上起来跑走了。

我无力地躺在地上，心如死灰。

奶奶从附近的菜园子赶回来，看到我瘫在地上，心疼地把我从地上拉起来，她很清楚发生了什么，可什么都没问，轻轻拍拍我身上的灰尘，拉着我回到厨房。我在灶前呆坐着，因为自己受到的莫大羞辱而一言不发。奶奶好像故意地把锅碗瓢盆摔得很响，却说不出一句话。

积压的负面情绪像火山喷发。我想离开家，去陌生的地方，去无人的地方，去哪里都好，想躲起来，不见任何人，我萌发了离家出走的想法。我若无其事地吃完午饭，奶奶继续去田间地头劳作。

我没带任何东西，像逃亡一般向大山走去，我不知道去哪里，也不知道能走多远，我在山里盲目地攀爬，长满刺的藤蔓从身上划过，我全然不顾，丝毫没有疼痛的感觉；路过陡峭的悬崖，我故意去踩那些晃动的石头。我愤怒地攀爬，直到气喘吁吁，回头看山脚下的房子已经很小了，这里应该足够安全，没有欺凌，没有委屈，我在一块大青石上坐下来，想起被大堂姐骑在身上的情形，委屈、愤怒、无助、孤独、难过，所有的情绪都涌上心头，眼泪再次奔涌而出，我哭泣着、抽搐着，直到哭累了，在大石头上疲惫地睡着了。

我做了一个梦，梦见有人疯狂地追我，我在丛林里没命地奔跑，跑出大山，永远离开大山，向另一个温暖的世界跑去……

朦朦胧胧中，听到有人喊我的名字，“秀”这个字在大山里回荡，我立刻从石头上爬起来，浑身冰冷，这时天色暗下来了，我不想再回去，可我又不知道去哪里。在石头上坐着，任凭他们怎么喊我，都不回答。

“秀，你在哪里？快回来。”那是奶奶焦急的吆喝声。

“秀，快回来，奶奶很着急，她腿快走不动了。”大堂姐也跟着喊道。

我心疼起奶奶，不想让她担心，站起身，朝家里跑去。到家后，我偷偷地从后门溜回去，躲到衣柜里。

大堂姐从外面回来，在院子里喊着：“小气鬼快出来。”

我没有原谅大堂姐，她骑在我身上掐脖子这件事，简直欺人太甚，但我不忍心再让奶奶着急。我从柜子里出来，走到院子里。

大堂姐见我出来了，跟什么都没发生一样，问我：“你跑哪里去了，奶奶都急死了。”

大堂姐迅速转身跑去把奶奶喊回家。

奶奶神色慌张地回到家，心疼地看了看我，没有责怪，拉着我去了厨房，生气地把厨房门反扣上，不想有人再来打扰。我呆滞地坐在灶前的矮板凳上，奶奶从柜子里拿了一些糖果塞在我手里。看着那些糖果，如果是平时我肯定欢呼雀跃，但此时我却高兴不起来。奶奶见我不动弹，剥开一块糖果，塞进我嘴里，我似乎失去味觉，尝不到一丝甜味。灶膛里的火光一直在眼睛里闪烁跳跃，照耀着那即将要流出来的泪花。

奶奶把热腾腾的饭端到我面前，我大口、大口地生吞硬咽……

我以为事情就这样告一段落。第二天，几个邻居在我们家的院子里说闲话：“那么小的娃，还知道离家出走？以后遇到事，还指不定能干出来什么呢，真不是省油的灯。”

是大堂姐欺负我在先，怎么到这些人嘴里，反倒是我的不对？他们有什么资格在这儿胡说八道？为什么大人没有辨别是非的能力？真想撕烂他们乱嚼舌根的嘴巴。

后来，我渐渐地明白，他们都指望着三伯家吃饭呢，真是吃人嘴软，拿人手短。在他们眼里，事实究竟如何根本不重要。在利益面前，小孩子的尊严不值一提。

生活的真相，已经超出一个留守孩子能接受的范围。

五、渴望团圆

我的世界与快乐割裂。我期盼能和父母团圆，但这短暂团圆的背后，却是无数个日日夜夜的煎熬和等待。

1
没有爸妈的年

爸妈在电话里说会很快回来看我。哪怕是见我一面，给我一个拥抱，积压的委屈都会烟消云散。

可他们说话不算数，捎信回来说，路途太远，明年再回来。我的期待又落空了，我厌倦了大人们的谎言。

明年回来，我还能熬到明年吗？

爸妈不回来，日子没了盼头。走在上学路上，心情都好不起来。

大雾笼罩着山野，田里铺上了一层薄薄的白霜，稻田的水凝结成冰。寒风吹打着我的脸，双手变得粗糙、僵硬起来。我的内心像身体一样，变得冰冷异常。

家里没有厚棉衣，我穿了很多件厚重却不保暖的衣服，像裹粽子一般，再背上笨重的书包，身子冻得蜷缩成一团，一只手缩进衣服口袋，另一只手拎着水壶。走一会儿，拎水的手冻得僵硬、麻木、失去知觉，就换一只手，左右手来回更换几次，才能坚持走到学校。

冬天的教室，室内室外几乎同一个温度，寒气穿透鞋底，将整个脚掌冻得麻木。一下课，同学们都冲向办公室门口的炉子，簇拥在一起，烤一烤冻得红彤彤的双手。身体稍有暖意，上课铃声响起，大家只好从温暖的炉子前回到座位。

“一九二九不出手，三九四九冰上走，五九六九沿河看柳，七九河开，八九雁来，九九加一九，耕牛遍地走。”

这是爷爷经常唱的节气歌，他说冬至后的八十一天是数九寒天，三九四九是一年中最冷的时节，九九八十一天过去，就会迎来春天。

我讨厌寒冬，盼望一年中最煎熬的八十一天快点过去。

终于挨到期末考试结束了，成绩出来了，好在及格了，都六七十分。

寒假如期而至，家家户户忙着置办年货，碾米做年糕，清扫庭前院落，杀猪宰羊……

爷爷想给家里的孩子们制造过节的惊喜，准备在院子里搭个秋千。爸爸不在家，幸好有爷爷在。爷爷上山砍了五棵笔直的树，像大腿一样粗，然后在一片野地上挖坑、搭架子、搓绳索。

忙着备年货的奶奶抱怨爷爷不干正经事，爷爷却理直气壮地说："你准备你的，我给孩子们准备我的，总得让孩子们对过年有些期待吧。"奶奶无言以对。

秋千架落成那一天，我跟堂姐们站在秋千旁。爷爷反复晃动支架，确认安全稳固后，拍拍手上的灰说："好啦，秋千架好了，你们可以玩了。"

看大家抢着玩秋千，爷爷乐呵呵地扛着梯子回家了。我们天天都沉迷于玩秋千，连吃饭的时候都舍不得回家。秋千带给我自由的感觉，我可以用自己的力量，让它飞得很高，如果我能像掌控秋千那样掌控自己的命运，该多好啊。

奶奶忙不过来的时候，我只能依依不舍地从秋千上下来，回家帮奶奶干活。堂姐们没有我的烦恼，她们不需要帮忙干家务活，不会像我这样，做什么都放不开手脚。我身上如同捆绑着很多条无形的绳索，随时需要察言观色，看看是否要去帮奶奶做事，生怕被人指指点点说不懂事。

年糕是家家户户都要准备的。做年糕的第一步，是在石磨上碾碎糯米。

我和奶奶抬着泡好的糯米，去大伯家屋后的石磨处。正对石磨一米远的地方，有一个很大的坟，奶奶说这是一个无人认领的坟，从不见有任何人前来祭奠修缮，四周杂草丛生。我好奇地盯着坟，又害怕对它不敬，所以强迫自己盯着奶奶推磨。

石磨一圈又一圈不停地转动，我往石磨的石孔里一点点倒浸泡过的糯米。奶奶教我如何搭配合适的水和糯米比例，如何均衡地用力推磨。推了一半糯米后，奶奶交给我来推，她要去忙别的。我右手把着磨棒，将力量全部集中在手上，一圈又一圈地转起来，另一只手有序地添加着米和水。

原本对着坟，我有一丝害怕，但当全神贯注地推磨时，看着从两块石头中间流出的洁白的米浆汁，就不再害怕了。直到胳膊开始发酸，手上开始起泡，才磨完，然后拎水将石磨清洗干净，让它自然晾干。

离过年的日子越来越近，奶奶准备了各种年货，比如年糕、香肠、腊肉等。

一天，奶奶请村里的屠夫来家里杀羊。没想到，要杀的羊正好是我放养过的那只。在孤独的日子里，这只山羊陪伴着我，我会经常跟它聊天，得知它要被杀，我躲在厨房里伤心。奶奶正在烧烫羊毛的热水。

杀羊之前，屠夫把羊从圈里放出来，任由它在院子里活动，给它最后的自由。羊感知到自己要被杀了，跑到厨房，眼巴巴地望着我、望着奶奶，“咩咩”地叫了两声。我摸着它的脑袋，从它眼里看到求生的渴望，于是跟奶奶求情：“能不能不杀它？你看它好可怜。”

奶奶半晌没有说话，不停地舀着水，冷静地对羊说：“这羊通人性，你啊，下辈子别变羊了，不然还要被人吃。”

山羊似乎听懂了奶奶的话，眼泪汪汪地靠在我身边。我抚摸着山羊，默默地对山羊说：“咱们同病相怜，都是无法左右自己命运的弱者，你下辈子别做羊了，把命握在手里，不能任人宰割。”

屠夫进了厨房，捡起地上的绳子，一头系在它的脖子上。我用力拍山羊：“快跑。”

山羊迅速从厨房跳出去，屠夫骂我不懂事，冲出去追羊。我不理会他的埋怨，跟出去，羊在院子里到处躲闪，它很灵活，可脖子上的绳子成了累赘。周旋几圈后，屠夫和其他几个帮手抓住了它脖子上的绳子，生硬地把它往屠宰的地方拽。山羊四脚着地，整个身子重重地往后坠，蹬着地全力挣扎。

山羊终究没能挣脱，被拽走了。我心痛地躲进屋里，不敢看。一声“咩咩”的惨叫，便没了动静，它的生命结束了。

我似乎失去了一个好朋友，心里不是滋味。

我何尝不是一只挣扎的羊，无论如何挣扎都是徒劳，只能任由命运摆布。

羊死了，我沉默寡言了好几天……

曾经当过老师的爷爷，每年都会自己写对联。他买来红纸并裁好，磨好墨，戴上老花镜，打开泛黄的笔记本，开始编写对联。

这时爷爷非常专注，不喜欢被打扰。有时候，我忍不住凑在一旁看，他会吼我："到一边去，别挡着光。"我畏惧地躲开。他写完对联，似乎忘记了刚才的呵斥，很得意地问我："秀，爷爷写得好不好？快来帮爷爷贴对联。"

爷爷稳住凳子，扶着我爬上去，他把背面涂好糨糊的对联递给我，我再把对联贴在门框两边，每贴完一对，爷爷就望着对联，大声念一遍："爆竹声声辞旧岁，喜气洋洋迎新春""阖家团圆贺新春，满堂欢乐迎富贵。"对联上的字，苍劲有力，比集市上卖的对联更有味道。

"要是你爸妈能回来过年就好了。"爷爷真是哪壶不开提哪壶。被他一提，我不免落寞起来，跟爸妈一起过年，竟然成了难事。

过年的气氛越来越浓，到处贴满红色的对联，厨房烟囱周围挂满腊肉、腊肠，屋里也摆满各种食物。生活条件越来越好，每一年都在发生变化，爷爷奶奶常常感慨说，再也不用饿肚子了。我却觉得比饿肚子更不能让我忍受的是爸妈常年不在我身边，连过年都变了味。

一切就绪后，还要在年三十之前洗澡，据说要用干净的身体和灵魂迎接新的一年。

对大山里的人来说，洗澡是一件不容易的事，尤其在寒冬，屋里屋外同一个温度，不小心就会感冒。洗澡前要去挑水，井里的水上面覆盖了一层厚厚的冰，要先凿开冰才能取水。水取回来后，倒进锅里，一锅一锅地烧。冬天大家都是在厨房里洗澡，烧水的热气可让房间温度稍微高一点。我自己堵上厨房的前后门，将烧热的水一锅又一锅倒进木盆。几个月不洗澡，盆里的水很快就变得浑浊，如果这些都是这一年积攒的霉运，我希望用干净的身体迎接新的一年。

年三十那一天，大家都到奶奶家团圆，一家人聚在一起吃吃喝喝。吃年夜饭之前，爷爷备好烧纸，带上煮好的酒、腊肉，前去祭拜祖先。每到一处，爷爷一边跟孙子孙女们讲坟里祖先的故事，一边摆着酒肉、烧着纸；爷爷还会向祖先介绍我们，让祖先保佑子孙们。听着爷爷的指挥，我在一座又一座坟前，双手合十、跪拜、起身，默默期许祖先能保佑爸妈身体健康，保佑他们赚大钱，保佑我能与他们早日团聚。

祭拜结束，全家人围在一起吃团圆饭，桌上肉和菜的花样，比小时候丰富很多，日子越过越好了，看着一碗端上来的羊肉，我想起可怜的羊，有些吃不下去。

爷爷在席间总结这一年的收获，给晚辈介绍过年期间的禁忌：初一来临之前，庭前院落要清理干净，屋后的阴沟要看日子清扫，不可动三杀。三十守岁的晚上要感恩过去一年老天的馈赠，期许新一年盛世太平。初一当天不能洒水，不能扫地，不能哭泣，不能与人发生争执，要和颜悦色……规矩还真是多。

我觉得爷爷是个封建思想很严重的人，让人不敢冒犯。

爷爷讲完话，大家各回自己的小家开始守岁。奶奶家没有电视，我挤在三伯家的电视机前看春节联欢晚会。大家被小品逗得哈哈大笑，我却找不到笑点，望着电视里的另一个世界，我在想：此时此刻，爸妈是否也在看着同样的节目？他们是否也被这小品逗笑了？

春节的喜庆气氛，没有驱散冬日的寒冷。三伯一家蜷缩在暖暖的被窝里，我趴在他们的席梦思床上。不一会儿，三伯一家人轮流开始说："秀娃子，别这么趴着，席梦思的弹簧要被压坏了。"被提醒好几次后，我知道了自己在这里是多余的，只好回屋睡觉。

躺在冰冷的床上，奶奶碎碎念着一年来的大事小事。在这辞旧迎新的夜晚，固然思念爸妈，但不敢掉一滴眼泪，生怕犯了忌讳。外面鞭炮声此起彼伏，我却没有心情迎接新的一年。

大年初一早上吃过饺子，我穿上奶奶买的新衣，给爷爷奶奶磕头。待爷爷奶奶给所有的孩子发完红包，奶奶便逮上一只公鸡，装进背篓里，再背上刀、

鞭炮、烧纸，带上我到屋后的山上烧香拜佛。

这是一座远近闻名的神山，每年正月初一，朝拜的人从不同的地方赶来上香，平时寂静的山一下子活跃起来。山脊上狭窄的小路被挤得水泄不通，每个人都喜笑颜开，见面互相祝贺新春快乐。奶奶热情地跟熟人打招呼，有人会问起："这是你孙女吧？老四家的女儿吧？"

"对，老四家的。"

"长得真乖哦，她爸妈没回来过年吗？"

"没有回来，新疆太远了。"

这样的对话，在上山的路上要重复很多遍，我麻木地听着，仿佛一切都与我无关，而内心深处对父母的思念，却像潮水一样阵阵涌动。

抵达山顶，人头攒动，鞭炮声不绝于耳，奶奶在神庙前祭祀杀鸡，我不敢靠近，远远地观看，待公鸡的鲜血流尽，我再帮忙烧纸、放鞭炮，然后跪拜祈祷，心里默念：神灵啊，保佑我早点跟爸妈团聚吧。

信徒络绎不绝，很多人从山下扛上甘蔗、玩具、零食等，在山上做地摊生意。还有一些算命先生支起卦摊。

奶奶选定了一位算命先生，给家里的大人们都算完后，奶奶让他给我也算一下。我站在远处，听不清奶奶和算命先生的对话，一阵风刮来，只隐隐约约听算命先生说了一句："这个姑娘命好。"

我有些不耐烦地看着来来往往的人群，根本听不进去他在说什么，只是在想，我的命好吗？我想走出大山，和父母团聚都无法做到。如果真的命好，不是应该每天和父母在一起，享受天伦之乐吗？为何我要承受本不是我这个年纪应该承受的离别之苦？

2
600 多天，盼到爸妈归来

后来，爸妈的信件越来越少，这一年我在等待中绝望，在绝望中等待，漫长的等待，让我慢慢失去希望。我在煎熬中度过每一天，又迎来了第二个寒冬。

这一年的寒冬，我不想再穿厚重又不合身的衣服，那些衣服捆在身上，只会让我浑身瘙痒难受。我偷偷脱去几层不保暖的衣服，任由寒风刺骨，吹透我瘦弱的身体。

没几天，我的手脚生起了冻疮，严重的地方满是脓，又疼又痒，家里也没有什么药可涂抹，任由冻疮溃烂自愈。走在路上，脚上稍微一热，长冻疮的地方就会奇痒无比。难受至极时，我只好坐在田埂边，脱下鞋子挠一挠再赶路。

这一天，我坐在灶前正烤着火，处理脚上的冻疮，爷爷说："附近老乡从新疆捎来口信，你爸妈过段时间要回来过年。"

我一听爸妈要回来过年，全身的细胞仿佛一瞬间被唤醒，连同神经一起活跃起来。患有冻疮的手脚，感觉有无数只虫子在里面爬，要爬出来一般，难受至极。但我顾不上痒得难受的手脚，忙问："他们真的要回来了吗？"

爸妈两个字，被"他们"替代了。

爷爷非常确信地说："当然是真的。"

期待了 600 多个日夜，爸妈终于要回来了，我以为自己会激动地跳起来，没想到只是紧张得有些坐立不安。

那一夜，我失眠了。我试图调节情绪，尝试向他们敞开心扉，坦诚地跟他们相处。我幻想着自己可以像其他孩子一样扑进父母的怀抱，希望妈妈能心疼

地搂着我、安慰我，给我有希望的未来，早日把我接到她身边。想着想着就哭了，眼泪打湿了枕头。

不知道爸妈具体哪一天回来，我每天又陷入了无尽的等待中，无法认真地上课。我应该为他们的回来做一些准备。

星期天，我拿着钥匙回到自己的小家。院子里，爸爸用血汗钱铺的石头路面已经堆积了厚厚的一层泥土，杂草丛生。我不能让爸爸回家看到一幅荒凉的景象。于是，开始忙乎起来：开门通风，吹散屋子里的霉臭味；拔光院子里的杂草；用扫帚把屋子里横七竖八的蜘蛛网清理干净。

一翻忙碌后，终于有点家的样子了。再次看到墙上的身高标记，现在我已经比最高的那条线高出一大截，我又用石头画了一道新的深深的线。如果爸爸看到这道印记，希望他能看懂，这片空白是我成长过程中他们永远补不回来的。

我看着收拾好的屋子，期待着一家人的团聚，期待着重逢后的欢声笑语。

上课的时候，我在想他们今天会不会到家？

课间休息时，我在想应该和爸妈开启怎样的对话？该如何才能打开我的话匣子？

放学的路上，我在想我们会不会在某个路口重逢？

就连在梦里，我都在想爸爸会不会扔下手上的包，像小时候那样把我抱起，再把我抛向空中，再接住？他还抱得动我吗？

好些天过去了，期盼都落空了。我开始自我安慰道："他们很快就会回来的，或许没有赶上火车，或许转车没有买到票，一定能等到他们的，说不定明天就到了，也或许是后天。"

望眼欲穿地等待了很多天。

那一天放学后，当我翻过另一个山头，到达靠近家的山脚下时，看到奶奶老房子里冒出袅袅炊烟，那烟不像烧树叶的烟那么轻柔，是烧木头冒出来的，浓烈、有力，平时奶奶舍不得烧木头。第六感告诉我，他们回来了，从那简陋的屋子里散发出来的温暖气息扑面而来。

我加快步伐，从田埂上朝家里跑去，跑到池塘边时，莫名地紧张起来，脚步不自觉地缓下来。虽然练习了很多次开场白，但真要喊出快两年没有喊过的那两个称呼并不容易。无时无刻的牵挂，该如何用一句简短的问候表达？我咬着嘴唇，屏住呼吸，在池塘边短暂逗留后，按捺不住想见他们的心情，竖起双耳，认真地听着周围一切声响，深吸一口气，向院子里走去。

走到院子里，我听到了厨房里的说话声，没错，他们回来了。我紧张起来，在院子里歪着头找他们的身影。这时，一个穿着时尚的女人从厨房里走出来，我愣住了，定睛一看，是妈妈。但她不再是曾经那副模样，跟村里其他的妇女不太一样，变时尚了，变得好遥远，陌生极了。“妈妈”这两个字就在嘴边，那一刻，怎么也吐不出来。

妈妈见我傻愣在原地，大声嚷道：“我的天，连人都不会喊了？”这熟悉的大嗓门，是妈妈没错，她的语气一点也不温柔。

千万种情绪涌上心头，我的喉咙似乎被什么东西噎住，视线瞬间模糊了。这时爸爸也走出来，我看不清他的脸庞，我们隔空原地对视，他们在等我喊他们，练习了很多次的“爸爸妈妈”，终究没有喊出口，我们中间的空气仿佛都凝固了。此时，我百感交集，低头沉默不语。

他们没有等到我亲昵地喊他们，埋怨起来：“大老远跑回来看你，你怎么连喊都不喊我们?”

他们不懂我背后的情绪，思念、期待、委屈……都交织在一起，眼角滑下的泪珠，就是我的千言万语啊。

爸妈见我沉默不语，唠叨起来：“别人家的孩子那么活泼，你为什么那么害羞?”

我期待重逢，期待投入他们温暖的怀抱，期待他们会温柔地对我说：“秀，爸妈回来看你了。秀，别哭了，我们在外也很想你。”

所有的期待，因为他们的埋怨化为泡影。美好的重逢，以极其不美好的方式结束了。

父母一回来，不去修复我们之间断裂的桥梁，反倒指责我不懂事，他们说的每一句话，就像一把无形的铁钩，把我的负面情绪又勾出来，让我无法靠近。我还是那个透明人，跟父母、同学、老师、堂姐，甚至这个世界，都处于断裂的状态，我好似一座被人嫌弃的孤岛。

妈妈去箱子里翻出好几件颜色亮丽、样式新颖的新衣服，它们和周围灰暗的房间、家具形成鲜明对比，她拿着衣服在我身上比画着："刚刚好，我还担心小了，一点也不小。"

这些新衣服都是我曾经羡慕别人的，但在这一刻，毫无意义。

妈妈又翻出各种各样好吃的，在大铁锅里煮了一碗方便面。平时只吃过一角钱的方便面，奢侈的时候，吃过八角钱的，这种盒装的方便面，我从没吃过。大铁锅里不断冒着方便面的香气，却吸引不了我。

新衣服、方便面，这些物质代表着妈妈内心里不愿表达的爱吗？他们以为，把外面的新鲜玩意带回来，就能化解积压在我心里的所有委屈吗？

吃晚饭时，我的话还是不多。他们问话，我简单地回答他们，因为内心那么多复杂的情绪困扰着我，一时无法打开话匣子。

晚饭后，我跟妈妈睡在一张床上。机会来了，我可以跟她好好聊聊天了。但妈妈背对着我，大概是旅途劳累，她很快睡着了。我小心翼翼地靠近她，闻着她身上的气息。挪动过程中，我的脚不小心碰到她温暖的脚，她发出一声尖叫："你这是什么脚？怎么跟冰块一样？"我被她激烈的反应吓到了，胆怯地缩回来，自己暖着冰冷的身子。

第二天，附近的父老乡亲过来了，对我远道而归的父母嘘寒问暖：

"路上顺不顺利？"

"看你越来越美了，外面的日子就是好过啊。"

乡亲们看我的表情也变了，变和善了，还装作打趣地问："你妈妈回来开不开心？"

我不想看他们伪善的表情，也不想说话，低头不语。

妈妈看我不说话，当着人面批评我："别人跟你说话，你怎么爱答不理的？"然后转过去跟乡亲说："昨天回来都没有喊我们。"一边说着，一边给大家发着糖，还特别温柔地逗别人家的孩子，往他们口袋里塞糖。

我有些吃醋，失落地走开了。我也想像别的孩子那样活泼开朗、听话懂事，但我不能理解：为什么妈妈总是对自己的孩子凶巴巴，对别人家的孩子却如此温柔？我长期得不到妈妈的关爱，现在在妈妈身边了，她却关心别人的孩子去了，这是怎么了？

即使内心有种种埋怨，我仍非常珍惜与爸妈在一起的每分每秒。我跟在他们身后，帮忙干活、洗衣、做饭。爸爸要回自家屋子的钥匙，他要回去看看。我拿出那串用褪色的毛线绳系着的钥匙，递给他，和他一起向自家屋子走去。

小时候，我喜欢跟在爸爸屁股后面，那时个子不高，视线刚好与他的大腿平行，他走动时，裤子就会出现两道皱痕，一左一右。我用小木棍戳其中一道皱痕时，爸爸会突然转过身，抓住捣蛋的我，吓得我嬉笑尖叫。现在我长高了，却还是忍不住去看他裤子皱痕的变化，他会不会像小时候那样突然转过来，逗我开心？我幻想着，但并没有这样做。

一路上，爸爸观察着田地的变化，自言自语道：

“这么好的地居然荒废了，当年，多少人想抢这块地啊。”

“这个井里的水原本多好啊，现在干成这样了。”

……

他边走边感慨家乡的变化，哪里的大树被砍了，坡上长出了什么新的植物了……自然界的变化，他都能发现。我安静地听着，心想：你女儿的变化，你看到了吗？

来到我们家院子里，他倒是看出我清理过院子了，笑着对我说：“是你拔的草吧。”他没有直接夸我，只是微笑地问着。爸爸绕到屋后转了一圈，查看屋后是否滑坡，屋子的土墙是否坚固，屋后的水井是否有水。又绕到猪圈，猪圈的围墙有点松动，他感慨猪圈修了没有用起来有些可惜。

爸爸回到屋子里，眼睛一直盯着墙上的相框。他把玻璃相框取下来，把里面的黑白照片拿出来，放进口袋里。

我问爸爸：“为什么要取下来啊？”

爸爸说："屋子潮湿，不取下来，后面就要坏掉了。"他把空相框挂回去，看起来非常别扭。

我希望他能看到墙上的身高标记，可他并没有发现。我不禁埋怨他和妈妈的眼睛，总是看不到我所期望的东西——一份缺失的爱。

爸爸转身去了别的屋，我跟着锁上房门。他走走停停的脚步、留恋的眼神告诉我，他是想念这里的，只是，我感受不到他对孩子的思念。

放寒假了，我的考试成绩还是不高不低，爸妈也没有去学校走动。他们的行程安排得满满当当，走亲戚、拜访朋友、置办年货，我似乎又被遗忘了。

爸妈带着我去逛年前最后一个集市。妈妈一直嘟囔着要给我买一双皮鞋，她说城市里的小女孩都打扮得很漂亮，而我从来没穿过皮鞋。但是集市上所有的皮鞋店都没有我的尺寸，最小的鞋码也有6厘米的高跟，明显是大人的鞋。

"买一双运动鞋吧。"我小声说。

脚上穿的布鞋已经旧得看不清颜色，或者买一双雨鞋也可以，这样就不怕下雨了。但妈妈坚持要买皮鞋，她一心想让我和城市女孩一样。

爸妈坚持买下那双高跟的皮鞋，还让我直接穿上，前面要塞上一团纸才能填满。我穿着那双别扭的高跟鞋，脚痛不已，回到家，脚上起了几个水泡。

这双鞋就像父母的爱一样，不合时宜、自以为是，他们用我不需要的东西来弥补对我的亏欠，令我浑身不自在。

爸妈不会亲昵地喊我，也不会表达思念，只是一次又一次问我有没有想他们，我在等待机会和妈妈敞开心扉，可她只会在忙家务、做农活时，东一句、西一句地和我闲扯。我说什么，她似乎也没有听进去，注意力还是在干活上面。

更让我生气的是，妈妈会跟乡亲们开心地聊天，而且聊很长时间，我就一直在旁边等，等得不耐烦了，就拽拽她的衣角，但她仍然聊得热火朝天，顾不上和我说一句话。

为什么他们愿意花那么多时间跟其他人聊天，而不愿意花时间与自己的孩子好好聊天呢？孩子不是更重要吗？我内心的话，该向谁诉说？

过完大年，爸妈说过几天他们就要走了。我内心的冰雪还没完全融化，该怎么办呢？我又陷入惶恐。

父母商量带我去县城看看，虽然我很期待，可他们每天到处奔波，从来都没有停下真正地跟我待一会儿，推心置腹地与我聊聊天。我多想他们停下来，聊聊我的生活、学习，聊聊我的未来，但他们只是不断地走亲访友、吃吃喝喝，每一天都匆匆忙忙。

夜晚睡在妈妈身边，我都不敢睡太实，生怕一睁眼，他们就离开了。

这一天，我们搭上大巴车。汽车从山顶开到山脚，再从山脚翻过山顶，开到谷底……一路颠簸。爸爸说有七八十公里，我对公里没有概念，望着窗外，家那边最高的那个山头，早已不知在哪个方向。

妈妈坐在旁边，她若有所思地提起之前打电话那件事。

“我给你打电话的时候，你为什么要哭？你知不知道，你哭，我在电话那头也哭。”妈妈问我。

我并不知道妈妈在电话那头哭，只是听到她喊着让我别哭，以为她对我的哭完全不能理解。妈妈的表情告诉我，她在乎我、思念我，只是把思念、疼爱都藏起来了，不想让我看见。我思念中的妈妈出现了，我感到一丝暖意，内心的冰融化了一层。

那一刻，我暂时放下怨气，轻轻地靠在她的肩上，幸福又重新拥抱了我。

要是早一点沟通多好啊。我们在误会、不理解、缺乏沟通中浪费太多的时间，几天后，他们又要离开，我多希望时间慢一点，再慢一点……

汽车翻过高山，开到开阔平坦的地段，爸爸指着城市的方向说：

“秀，你看，那里就是城市。”我从座位上站起来，看着车窗外远处的高楼，那一栋栋白色的建筑，像插在地上一样。我惊呆了，从来没见过这么多楼房，无比壮观。

“秀，你看，城市在向你招手。”这句话他在信中也写过。

这就是我一直期盼的大山外面的美好世界吗？为什么大家谈到城市都会满眼放光？城市到底有什么不一样的？城市和农村到底分别意味着什么？

汽车穿过整齐的街道，在车站停了下来，我们下了车。

我好奇地打量着周围的一切，完全被这不一样的地方惊呆了。巨大的停车场，比学校操场还要大，到处都是柏油马路。我好奇地看向四周，脚无意识地跟随他们走出车站。

爸爸看出我的好奇，便说：

“如果你生活在城市，你站在路边，只要招手喊‘Taxi’，车子就会为你停下来，带你去想去的地方。”他做出打车的姿势，洋腔洋调地说话，把我逗得哈哈大笑，我很久没有这样开怀地笑了。

这就是外面的世界，与大山截然不同的世界，我把眼睛瞪大，生怕错过什么。

我们上了公交车，这车看起来比山里的车好多了。在大山里，为了省钱，赶集大多时候靠走路，偶尔也会坐车，但不是这样的车。公交车，像会走路的房子，晒不着太阳，还有座位。车上年轻的女人，化着好看的妆，拎着精致的包包；老年人也不像乡下人那样，背着背篓外出，大家都细声细语，没有人说话粗声粗气。每到一站，还有人温馨地提示你下车，而在乡下的斗篷车里，完全靠喊。

没有见过任何世面的我，看到什么都新奇。

我们顺着路盘旋而上，抵达山顶上的一个景区。到景区门口，爸爸去买门票。票价一个人 30 元，我们一行人需要花将近 300 元，爸爸一时有些犹豫，同行的小姨解围说：“门票太贵，里面也没啥玩的，咱们走吧，来逛逛就好。”

这个谎言瞬间被旁边的人戳破，一个穿着漂亮的女孩不停地跟她爸妈说，里面有很多好玩的，她要玩蹦蹦车之类。爸爸有点尴尬，在门口犹豫不决，妈妈说：“来都来了，进去看看吧，你们进去，我在门口等你们。”

一时大家意见不统一，我主动说：“我不想玩，咱们走吧。”

我决然地向景区大门相反的方向走去，其他人也跟着掉头离开。

爸妈带着我来县城逛逛，我已经心满意足。我不想花爸妈的钱，那是用离别换来的。城市到处都是商铺，城里人出门就可以买到菜，不用非等到赶集时翻山越岭才可以买到东西；城里还有专门卖内衣的店，看到橱窗里穿着裸露的假人，我有些害羞，不敢直视。

来来往往的行人，头抬得很高，很自信，跟乡下人的神情很不一样。马路干净整洁，不像泥泞的山路，总会弄脏鞋子。天黑以后，到处灯火通明，人们在大街上随意溜达……

第一次目睹大山外面的世界，我似乎明白了爸妈为什么要出去，或许在外面更容易找到出路。

爸爸说，这只是一个县城，还有更大的城市。

我眉头一皱，心想，要到何时，我才可以离开大山？

爸爸看出我的心思，他鼓励我说好好读书就可以走出大山。我受到些许鼓舞，同时，也听出了另一层意思，他们暂时不会带我离开……

3
再次离别

从城里回到大山，爸妈还是没有坐下来和我推心置腹地沟通，深藏在我内心的很多话，照旧憋在心里。神奇的是，相处了20多天，我内心的冰雪开始慢慢消融。但冰雪刚刚融化，内心还没彻底温暖起来，他们就准备走了，我很想请求他们把我带走，但话到嘴边，又咽回去了。

临走前一天，爸爸带我在村子里散步，我默默地跟在他后面。他依然仔细地观察着乡间田野。走到某乡亲家的屋前，屋门紧锁，看上去跟我们的屋子一样，长时间没人居住，院子里已长满杂草。这时，从拐角处走出来一对父女，他们也看到我们，那位父亲走过来，从烟盒里抽出一根烟递过来：

“呀，老席，这些年在哪里当老板？”

“张老板，来来来，抽我的。”爸爸递出自己的烟。

他们来来回回推让好几次，最后变成彼此交换。

“当啥子老板哦，我就是在外面打工。”爸爸点燃香烟，回应道。

站在张老板旁边的女孩，落落大方，跟山里的孩子不太一样。我有点不自在，悄悄躲到爸爸身后。

“这是你们家闺女吧，都这么大了。”张老板把注意力转向我。

“你们家闺女也长得好高了。你们一直在外面吧？”

“嗯，她一直跟着我们在太原，这次带她回老家看看，这里是故乡，不能忘本。”

“那你们发展得真不错，我在外面就是混饭吃。”爸爸说。

得知这个姐姐跟爸妈一起生活，我羡慕不已，内心滋生出处处不如人的感觉。我从后面拽着爸爸，示意他赶紧回家。爸爸没有理会我，继续攀谈着，我自己悄悄走开，站在一口枯井旁边等着爸爸。

回到家，妈妈做了馄饨，很香，满是离别的味道。我细心地捕捉爸妈给予的爱，爸妈感受到我的依恋了吗？他们觉察到我的不舍了吗？

爸妈忙着收拾行李，没有看到我对他们的牵挂和不舍。

那一夜，我睡在妈妈身边，感受着她的体温，我努力记住依偎在她身边的感觉，并将这种感觉永远埋藏在心底。

凌晨，天还没亮，公鸡未打鸣儿，爸妈便起床忙碌，我靠在墙角，看他们来来回回搬东西，把一摞又一摞行李装进背篓，背下山后再装进行李箱。他们的注意力全在搬东西上，而我只能不舍地看着他们。

爸爸握着爷爷奶奶的手，让他们保重，别出去送，外面太黑。

爷爷奶奶从屋子走到走廊、院子、池塘边，我跟在最后面。在池塘边，爸爸说："别送了，就到这里吧，爸妈，你们保重身体。"

妈妈也说着："你们在家别太辛苦，庄稼活能做多少就做多少。"

招呼完所有人，他们最后才转向我，说道："秀，在家好好读书，好好听爷爷奶奶的话。"

一成不变的陈词滥调，没有一丝安抚。看着他们决然地转身离开，内心长久积压的情绪全部涌上来，我的眼泪倾泻而出，忍不住放声哭起来，不再像上次妈妈离开时那般后知后觉。

妈妈很忌讳出门哭泣，觉得不吉利，责怪道："你别哭了，有什么可哭的？"

我当然不希望他们出现任何意外，可我承受不了一次次的离别，漫长的等待对一个正需要父母陪伴的孩子来说，实在是太折磨人了。我有点恨狠心的父母，想问他们：为什么不能带我一起走？如果非要把我留下，为什么不给我一个拥抱，为什么不能安慰我、哄哄我？爸妈不善于表达情感，难道也要让我痛苦地憋着？

爸妈着急赶汽车，没有停下来安慰我。看着他们快步走远，我也不敢再哭泣，生怕再惹他们生气，只好绝望地蹲下去，吞下那么多复杂的情绪，即将解冻的世界再次冰封。

火把的光，一点点消失在黑暗里，爷爷奶奶已经回家去，我孤独地站在黑暗之中。

妈妈最后一句话，“有什么好哭的”，这种冷漠、绝情深深刺痛了我。或许这是他们故作坚强的方式，但对于还是孩子的我来说，无法接受，我有太多哭泣的理由。他们三番五次地嘱咐我要好好学习，可学习为了什么？走出大山吗？走出大山又为了什么？没人告诉我。

天亮了，我一个人重新走到他们离开的路口，不停地张望，希望他们没等到车，从那个离开的路口返回来。但无论怎么张望，都空无一人。他们已经去新疆了，不用等了，他们不会回来的，我这样告诉自己。我努力地感受着爸妈留下的气息，身上的新衣，背的新书包，他们似乎在用物质弥补我，而我感受不到这些东西的价值。我依然不知道该用什么心情去迎接未来，不知道如何迈向明天。

六、坚强面对生活

我像一棵在风中摇摆的小树，独自面对雨露风霜甚至是狂风暴雨。小树慢慢适应着生存环境，根茎不断扎进土壤。我不再整日以泪洗面，眼泪无法解决任何问题，我开始接纳眼前的一切，即使掉进万丈深渊，也要勇敢地追寻光明。

1
和奶奶一起干农活

春节过后不久，寒假结束，新学期来了。

大地回春、万物复苏，池塘边的垂柳抽出新芽，田地里一片片油菜花开得金灿灿。在孕育着希望的季节，时光缓慢而又单调。

留守的日子久了，我渐渐学会一个人独处，从农活中寻找乐趣，不想再做一个只会哭的孩子。

春天，鱼腥草破土而出，长出紫红色的嫩叶。我带着小刀，在放学路上趴在坡上挖野菜。

三四月份，深山里的野月季、金银花相继开放，我跟堂姐们钻进山里去摘野花；后来胆子大了，我自己绕到后山去摘花，野月季藤蔓上长满尖刺，每次都会被扎伤，但看着大捧鲜花，就忘却了疼痛。

有时，放学的路上，我会故意绕开大路，走进偏僻的树丛中捡干树枝，收获一大捆干树枝后，扛着回家。奶奶每次看到后，总是喜笑颜开地夸我能干。

大自然慷慨地赠予我们生活所需，我也从大自然中找到自我存在的价值，不再去被动地等待别人施舍同情，这或许是我自我疗愈的方式。

临近端午，农民迎来第一个农忙季节，满地金黄的麦子等待收割。学校也会放七天长假，让大家回家帮忙收麦子。收割麦子不能早也不能晚，早收割没有成熟，籽粒不够饱满，影响产量；晚收割，熟透的麦子会落在地里。麦子一旦成熟，就要抢收。我们家在山区丘陵地带，没有收割机，全靠人工收割。那段时间爷爷不在家，奶奶一个人承担起所有农活，焦灼万分。

收麦子那两天，我跟奶奶一起下地。她忙得没有时间直腰，每次看她都是一个姿势，像一张弓，在金黄色的麦田里机械式地割着麦子。奶奶不指望我做什么，能帮她捡拾麦穗就很高兴了。我却突然冒出一个念头：把所有麦子都背回家。等奶奶一回头，发现地里都空了，她该有多吃惊。

奶奶埋头劳作，我偷偷摸摸地将一捆一捆的麦子装到背篓里。为了逞能，我装了许多，感觉背上的重量能把我压倒在地。我弯着腰，能清晰地看到地里跑来跑去的蚂蚁；双腿跪在地上，两手撑地，一条腿先艰难地站起来，另一条腿再慢慢跟着站起来，脸憋得通红。像驼背的老人，一步一步把麦捆背回家，整齐地摆在屋檐下，然后一路小跑回到麦田。

像在参加竞技比赛一样，我来来回回背了一下午。太阳要下山了，终于背完了所有麦子，坐在田埂边，嘴里叼着狗尾巴草，等着奶奶割完最后一背篓麦子，一转身露出惊喜的表情。

奶奶割完，费力地直起腰，擦了擦脸上的汗，向空荡荡的麦田扫了一眼，发现麦子都没了，露出很惊愕的表情，不可思议地问："你把麦子都背完了?"

我得意地点点头，奶奶还是有些不相信，在麦田里走着，检查是否还有剩下的麦捆。检查完毕，她心疼地问我："你怎么那么快把麦子背回家的?"

我呵呵地笑着，没有作答。能减轻奶奶的负担，带给奶奶惊喜，我便不觉得有多累。

从那以后，我更起劲儿地帮奶奶干活。

夏收过去，又进入另一个农忙时节，开始收玉米。玉米叶边缘是锯齿状，皮肤一碰上就刺挠瘙痒。奶奶心疼我，便让我背玉米，玉米比麦子重很多。我先跪在地上背上背篓，一条腿咬牙尝试站起来，另一条腿再慢慢站起来，来回几趟之后，我渐渐适应了背上的重量。

背了几趟后，力气耗尽，奶奶砍下几根玉米秆给我吃，让我稍做休息。我迟疑地接过玉米秆，不敢直接拿进嘴里吃。奶奶却开始咬着玉米秆，边咀嚼边说："早些年闹饥荒时，把树根都挖来吃，玉米秆还要靠抢才能吃到呢。"

我学着奶奶的样子，像吃甘蔗一样咀嚼着玉米秆，竟然真能吃出一丝甜味。

玉米收回家，要坐在玉米堆前，挨个撕下玉米皮，然后晒玉米、剥玉米。

堂姐家每年都雇人剥玉米粒，婶婶鼓励我帮忙，一天给我五角钱。一听是有偿劳动，我不顾奶奶家的玉米，在堂姐家卖力地干起来。一天剥下来，手掌起了无数个水泡，但看着手里的五角钱硬币，无比欢喜。

夏天，奶奶让我去割草，这并不是什么难事，我已经能轻松搞定。像往常一样，我背上背篓、拿着镰刀出了门，找到一处绿茵茵的山坡，放下背篓，右手拿镰刀，左手抓着草，“唰唰”地割起来，边割边把青草扔进背篓，不一会儿，装满了半背篓。

割得正起劲儿，我突然握住一个软绵绵、凉冰冰的东西，定睛一看，蛇！我尖叫一声，双腿一软，瘫坐在地上。蛇扭动着和绿草一样颜色的身体，钻进草丛中。我背起背篓仓皇而逃，跑到一块大青石上，停下来喘粗气，神经异常紧张。

回到家，我跟奶奶说遇到了大蛇，不敢再去割草了。奶奶安抚道：“别害怕，我还杀过蛇呢。”

我惊讶地看着她，奶奶的胆量怎么这么大？

之后在家里见过好几次蛇，像是柴火堆中、洗脸架上，有时在夜里，还能听到蛇在顶棚隔层蠕动发出的声响和老鼠的惨叫声。

奶奶遇到蛇，不像我惊慌失措，她会泰然自若地驱赶它，或者跟它对话。奶奶有爷爷身上的倔强、刚烈，还有超乎寻常的胆量。我一直寻找的榜样，原来就在身边，她才像个英雄，一手拉扯大那么多孩子，农活和家务活从来不耽误，我对奶奶崇拜起来。

秋天，满山的树叶变得金黄，像给大山铺上了黄色的地毯。

金黄色的落叶，是大自然的馈赠，是冬天的燃料。我和奶奶爬上山坡，从半山腰开始用耙子把树叶往山下耙，金黄的树叶在山脚下堆成小山，我扑上去把它们抱起按进背篓里，一点点背回家，堆放在柴房，忙碌一天后，干树叶可以堆满半间柴房。

干树叶囤够了，还需要囤干柴。奶奶爬上树，砍下树枝，我把树枝拖下山，再背回家。

我跟着奶奶，渐渐学会了很多农活，放羊、洗衣服、挑水、上山捡柴火、喂猪、做饭、扫院子、种麦子、插秧、割草……

但大山里永远有做不完的农活，拔花生、收豆子、晒粮食、刨红薯……没有一天能闲着。农活干多了，我身上、手上的伤从来没有好利索过，淤青、划个口子，都是家常便饭，双手越来越粗糙。让自己忙碌起来，可以缓解对爸妈的思念，暂时忘掉孤独感。我在假装坚强中，真的越来越坚强。当然，我的话变少了，也更孤僻了。

那天，奶奶带着我去打米，用机器把大米外壳脱掉。回家路上，看到邻居家橘子树上的橘子，很少吃到零食的我，没有忍住馋意，把奶奶打发回家，爬上坡，迅速地摘下两个橘子，正准备偷第三个的时候，被主人老太太看见了。我撒腿开溜，老太太破口大骂，追着我不放。我溜到家，她追到家门口，不停地骂，声音刺耳，骂我是贼，诅咒我吃了她家橘子会被毒死。

我很难堪，内心窝了一团火。明明是我偷东西了，做错了，可不知道哪里来的委屈，哭不敢哭，躲在屋里，一言不发。

在灶前做饭的奶奶听到那些咒骂，通通骂了回去，这时我才发现，奶奶才是我真正的盔甲。我默默发誓，即使饿死，以后也不会偷人家的果子吃，绝不做一个没有骨气的人。

奶奶身上的力量，潜移默化地让我硬气起来，在面对别人的欺凌时，我也不再退缩。有一次在放学回家路上，因为一点小事，跟一个同学吵起来，我害怕起冲突，嘀咕两句准备走开。她居然激怒我："你能什么能？你爸妈都不要你了。"

我再也压抑不住愤怒的情绪，扔下书包，冲了过去，拽起她的头发，把她按在地上。我俩厮打在一起，相互骂着脏话，撕扯着对方的头发，打到没了力气，两败俱伤，这才停下来。从此以后她便躲闪着我，这或许就是反抗的作用。

奶奶的刚强在默默地影响我。

后来长大了，我听说了奶奶的故事。在活人都要被饿死的艰难岁月，奶奶依靠自己不屈服的力量，让全家老小活下来。再回想我走过的最黑的山路，跟奶奶的经历比起来，不值一提。

2
一次长途跋涉

放暑假了，在家闲不住的爷爷从学校回来，对我说："秀，爷爷带你去大姑家玩吧。"

"好啊。"我兴奋极了。那段时间，我常常跟着奶奶赶集，要爬陡峭的山，加上每天干农活，体能和耐力越来越好，有机会和爷爷走更远的路，去看看大姑，巴不得呢！

奶奶有点担心，对爷爷说："相隔好几十个山头，那么远，你带着孩子怎么去？一天到晚想一出是一出。"

爷爷迟疑了："是远了一些，要不我自己去吧。"

奶奶抱怨道："长个腿总是想到处跑，放个假在家待了几天就又要出去，家里那么多农活，从不知道分担。"

我迫切希望爷爷带我出去，于是跑去怂恿二堂姐。二堂姐兴奋地去说服婶婶，婶婶去和奶奶说情。经不住孩子们的软磨硬泡，奶奶同意了，但也告诉我们没有车，自己走路，不能叫苦叫累。爷爷在路上会摘草药，要一起帮忙摘。

我们当然接受。才不管走多远的路，只要能走出去，就格外兴奋。

天刚刚亮，我跟二堂姐带上几件衣服，吃过早饭便上路了。爷爷背上背篓，说中午一两点才能走到。

路上的爷爷和在家里时完全不一样，他一路上滔滔不绝地给我们讲有趣的事，像一位学识渊博的老先生。

一路上会经过很多人家，爷爷大都能清楚地说出他们的名字，知道人家家里有几个兄妹。他会重点介绍家风良好的人家，聪慧和善、为人谦卑、勤劳本分、真诚务实，是他说的最多的词。他说："一个好的家庭，出来的孩子也不会太差，因为家庭会一直潜移默化地影响孩子的成长。"我不知道爸妈不在身边，会对我造成什么影响，内心依然渴望向阳而生。

爷爷和迎面而来的每一个人都打招呼，没聊两句，就知道对方是谁，家住哪里。有些人也认识爷爷，说："哎呀，您是席老师啊。"

等人家走过去，我问爷爷："为什么那么多人都认识你啊?"

爷爷说："在乡下，一个人的品行格外重要，'好事不出门，坏事传千里'，一定不要做昧良心的事情。"

一个姑娘走过去，爷爷说："这个姑娘一脸哭相，我们不要这样。要记住，相由心生，无论经历多么不好的事情，都要学会微笑，心情好了，事情也会越来越顺，长相也会随之发生变化。你们去观察懒惰的人，就是一副懒相；一个蛮横无理的人，他的脸上一定长满横肉；一个软弱无能的人，脸上也会写满怯懦。"

听到这些，我提起精气神，不想让自己有一副可怜兮兮的样子。

爷爷一边走，一边给我们讲人生故事，走了很远，都不觉得累。看到路边一个陡峭的石崖，大块的石头被人开采过，路边散落着大大小小的石块。小时候，爸爸带我路过这里，我坐在刚买的飞鸽自行车的前杠上，二姑家的姐姐坐在后面，路还没有完全修好，全是小石子，颠得我屁股疼，爸爸不停地喊坐好、不能动。我跟爷爷提起这段往事，爷爷说，"你爸爸是一个有闯劲儿的人，要向你爸爸好好学习。"爷爷嘴里的爸爸，是个令他骄傲的儿子。

我们边走边聊天，采摘着路边的药草。不知不觉，爷爷的背篓里装了一大半药草。除了跟我们讲历史、家教、植物故事外，路过坟堆的时候，爷爷也会谈及死亡。他说："人死了，就没必要花很多钱，买鞭炮、花圈，尽是铺张浪费，人死了就死了，什么都没有了。如果我走了，安安静静地走就挺好。我们唯一需要做的，就是活在当下，做好当下，享受当下。"

对于死亡，我一直心怀恐惧，爷爷能如此豁达地看待死亡，无异于给我们上了一堂生命课，我和二堂姐只有安静听课的份儿，还表达不出任何见解和想法。

爷爷转移了话题，他告诉我们："做事不是最难的，学一学怎么都会。学一天不行，就学一周、一个月，总会学会的，最难的是做人，人心坏了，做的事也好不到哪里去，人不能丢了自己的善根。"

爷爷一路上讲的话，都成为我的人生信条。

走到正午，烈日直射大地，热得像蒸笼一般。我的脚底起了水泡，肚子饿得"咕咕"叫，我和二堂姐对视一下，都不敢喊累，咬牙坚持着。爷爷看出我们的疲惫，鼓励道："快了啊，坚持一下。"

我们时而停下来在路边休息，口渴了就去井里找水，爷爷担心我们中途放弃，一直鼓励我们说："当你做到自己都认为不可能的事时，那种成就感是无可比拟的，这叫自我超越，今天抵达目的地以后，你们一定会有这样的感觉。"

走了很久，正当我们仰望路中间一棵百年老槐树时，大姑父骑着摩托车向我们驶来。大姑父是个远近闻名的大老板，能买得起摩托车。那时候没有电话，大姑父提前得了信儿，知道我们那天会去，于是骑着摩托车来接我们。

摩托车只能坐得下我和二堂姐，爷爷只好一个人继续走路。我回头看爷爷，他背着背篓，一步步缓慢前行，他的身影变得越来越小，最后消失在视线里。那一天，我们走了五个多小时，脚酸疼得似乎都不是自己的了，这些艰辛我都没有在意，但爷爷的身影和他一路上的话，令我终生难忘。

终于到了镇上的大姑家。镇子很繁华，到处都是商铺。大姑父把我和二堂姐放在他们家商铺前，又折返回去接爷爷。

大姑早已备好饭，爷爷到了，他满脸疲惫，却微笑着。饿了大半天，我和二堂姐狼吞虎咽地吃起来，觉得饭格外香。大姑家有三个孩子，最大的儿子勇哥已经成家立业，生了三个孩子，几乎和我们同龄。按辈分，小小年纪的我们，已经当姑姑了。

一天，勇哥家的孩子们带着我和二堂姐一起去田里抓鱼。二堂姐的鞋陷到淤泥里，怎么也找不到，天色渐晚，平时霸道的二堂姐居然着急得哭起来，原来她也有脆弱的时候，我似乎不再那么惧怕她了。

勇哥见我们没回去，来找我们，纸包不住火，丢鞋子的事已经暴露，勇哥脱下鞋子，踩着淤泥找了好久才找到鞋子。回去后，勇哥责骂自己的三个孩子，不许他们吃饭，还拿棍子打他们，让他们罚跪。院子里哭喊声一片，我和二堂姐有些羞愧，上前劝说也无济于事，不知该怎么办。后来大人们走开，我跑去安慰同龄的侄子侄女们："别哭了，你们知道爸爸妈妈在身边多么幸福吗？我倒是希望爸爸妈妈在我身边，他们打我，我都愿意。平时别说挨打了，人影都见不到。我每天都盼着跟他们在一起。"听了我的话，他们情绪缓和下来，不再大声哭泣了。

接下来几天，我们不敢再惹麻烦，爷爷早起出去摘草药，我和二堂姐老老实实地跟着。大姑家处于河谷地带，早上的浓雾弥漫在田野，白茫茫一片，出去一会儿，裤腿就会被打湿。上午时分，白茫茫的雾一点点褪去，露出田野，绿油油的菜地充满生机。大雾散去，巨大的湖泊像一面无边的镜子浮现在眼前，渔民在平静的湖面撒下渔网。这里的景色好美。

河谷地带药草长得茁壮。我们摘的药草，铺满了大姑家的院子，晒干后爷爷背到镇子上卖了几十块钱。他高兴地告诉我们，这是大自然的馈赠，所以我们要敬畏自然、热爱自然，人只要勤劳，就一定不会饿死。

爷爷带我出行的这一个月，给我内心深处埋下希望的种子，让我燃起斗志。

我告诉自己，一定要像爷爷和爸爸那样，靠勤劳和勇敢走出这座大山。

3
出现旱情，四处找水

我独自跟着爷爷奶奶住的那几年，发生过严重的洪水，山体滑坡、坍塌常出现，也发生过严重的干旱。

有一年，连续几个月没有下雨，山里严重缺水，我们家地势高，池塘干了，附近几口井也干涸了，乡亲们都到河谷地带找水。河谷地带，大一点的堰塘已干枯，路边的植物都蔫了，有的甚至已经死去；被丛林挡住的远处的山，一座座显现出来；对面不远处的山梁，红土赤裸裸地露在外面。山村变得光秃秃的，田地里开始出现深深的裂缝……

父老乡亲见面都在谈论吃水的问题："老天爷再不下雨，就要死人了。"可无论怎么期盼，就是不见雨。家家户户的水都是多重利用，洗菜的水用来洗脸洗脚，洗碗的水用来喂猪。平时能不洗的衣服就不洗，能将就的就将就。

我已经很久都没有洗澡了，头上长满虱子，奇痒无比。记得有一次在放学的路上，经过丛林里的小路时，看见有个中年男人脱下裤子，在裤子上翻找着什么，他看见我，惊慌地遮挡起来。我赶紧跑开，回家跟奶奶提起这事，奶奶说要勤洗澡，否则，也会像那个人一样长虱子。我生怕长出虱子，而现在我跟那个被我嫌弃的人一模一样。没水的日子，太难熬了，我讨厌臭烘烘的自己。

这一天，家里石缸里的水见底了，奶奶不知道该去哪里找水，哀叹道："老天爷，快下雨吧，真的要死人了。"

奶奶把水瓢一扔，挑着空水桶就要出门："走，去你二姑家。"

我跟着奶奶朝住在山下河边的二姑家走去。我喜欢二姑，她温柔和善，待我很亲，二姑家的姐姐学习很好，聪明伶俐，在城里念高中。奶奶常说，要像姑姑家的姐姐那样，好好学习。

刚好姐姐放暑假，从城里回来。奶奶帮姑姑干起农活，我和姐姐被分配去河坝的井里接水。

河坝的井边，横七竖八摆了十几个空水桶，乡亲们先忙着干庄稼活，把水桶扔在井边。山里的老井不深，一米左右，井边用石头砌成四方形，有两平方米那么大，踩着几块石头可以进入井里。井水几近枯竭，只剩下巴掌大的水坑，等好几分钟，才能蓄满一勺水。我们就这样一点点等水蓄满水桶。

天气炎热，太阳爬上山头，像火球一样悬在空中。我和姐姐蹲在井里，顶着烈日，一勺一勺地蓄满水，然后小心翼翼地倒进水桶里，一滴都不敢浪费。姐姐双腿蹲麻了，就换我蹲，半天时间过去了，我们才接满大半桶水。

正午，我和姐姐已经口干舌燥，脸被晒得通红，却舍不得喝一口水。中午二姑送来午饭，我们蹲在井边吃起来。

到了下午两三点，我热得头晕眼花，姐姐担心我中暑，让我回家休息，我坚持留下来。

待太阳落山时，我们才蓄了两桶水。奶奶和二姑到井边来接我们，看着我俩晒得黢黑的脸，心疼不已。

二姑挑起水桶，朝山上爬去。山路崎岖，她小心地走着，生怕洒出去一滴水。到了平坦的地方，才放心地把一担水交给奶奶，再三叮嘱慢点走。我跟在奶奶后面，看着那来之不易的水在桶里来回晃荡，生怕会洒了。

走到家附近时，我跑到奶奶前面去了，想先回到家。边跑边感慨七十多岁的奶奶真能干，这时“咚”地一声，我回头一看，意外发生了。

奶奶趴在地上，水桶倒了，她惊慌地去扶，还是洒了半桶水。我飞奔过去扶起奶奶，她的裤子湿透了。奶奶看着绊倒她的南瓜藤，一怒之下连根拔起。我安慰她，没关系，人没事就好。

我把半桶水小心地拎回厨房，一晃眼，奶奶不知去了哪里，喊她，没有回应。

我从后门穿出去，老远看到奶奶一个人在竹林里坐着，偷偷地抹泪。孤单的身影，让人心疼，我第一次看到刚强的奶奶落泪，跑过去问：“奶奶，你没事吧？”

奶奶半晌没有说话，过了好一会儿，埋怨起自己：“我真没用。”

我心疼地看着奶奶，宽慰她：“你很能干，家里的活都是你在做。”

“能干啥？你俩暴晒一天，差点儿都中暑了，接了那么一点儿水，我一下就给洒了，接桶水多么不容易啊。”奶奶哭着说。

我以为奶奶因为晚饭没水吃而伤心，没想到是因为心疼我们。

我赶紧宽慰她：“我们没中暑啊，别难过。”

堂姐看见了，也跑过来安慰奶奶，但怎么也安抚不好她，我们搀着她回家，一晚上奶奶都不说话。我祈祷老天快点下雨，别再折磨我们了。

第二天，奶奶的手肿胀起来，疼痛加剧，去村里看赤脚医生。医生检查后说是骨折，让我们等着，他去后山采点药。很久后，医生才从山上回来，带回来很多药草。我看见他把蜗牛和药草捣成药浆抹在骨折处，再在外面打上一层石膏，药的味道异常难闻。

回到家，奶奶让伯伯给爷爷捎个信儿。她并没有因为骨折就停止劳动，用另一只手照样干活。

奶奶的刚强，让我对她越发崇拜起来。我更加勤快地跑前跑后和她一起劳作。

爷爷回来后，承担起找水的任务。

山脚下的河坝也干涸了，爷爷只能到更远的、海拔更低的河坝去找水。河坝上全是拎着空桶找水的人，白天为抢水而打架斗殴的情况时有发生，还闹出过人命。爷爷七十好几的人，抢不过年轻人，选择晚上出去找水。

那天半夜，睡梦中听到爷爷奶奶的嘀咕声。我被吵醒了，揉了揉眼睛，迷迷糊糊地问道：“爷爷，你干什么去？”

奶奶说：“你爷爷要出去找水。”

奶奶帮爷爷准备手电筒，爷爷整理背水的背篓，还有装水的厚塑料薄膜，我猛地爬起来说：“我也要去。”

一听我要去，爷爷立即阻止："外面太黑，你不能去。"

也不知道中了什么魔，不顾爷爷的反对，我一边穿衣服，一边乞求道："让我去吧，我帮你打手电筒，还能跟你做个伴儿。"

爷爷心里不希望我去，但又说服不了我。我从奶奶手里拿过手电筒，跟着爷爷出了门。

外面漆黑一团，伸手不见五指，手电筒的光只能照见脚下的路。想起上一次去学校赶作业走黑路的经历，心有余悸。这次有爷爷在，并没那么惧怕。我和爷爷走了一路，聊了一路。他肚子里故事多，打开话匣子说个不停。

我们要去的地方是人迹罕至的河谷，得穿过阴森的树林。我应该走爷爷前面还是后面？走在前面，我怕前面有东西；走在后面，又觉得后背发凉，想了半天，我选择走在前面。

下山的山路比较陡。我给爷爷照着路，免得他摔跤。聊完一个话题，我就问别的话题，不敢有半点停顿。

走了很远，周边完全没有人家了，也看不见任何的井，在穿过一片茂密的树林后，眼前突然出现一片开阔的池塘，但也干枯了，爷爷兴奋地嘀咕道："看样子再往下走，应该就有水了，不知道有没有下山的路。"他放下背篓，向下张望。

想到爷爷年纪大了，我主动跑上前说："爷爷，你先别动，我去那边看看有没有路。"

没等爷爷回复，我就朝着池塘的另一边、山坡的另一侧跑去。这时，我看到山坡下有一个人，身穿白衣，正坐在一块大石头上，背篓里背着浅白色的东西，看上去有点像装水的塑料薄膜。我兴奋极了，看来山下一定有水。

我跑回去告诉爷爷："那边有个人，估计他找到水了，我们去问问吧。"

爷爷听说那边有人，很开心，跟随我一起去那个路口看，可到了路口，什么都没有。

爷爷问："你是不是看错了？"

“不可能，我看得很清楚，那么白怎么会看错，就在那里。”我理直气壮地指着白衣人出现的地方。

爷爷好像意识到什么，但很淡定地说：“看样子找不到水了，咱们回家吧。”

我有些埋怨，再往下走肯定有水，别轻易放弃啊。没等我说出口，爷爷已经背上背篓往家的方向走去。我当时很疑惑：“爷爷是那种找不到水不会回去的人，今天怎么了？”

看爷爷执意要回去，我只好跟着。回去的路上，我向爷爷分析了一下这个人。“他肯定是上山的啊，不可能背着水下山。山下根本没有人家。我们刚刚要是问一下就好了。可他到底去哪里了？要是上山的话，那么半天肯定已经爬上来了。要是下山的话，肯定是从我们这条路下去的啊，这是唯一的一条路，那人到底去哪里了呢？”我不停地嘀咕。

爷爷岔开话题，不再提及此事。

回到家以后，我倒下就睡着了。

我做了一个梦，梦里来到了一个奇怪的世界，那里丛林密布，我轻盈地在丛林里穿梭，很多人都好奇地打量着我，不与我靠近，我似乎是那个世界的新新人类……

等再次睁开眼睛的时候，头又重又晕，甚至有点疼痛难忍。从床上翻下来，我踉跄地走了好几步，仿佛到了一个陌生的环境，想不起来我是谁、在哪里。脑袋一阵阵眩晕，有个老太太进来跟我说话，我不认识她。过了很久，才认出来是奶奶。

我的记忆慢慢恢复。

奶奶拍拍我的脑袋，嘀咕道：“我的乖乖哦，你终于醒了，怎么睡那么久，吓死人。”

奶奶说我昏睡了一天一夜。看到奶奶手上的石膏，我才渐渐想起找水的事。头很疼，吃过饭后，我开始发高烧，浑浑噩噩、恍恍惚惚。

奶奶见势不妙，带我去镇上看医生，又带我去找算命先生，求了一张符塞在香囊里，戴在我的脖子上，又在我额头上点了一点朱砂。

两天后，我慢慢退了烧，虚弱的身体恢复正常。

老天总不下雨，吃水问题必须要想办法解决。二姑家请来师傅，把院子里的井挖到三十多米深，当水从水管“哗啦啦”地流到水缸里时，我们像找到了救星，吃水不再是问题。

4
差点葬身火海

盛夏的夜晚，热得我难以入睡。我和奶奶躺在院子里的凉席上，仰望着深邃的夜空，北斗七星清晰可见，满空星辰璀璨闪耀，我突然想起妈妈哼过的童谣，不由地吟唱起来：

“夜夜想起妈妈的话，闪闪的泪光，鲁冰花……”

妈妈正在做什么呢？我好想她。声音穿透夜空，回荡在山野。直到山里的夜风刮来丝丝凉意，我才回屋睡觉。

在跟奶奶相依为命的日子里，奶奶就像妈妈一样，常常陪我聊天。

在奶奶面前，我不敢让她看到我的沮丧和失落。她说过，如果看见我哭，她会很愧疚，认为是她没有照顾好我。为了不让奶奶看见我的情绪，白天，我装作很好的样子；夜里，思念、沮丧、伤心、失落、无助各种情绪全部冒出来，化成一行行滚烫的泪水，经常打湿枕头。因为担心会哭出声，我常咬住自己的胳膊。

有时哭得正伤心，奶奶突然和我说话，我不敢回应，害怕她听出浓浓的鼻音，只好一动不动装睡。奶奶看没人回应，便转身睡去，我在她的鼾声中，陷入无尽的失眠。

今晚，我格外想念妈妈，想有个单独的房间可以痛快地哭泣，发泄我的情绪，可以喊：“妈妈，我想你了。”似乎说出这些话，悲伤才能离去。

于是，我和奶奶申请去隔壁幺爸家的小屋睡。

“奶奶，天太热了，我自己睡小屋吧。”

奶奶紧张地问：“是不是我打呼噜太响，影响你了？”

我连忙解释："不是，不是，就是太热了。"

奶奶没有阻止，我抱着被子去了幺爸家的小屋。幺爸一家在城里落了脚，屋子里的家具新一些，刷着橘黄色的油漆。屋里摆放着一张四方桌和一张书桌，书桌上放着我从家里搬来的木箱，木箱里面零零散散地放着我所有的衣服；一张老式床，床架上雕着花纹，床上还挂着蚊帐；衣柜常年不用，柜门已经无法关上。

我抱着被子进屋，反锁好门，爬到床上，围好蚊帐，缩在被窝里，紧紧地抱着被子，想象着那是妈妈的怀抱。我贴着"她"的脸，很快睡着了。睡得正香时，一只该死的蚊子在耳旁"嗡嗡"作响，连蚊子都不放过我，我内心冒出一股火气，愤怒地爬起来开始打蚊子。

那架古式的床，四根床柱差不多顶到房顶。灯光实在太微弱，我根本找不到蚊子的踪影。看到桌子上的蜡烛，我灵机一动，跳下床，点燃蜡烛，小心翼翼地拿进蚊帐，把蚊帐破烂的地方打好结，确保蚊子无处可逃。寻觅一圈后，在蚊帐一角发现了讨人厌的蚊子。想拍死它，可一只手拿着蜡烛，根本腾不开手。"用蜡烛烧死你。"我怕它逃跑，没有多想，就这样做了。

接下来的一幕，我彻底傻眼了，蚊帐一下子被点着了，那速度快得吓人，瞬间整个蚊帐都燃烧起来。火苗烤得脸庞发烫，我懵了。

"赶紧扑火啊，傻子。"我回过神来骂自己。

吹灭手上的蜡烛，环顾四周，发现桌上有一壶水。我飞快地跳下床，抱起水壶朝火势最凶猛的地方泼过去。一壶水用光了，最大一处火苗被浇灭了。而其他几处原本微弱的火苗，迅速蔓延开，"滋滋"地燃烧起来，屋内弥漫着呛人的浓烟，我来不及去开门通风，也来不及去打水，更不敢去喊人救火，怕被骂。我一定要自己搞定这火势！我拿起被子，去拍打火苗，经过一番折腾，火苗终于都被扑灭了。屋子里浓烟滚滚，一片狼藉，床上的凉席被水浸湿，棉被被火燎得黑乎乎的。

顶着凌乱的头发，我瘫坐在床上。看着几乎被烧光的蚊帐，我后怕极了，整个房子差点被我点燃。

我知道自己犯了大错，虽然不是有意的，但确实闯了大祸，差点把房子给烧了。我吓得瑟瑟发抖，硬着头皮去找奶奶认错。

奶奶被我从睡梦中唤醒，看着站在床边的我，问道："怎么了，秀？"

"我把蚊帐烧了。"我怯懦地回答。

奶奶翻身坐起来："天呀，怎么回事？"她立即冲去隔壁的屋子，看到眼前的一切傻眼了。床架光秃秃的，蚊帐烧得所剩无几，床上湿漉漉的，被子黑乎乎的。

"你在干啥？让你跟我睡非要自己睡。"奶奶吓着了，语气中有些许责备，"你幺爸家蚊帐怎么办？万一把房子烧了怎么办？"

我不敢言语。我差点葬身火海，一心希望奶奶安慰我，却又自责地认为自己不配得到任何安慰。后半夜，我回到奶奶的床上，一直睁眼到天亮。

第二天，邻居们知道了昨晚的事故，跑来看热闹。

有人嘲讽地说："你本事越来越大了，差点把房子烧了。"

还有人开玩笑说："你自己跑得还挺快，没啥事儿。"

"憨得很，还自己跑去灭火，也不喊人帮忙。"

……

大家都来看笑话，没有人安慰一句"人没事就好"。我靠在柱子上，背对着大家，多希望有人可以抱抱我，抱抱这个犯错的孩子，但从来都不会有一个人去安慰一个闯祸的孩子，这个世界对待一个孩子真是太冷漠了。

幺爸从电话里知道我差点把房子烧了，开玩笑说要我赔偿。但除了这条命，我还有什么呢？真的没人庆幸我还安然无恙地活着吗？心里憋屈难过，不知该向谁诉说。

留守的我，在一次又一次意外中，跌跌撞撞地活下来。没想到，一年后幺爸回家看望爷爷奶奶时出了意外，我阴差阳错地走出大山。

七、离开大山

大山里的人，不论是已经失去生命的幺爸，还是在外打工把我抛弃在家里的爸妈，要真正走出去，在陌生的城市寻找生存机会，都要付出很多的努力。

1
漫漫西行路

我搭上这趟离开大山的客车，过去的经历一幕一幕在眼前回放，不自觉地难过起来。窗外的山风吹干脸上的泪水，脸颊生疼。

“快到车站了。”爸爸打断我的思绪。

汽车缓缓停下，抵达县城车站，我们拿着行李下车。这是我第二次抵达这座县城，跟上次相比，车站不再那么清净。售票大厅挤满外出打工的人，每个人脸上都是焦灼不安、茫然、紧张的神情。他们行色匆匆，大都穿着深色的衣服，铆足劲儿搬运着大大小小的行李，在狭小的车站里来回穿梭，这是在为生活奔波。有几个大叔，腰间系着红色裤腰带，格外显眼，或许是期盼新的一年能平安顺遂。农民工从这里走出去，再从这里回到大山，这个小车站成为一个纽带——家和城市的纽带。

爸爸把行李放在售票大厅的墙角，让我看着行李，他排队去买票，我望着爸爸，不敢移开视线。没几分钟，爸爸就拿着票回来了，他拎起地上的行李，念叨着：“很幸运，我们买上了去广元的票。很多车次都没票，今天赶不到广元，就要推迟一天才能走。”

爸爸一边拎起包，一边说着。我们在露天车站里寻找发往广元的车，我拎着奶奶准备的煮鸡蛋和馒头，紧紧地跟着爸爸。

我们坐上车，放好大包小包。这辆大巴车比早上的小巴车要大很多，车身油漆新很多，但座椅还是又黑又脏，只是没有大大小小的洞罢了。车子很快就坐满外出打工的人，大大小小的行李塞得到处都是。司机在过道放了几把矮凳，后上车的人坐在过道里。等车塞得满满当当后，才发动。

我坐在爸爸身边，车内吵闹嘈杂。去广元的路上，到处都在修路，坑坑洼洼，颠得我晕车狂吐。

“这车怎么在到处绕路？不知道能不能赶上火车。”爸爸嘟囔着。

短短一百多公里，走了三个多小时，还在绕路、原来外出打工的路、回家探望亲人的路，走得如此艰难。如果不是迫于生计，谁愿意远走他乡，遭受这些折磨？

真正走出大山，才能体会到爸妈的不易，他们不比我好过到哪里去。我内心的怨恨、积压的情绪，在看到外面世界的真实面目后，慢慢消解了。我和父母之间断裂的桥梁，一定能修复，我对未来充满期待。

抵达广元汽车站时，身体已经被颠得快散了架。

天色即将暗下去，旁边的叔叔好心提醒：“一会儿过桥的时候要小心哦，尤其是你还带个娃娃。”

“过桥那一段是很不安全。你们也是去火车站吗？咱们一起走嘛。”爸爸提议。

“对、对，一起走，出门不容易，大家相互做个伴儿。”其他打工者一一响应着。

原来，从汽车站到火车站需要经过一座桥，在这座桥上经常有很多混混抢劫打工的人。

凑齐了七八个人，大家结伴向对面的火车站走去。来往的自行车、摩托车、三轮车和汽车，让这座桥热闹非凡。我从没见过如此巨大的桥，一边走一边四处张望。大家不约而同地疾步快走，没人说话，只能听到喘息声和拉行李箱的声音。我要小跑才能跟上大人的步伐。十几分钟后，我们安全地通过了这座桥，大家相视一笑，如释重负，但仍没敢在桥头停留，快速朝火车站走去。

天色完全暗下来了，火车站的大楼亮着明晃晃的灯，大伙相互送出祝福：“希望你在外面发大财”。然后，各自消失在茫茫人海。

售票大厅，人头攒动。爸爸照旧在一处墙角放下行李并嘱咐我说：“你站在这里别动，看着包，我去买票。”我正一脸茫然，他已经转身朝售票处走去了。我紧紧地盯着爸爸的背影，眼睛不敢眨，生怕把自己丢了。人山人海，我居然看不到一张熟悉的脸，感觉自己渺小得像大海中的一滴水。

等了很长时间，爸爸回来了，一脸愁容地说："没有去乌鲁木齐的票了。"

"那怎么办?"我困惑地问道。

他没有作答，手里拿着一张客运时间表，查询着什么。

过了一会儿，爸爸说："有一趟过路车，我们必须赶上去，不然，就要在广元多待一天。"他又跑去售票处，带回来两张站台票，而我完全处于懵圈的状态。

车站为数不多的座位已被坐满，我们只好蹲在地上休息。爸爸不停地看着传呼机上的时间，等了一会儿，他扛起地上的包，朝检票口走去。

进站台后，所有乘客纷纷搭上列车，但爸爸并没有要上车的意思，他把所有行李放在地上，惊慌地四处打量，弯下腰，边假装系鞋带边对我说："我不能在这里待，你留在这里，看着这些包，他们不会把小孩子怎么样的。"

我担心地问："那我怎么说啊，万一赶我走怎么办?"

"随便你怎么说，就说走丢了，不知道爸爸要去哪里。"没等问完，爸爸已经走得很远了。

爸爸会不会趁机把我扔了吧？我不敢一个人待在月台上啊。很快，车站负责人朝我走来，她穿着浅蓝色的制服，我紧张极了，我会不会被送到警察局呀？

她慢慢靠近我，我屏住呼吸。万幸的是，她没说话，只是从我身边经过。我松了一大口气。

"呜"地一声，一辆绿皮火车驶进站台，这是我第一次见火车，十分好奇，但比起看火车，我更想找到爸爸。爸爸还是没有出现，爸爸真的不要我了？他再不出现我该怎么办？我要不要上车？一堆问题出现在脑海中。

火车缓缓地停了下来，乘客下了车，安静的站台热闹起来。这时，爸爸不知从哪里冒出来，抓起地上的大包小包，跟我说："快上车。"

爸爸行动快，迅速走到车厢门口，这时打工大军涌进站，向站台奔来。我们上车后找到一个狭窄的过道，把大大小小的行李放好，外面熙熙攘攘的人群就开始你拉我拽地往车上挤。因为人太多，根本无法上车，直到列车发动，还有很多人被滞留在台上不住地摇头叹气。

爸爸在过道铺了两张报纸，坐下来，这才解释道：“如果不买站台票进来，我们就跟其他人一样上不了车了，要多待一天，我们就要住宾馆。规则固然重要，但也要变通。一会儿我们再补张硬座票就可以了。”我听不太懂这些弯弯绕绕，只是觉得爸爸脑子好灵活，能顺利挤上车。

车厢里人满为患，我们坐在车厢与车厢连接处，这里晃动得厉害，我头晕目眩，靠在爸爸腿上，身子蜷缩在一起，开始了漫长的火车之旅。

“没有座位，小孩子跟着遭罪了，这一路时间可不短。”有人说。

爸爸说：“没办法，能挤上车就不错了，广元那一站好多人没有上来，我们已经很幸运了。”

我没有觉得辛苦，能去爸妈的身边，能看外面的世界，能走出大山，这一切意义非凡。

火车穿过长长的隧道，爸爸说这里是秦岭，还介绍了詹天佑怎么开凿的这条铁路轨道。外面的世界真的太大，大到无法想象，我新奇地看着这一切，在列车上渐渐睡着了。

第二天天刚亮，我醒了过来，蜷缩一夜，手脚无法伸展，导致浑身酸疼，无法动弹。爸爸倚着车门，疲惫地低垂着头，还在睡。我很久没有这么近地看他了，皱纹爬上了他的额头，皮肤黝黑粗糙，跟其他打工者没有什么不同，他只是打工大军中的一个罢了。

爸爸从睡梦中醒来，站起来，伸伸懒腰，拍打着胳膊。他看着窗外，列车已进入甘肃地段，树木变得稀少，视野变得开阔，只能看到大片的黄土高坡，几乎没有绿色。我问爸爸，那些修在洞崖里的屋子是什么，爸爸说那是住人的窑洞。我趴在窗户上，瞪大眼睛看那些从眼前一闪而过的窑洞，地域不同，建筑方式截然不同。从葱郁的大山，到荒凉的黄土高原，场景像连环画一样不停切换。

车辆驶过兰州站以后，车厢变得不再那么拥挤。车窗外不再是黄土高坡，也不是葱郁的大山，而是我在课本中见过的戈壁滩和高耸的白杨树，看着一棵棵白杨一闪而过，脑海中蹦出了语文书里的课文《白杨》。

晨读课上，这篇课文总会让我鼻子发酸。每当念到“新疆”那两个字时，我都无法正常念出来，多希望自己就是书里的那个孩子。

现在，茫茫戈壁就在眼前，做了无数次的美梦，真的成真了。

望着白杨，思绪翻飞，曾经留守的痛苦似乎离我越来越远……

爸爸递给我一瓶棕色的饮料，说是“可乐”。我拧开瓶子，喝了一口，怪怪的口味，喝完嗓子眼刺刺的，并不“可乐”，但内心却甜了起来。

“这里没有水，只有戈壁滩，你们怎么喝水呀？”我问爸爸。

爸爸笑着说：“我们还离得远呢。”

啊？我浑身都酸疼了，爸爸却说还远得很。

列车载着我，仿佛在环游世界，我的视野在短短几天中被打开，眼花缭乱的世界让我这个长期封闭在大山里的孩子应接不暇。第一次走出大山，走到那么遥远的地方，我不知道命运会怎样，但似乎一切已悄然发生着变化。

“稀饭、面条，早餐有需要的吗？”乘务员推着推车从过道穿过。

“你要不要吃饭？我们的东西吃完了，今天只能吃车上的饭了。”

“都行。”

爸爸显然对我这个回复不满意，略带烦躁地说：“吃就吃，不吃就不吃，没有一点主见。”他站起身向车厢内走去，随后带回两份十五元的盒饭。

我对自己那个愚蠢的回答后悔不已，却不知该如何解释，只好打开那份盒饭吃了起来。在车上吃盒饭，格外奢侈，周围的人连口饭都舍不得吃。我曾以为成年人的世界是美好的，可以决定自己去什么地方，有话语权，似乎无所不能。走出大山这一路让我看到了成年人的艰辛和现实世界的残酷。这些在车上连饭都舍不得吃的人也在努力支撑着一个家，却还撒谎说肚子不饿，大人的世界原来那么复杂。

火车终于抵达乌鲁木齐，车上疲惫不堪的乘客伸伸懒腰，打起精神扛着行李奔向不同方向，寻找他们各自的希望。

我紧跟着爸爸，走出车站，又一个完全不一样的世界以非常有冲击力的方式展现在眼前：戴着白帽子的男人，个子高大，鼻梁高挺，眼睛深邃，留着大胡子，像极了西游记里的中东人；披着黑袍子的女人，戴着头巾，遮挡着脸颊。他们讲话叽里呱啦，语速非常快，我一句都听不懂。

爸爸小声说："他们是维吾尔族，别盯着看，不礼貌。"我连忙移开眼。除了少数民族，这里也有说着浓重新疆口音的普通话的汉族人，他们把某些字的音节拉得很长……

我以为到家了，爸爸却说还要转一次车。

我吃惊地问："走了好几天还没到?"

爸爸在前面走得很快，没有听见我说话。他在路边拦了一辆出租车，问师傅："去碾子沟车站吗?"爸爸也像其他人一样，拉长着口音，听着非常别扭。

坐在车上，截然不同的街景呈现在我眼前：有很多平房，院子围墙刷着鲜艳的蓝色漆，房顶都是平的，跟老家有斜顶的瓦房不同。平的屋顶怎么排放雨水？我好奇，压根不知道这里很少下雨。路边是笔直的白杨，四川老家那种又粗壮又弯曲的树，这里一棵也没有。

我以为大山的样子就是世界的样子，家乡的小县城就是城市的样子。坐了几天几夜的火车，经过好几个城市，我才知道，我认知里的世界如此渺小。

爸爸再次去买车票，我仍旧留在原地看守行李。周围的一切都那么陌生，看得我眼花缭乱，此时的我，就像一个外星人，在认真地打量着。

我和爸爸又一次上了车，眼前是三排双层卧铺，车上有床，还能睡觉，简直不可思议。爸爸找到我们的位置，对我说："躺下睡一觉吧，这是最后一段路程，明早就到了。"

"还要一晚上?"我瘫在床上，看着车外杳无人烟的戈壁滩，一脸惊叹。

爸爸指向最近的小山包说："你看那个地方，看着不远，走路走一天也不一定能走到。"

我半信半疑地盯着，车子开动了很久，果然那个小山包的位置几乎没有变化。新疆的辽阔，超出想象。爸妈会不会生活在荒无人烟的戈壁滩上？

晚上八九点，车子在一排餐馆处停下来，司机让大家就餐。除了几家简陋的餐厅，周围是茫茫戈壁，没有人烟，没有一点绿色的植被，只是长了一些没有生气却粗壮有力的黄草，我从没见过。爸爸说这些草的根扎得很深，以获取微量的水分。我感受到了这些黄草顽强的生命力。望向远处辽阔的戈壁滩，太阳开始落山了，昏黄的天空分外遥远，人烟在这片大地上显得格外渺小。

我问爸爸："新疆的天都这么晚才黑吗？"

爸爸说："新疆和四川不在一个时区，从四川到这里相隔两千多公里。"

我对公里没有概念，对时区也不了解，只知道坐汽车、火车要好几天才能到，实在太远了。我终于知道和爸妈相隔有多远，知道他们为什么不能每年回来看我，真的是相隔千山万水。但爸爸为什么要远走他乡到这么遥远的地方？我还不太明白。

爸爸点了一碗装在盘子里的拉面，上面盖了一层炒菜，面条吃起来格外筋道，做法和口感与老家的拉面完全不同，我几天没好好吃饭，狼吞虎咽地吃起来。

饭后，大家匆匆回到车上，司机清点人数后，便继续赶路。

躺在摇摇晃晃的床铺上，我很快进入甜蜜的梦乡，期盼的团圆即将到来……

2
终于来到爸妈身边

经过一夜颠簸，我和爸爸顺利抵达伊犁。

爸爸说，伊犁人口不到60万，是个很小的城市。我并不觉得小，眼前的街道平坦宽敞，比大山里的村子好太多。我期待见到爸妈在伊犁的家，一定是宽敞明亮的，从此一家人可以其乐融融地生活在一起。

爸爸叫来一辆出租车，将大大小小的行李放在后备厢。这些从四川老家辗转来到伊犁，一路上被搬上搬下的蛇皮袋已被磨出洞，我们终于即将抵达目的地，爸爸长长地松了一口气。

司机热心地问："你们从哪里来的？"

"四川，把孩子接过来，之前一直放在老家，现在条件好一点，还是在一起比较好。"爸爸用新疆口音味的普通话回复道。

"孩子当然是自己带比较好，分开久了不行。现在总算团聚了。"司机从后视镜里看了我一眼。

我望向车窗外的城市，没有特别高的楼房，不如乌鲁木齐繁荣，马路边有很多院子，院墙也是天蓝色的，房顶是平的，和老家的青瓦房完全不同，我问爸爸："这里的墙为啥子是蓝色的？"

爸爸说："他们喜欢天空的颜色，就把墙刷成了蓝色。"

"房子里面是啥子颜色的？"

"也是蓝色的。"

司机听到我和爸爸的对话，笑着说："你们家丫头还说四川话啊，到这里上学可不行哦。"

“丫头”这称呼怪怪的，听起来有些别扭，在老家女孩子都叫“姑娘”，还真是地方不同，叫法不一呢。我藏起这些不适，安静地看着窗外。

十几分钟后，车子慢下来，缓缓地拐进一个巷子里。巷子两边全是平房，最高的只有两层，高矮不一，大多数很破旧。路边高大的白杨树，树干光秃秃的，叶子还没长出来。因为还是早上，巷子里格外安静。

爸爸说：“我们家就在前面，马上到了。”

一个个院子从眼前闪过，中间没有空隙，院子的大门不尽相同，有红色的大铁门，有陈旧的木门，每个院门上东倒西歪、大小不一地写着“天山街×××号”。有的院子门口还杂乱地堆着垃圾。

巷子很深，爸爸喊了一声：“师傅，前面这个门就到了。”

司机在一个老旧的木门前停下来。我仔细一打量，门上用很粗的笔写着：天山街94号。我想起来，每次给爸妈写信，邮寄地址就是这个。

爸爸下车，去取后备厢的行李，我从出租车里钻出来，看着眼前这个陌生又熟悉的院子，心情有些激动，不知道该不该进去，只好傻站在原地不动。

一位阿姨到门口下水道倒水，刚好看到我们，满脸微笑地说：“你们还挺快的，没几天就回来了。”她俨然不是一副农民样儿了，纹了唇、修了眉，手指纤细。

我腼腆地笑了笑，爸爸应和道：“路上比较顺。”

爸爸扛着东西，往院子里走去，没再管我，我有些忐忑，跟着爸爸深一脚浅一脚地踏进院子。一排平房映入眼帘，一下子数不过来有多少间屋子，院子到处都拉着绳子，绳子上晾晒着衣服；院子里乱七八糟地堆放了很多杂物，横七竖八地停了许多辆自行车。有人在水管旁边接水，有人在门口支的炉子上做饭……

这时，大家听到动静，齐刷刷地望向进入院子的我们……

“龙，快出来啊，你家丫头来了。”有人喊着。

大家纷纷向我涌来，院子一下热闹起来。我很快被一堆陌生人团团围住，大家口音都不太一致，但都喊着我的名字，热情地打着招呼，我却不知道他们谁是谁。我局促不安，攥紧手里的行李。

这时，一个看着快要临盆的大肚子女人朝我走来，仔细一看，是妈妈，我简直不敢相信自己的眼睛，睁大眼睛再次确认：个子不高，满脸长满雀斑，是妈妈，没错。

我傻眼了，从来没有人告诉我妈妈怀孕的事，路上这么长时间，爸爸也没有提一句。我也是家庭中的一员，为什么没人询问我的意见？我有点沮丧，感觉自己又被完全忽略了。

妈妈走过来，我愣在原地，一时不知该说什么。

看我傻站着，妈妈说道："喊人啊，怎么光愣着，不开口叫人？"

我该叫谁？该喊什么？

妈妈可能觉得我让她有点丢人了，跟大家解释道："她以前挺爱说话的，现在也不知道怎么回事，就是不爱喊人。"

我一只手不停地搓着衣角，以缓解内心的不安和紧张。我开始在心里犯嘀咕："妈妈，你怎么不理解我呢？你考虑过我的感受吗？你们总是站在自己的立场上，希望我是个优秀的乖乖女，从来不想一想，养孩子难道喂饱就可以了吗？长期缺失爱和陪伴，我如何活泼得起来？这几年，我独自一人承受了多少孤独和痛苦，才会变得笨嘴拙舌，你们一点不知道原因吗？这次你们突然把我带入陌生的环境，不主动介绍身边的陌生人，连有弟弟（妹妹）的大事，也不跟我说一声。我不会讲普通话，一开口就是四川话，被陌生人嘲笑怎么办？"

我满肚子委屈，真想快点从人群中离开。

一位阿姨开起玩笑说："你看看，你妈妈有弟弟了，不要你了怎么办？"

我皮笑肉不笑地咧了咧嘴。

全世界的成年人难道都这么无聊吗？她不知道对于像我这样长期被父母扔在老家的孩子来说，开这种玩笑有多无情和恶毒吗？我最怕的就是妈妈不要我了。开这种吓唬孩子的玩笑，会让她很开心吗？

妈妈看出我对陌生环境的不适应，没再数落我，带着我往家里走去。我逃离人群，走到院子尽头的拐角——一个没有太多阳光的角落，她推开一扇又低又矮的黄色木门。

这间看起来不到二十平方米的屋子，只有一扇很小的窗户，屋顶很矮，贴着蓝白条纹塑料，有的地方塑料纸垂了下来，让整个房间更加压抑。屋子用红砖砌的地，中间放一张桌子，屋子靠里墙摆着一张床，就这么一点家具，已经让屋子拥挤不堪。里面有一个狭小的隔间，地上摆着炉子、水桶、锅，像是做饭的地方。

回四川老家时，爸爸总是西装革履，一副很有派头的样子，而妈妈也穿着时尚，打扮得很漂亮。我一直以为爸妈在外面拼搏了这么多年，条件应该非常不错了，至少比家里条件好。而眼前屋子的陈设，彻底颠覆了我的想象。原来他们没有比我好过到哪里，真实生活状况如此窘迫。我不再责怪他们，积压多年的委屈居然就在进屋的那几秒内消失了，我原来如此懂事。

爸爸搬进来的行李摆了一地，占满了屋子，来回走动都需要侧身。这么小的屋子，我在哪里睡觉？弟弟或者妹妹出生了，这间屋子怎么睡得开？我有点发愁，也理解了父母为什么迟迟没把我接来。

没有外人在场，妈妈温柔起来，关切地问我："路上顺利吗？睡得好不好？"

"嗯。你几个月了？什么时候生？"看着妈妈鼓鼓的肚子，我迫不及待地问。

"快了，还有一个多月。"

我正想问她怎么不告诉我，突然想起那次爸爸深夜里跟奶奶聊天，提到幺爸去世后会再添一个给家里冲冲喜，爸爸像说暗语一样，问我喜欢弟弟还是妹妹。这时我才恍然大悟，为什么不开诚布公地跟我谈论这件事呢？我不会排斥妈妈肚子里的新生命，无论是弟弟还是妹妹，我都开心，但为什么要隐瞒呢？我试图去理解这一切，或许有我不知道的原因。

妈妈挺着大肚子，去院子里接水、洗菜，麻利地把菜从水里捞起，在炉子上架上锅，倒上油后翻炒起来，油烟味瞬间充斥整个房间。

一会儿工夫菜炒好了，妈妈熟练地盛好菜，然后把炒菜锅端到地上，在炉子上放两个铁圈，烧上一壶水。一个炉子有多种用途，既能炒菜又能烧水，就像家里的每个人一样，要扮演多种角色，才能勉强度日。

妈妈已经提前蒸好馒头、熬好白粥，堆满行李的屋子无法再撑开饭桌，我们只好围在一条木凳上吃起在新疆的第一顿团圆饭。

爸妈讨论着往后的日子，如我在哪里睡，妈妈坐月子时屋里怎么重新布置。爸爸合计着，等天气暖和一点时，把炉子搬到外面去做饭，屋里就宽敞了。

我放下所有的情绪，享受着和爸妈一起吃饭的快乐，白粥、青菜、馒头，如此简单的早餐，吃进嘴里却美味极了。这不仅是一顿饭，更是生命的转折。

吃完早饭，爸爸要去旧货市场买张单人床，好让我有地方睡下。

整个早上都手忙脚乱的，看来爸妈完全没有做好接我过来一起生活的准备，若不是幺爸发生意外，我这会儿一定还在老家呢。

我坐在爸爸自行车后座上，和他一起去旧货市场，这里是一个全新的世界，早晨还寂静无比的巷子一下子热闹起来，很多维吾尔族小伙子在路中间踢球，有卖菜的、收破烂的……

巷子边的门店全部开了门，卖烤馕的、卖鲜奶的……吆喝声不绝于耳。在寂静的大山里，我能听到自己的呼吸声，这里的喧闹让耳朵很难清静下来，我新奇地看着这一切……

穿过一条条巷子，抵达杂乱的旧货市场，爸爸小声向我介绍说，这里不只有维吾尔族，还生活着其他民族的人，如哈萨克族、锡伯族、回族、蒙古族等。在我眼里，他们似乎长得一样，浓眉大眼、深眼窝、高鼻梁。

我有些怕生，躲在爸爸身后。市场比老家的集市大多了，很多家具看着很新，不像二手的。爸爸挑了一张折叠床，讨价还价后，付了五十元钱。他一手扶着折叠床，一手扶着自行车，在我的帮助下，从旧货市场挤出来。到家后，爸爸打开折叠床试了一下，发现铺开了床就没办法打开饭桌，打开饭桌就没办法铺开床……看来接下来的日子就要在打开折叠床、收饭桌，打开饭桌、收折叠床中度过了。

我有些愧疚，如果不是我，或许他们就不用这么麻烦了，自责之余，内心也是满满的感激……

下午，爸爸骑着自行车又带我去菜市场买菜。自行车在一个个巷子里窜来窜去，我欣赏着民族特色的小院，有的院落开着大门，葡萄藤正在发芽；有的院落晒着花纹地毯……

这时，爸爸开口说："你妈妈生孩子坐月子的时候，你自己来买菜，伺候你妈妈月子。"

我有些疑惑，但不敢问为什么，只能慌张地去记住每个拐弯的路口，但巷子太多，我早已忘记了来路。菜市场令我眼花缭乱，鱼类区、鸟禽类区、海鲜类区、熟食类区、调料区、水果区、蔬菜区……每一个区都聚集着很多小商贩。

我一边东张西望一边认真地听着爸爸给我介绍："这里的洋葱叫皮牙子；猪肉不能叫猪肉，叫大肉，在这里不能说'猪'字，对少数民族不尊重；买菜按公斤算，不是咱们老家市集上按斤算，一公斤就是两斤……"

爸爸滔滔不绝地介绍着，我脑袋要爆炸了，这里的一切都太复杂了，连蔬菜名字都和老家的不同，一时半会儿我难以适应。如同穿越到另一个陌生又奇特的新世界，我要快速适应新世界的一切规则。对于要买菜的新任务，我感到很大的压力，像迷宫一样的巷子，都让我不知所措。

晚上，我躺在新买的二手折叠床上，整个身子陷进去，稍微一翻身，床里面的钢丝弹簧就会发出"呲啦啦"的声响，我尽量不动，怕吵到爸妈。我睡不着，脑子转个不停。回到爸妈身边的第一天，内心是快乐的；对于过往，早已不计前嫌，我渴望新的开始；但融入新环境让我手忙脚乱，新任务如一块石头压着我。我的到来，打破了父母平静的生活，他们或许没想到，在弟弟（妹妹）到来之前，我会先来到他们身边。显然，我们三个人，谁都没有为今天的团圆做好准备。

我翘首企盼才搭上的这辆来到爸妈身边的列车，能否载着我重回幸福的日子？一切都是未知。对于未来的生活，我有一丝不安。

大山里的生活，是一成不变的；伊犁的生活，充满无数未知。

每天不停地收饭桌、铺床、收床、支饭桌，显然不是长久之计。爸爸打起煤棚子的主意。每家门口有一小块儿堆煤的地方，爸爸拉来一车砖，把几平方米的煤棚子搭成一间屋，将煤块重新堆积，这样就腾出巴掌大的地方做饭，中间的空隙能侧身站两个人。

爸爸在屋里的隔断处用砖头撑起几块板子，确保平稳后，铺上褥子和被子，刚好一米二宽，那是我的新床。每天从床头上下不太方便，但比折叠床舒服。能吃上饭，有地方睡觉，我已心满意足。生活上的种种困难已经克服，麻烦的是我的上学问题还没解决。

我已经 12 岁半了，在老家的时候上六年级下学期的课。来到伊犁，错过了新学期开学。爸爸带我去几个学校参加插班考试，成绩不理想；我又没有本地户口，还不会讲普通话，入学变得极其困难。

那段时间，爸爸骑着自行车带我到处找学校，屡屡被拒，这时爸爸会劈头盖脸地骂我不好好学习。

一提学习成绩，我很无助，在能不能上学这件事上，我比他们还着急。妈妈离家之前，我成绩还不错，后来他们把我丢在老家，因为长期缺乏爱和关怀，还要应对生活中种种困难，我心思完全不在学习上。心里的话没勇气说出口，尤其在看到爸妈窘迫的生活现状后，只好默默地听着爸爸的责备，不把责任推到他们身上。

大杂院里的人大都是像父母这样出来打工的，小孩子很多，我是这些孩子中年龄最大的。白天，大家都去上学了，我却在那间狭小的出租房里从早到晚帮妈妈做着家务，等待命运的安排。

我以为走出大山，所有的问题都会迎刃而解，但没想到我又成了大人的负累。妈妈要临产了，我上学的事情被推到秋季，生活让我再次陷入迷茫。

八、我是城市外来者

从农村来到城市，陌生的环境使我自卑，我成了同学嘴里的乡巴佬、父母吆来喝去的佣人。我一次次地尝试去和同伴相处，和父母建立良好的关系，并不断地适应、调整，再适应、再调整。我的自我并不恒定，我被他人评判，被他人的价值观所影响，我失去了自我，这意味着真实的我并不存在，我彻底失去了自己。

1
迎接妹妹出生，适应新环境

“五一”劳动节那晚，妈妈肚子开始阵痛，为了省钱，爸爸决定让妈妈在家生产。

院子里一位阿姨，孩子刚八个月大，爸爸请她来当临时的接生婆。在那间不足二十平方米的出租房里，我们听阿姨指挥：准备酒精，给剪刀消毒，为新生儿备好澡盆、热水、新衣服，给妈妈备餐……

大家手忙脚乱，妈妈一直在痛苦地呻吟，后面变成痛苦地喊叫，看着妈妈痛苦不堪的表情，我捏了一把汗。

阿姨把一大块塑料薄膜铺在妈妈身子下，妈妈双腿撑着，上面搭着一块布，阿姨随时查看是否有动静。我好奇地凑近观看，阿姨用胳膊把我拦在那块布后面，我懂得了她的肢体语言。阿姨一直观察着宫缩的情况并让妈妈使劲儿。几个小时的挣扎后，阿姨欣喜地喊着“脑袋出来了”，她轻轻地托起婴儿的脑袋，缓慢地引导着小身子脱离开母体。

“是个女孩。”阿姨喊道。

我有妹妹啦，我欣喜地凑近看：妹妹浑身还裹满黏稠物，眼睛微微睁开，后背有几块青色胎记，稚嫩又圆鼓鼓的小脸蛋很是可爱。爸爸听着阿姨指挥拿起剪刀，轻轻剪下那根将妹妹与妈妈连接在一起的生命脐带，随后几声响亮的啼哭打破了夜晚的平静，新生命就这样到来了。

我看着妹妹，舍不得挪开眼睛。

谢天谢地，一切顺利。这样铤而走险，爸爸、阿姨还有我，都是第一次经历，没有发生意外，大家总算松了一口气。

接下来的日子，我主动承担起伺候妈妈坐月子的重任，独自去菜市场买菜，鼓起勇气跟陌生人交流。

阿姨教我炖猪蹄汤，没几日便学会了各式花样的月子餐；家里人舍不得买尿不湿，我便蹲在水管旁边洗着一盆又一盆的尿布。我像半个妈妈一样，细心地照顾着妹妹，又像个月嫂一样，伺候着妈妈的饮食起居。

菜市场离家有一段距离，大家都是骑车去买菜，走路去会浪费太多时间，我便开始抽空学习骑自行车。新疆的中午，酷热难耐，整个地面像火在燃烧一般。但学骑车只能在这个时间段，因为这时巷子里才会清静下来，卖东西的小商贩和踢球的小伙子们，在正午时分消失得无影无踪。

我悄悄地把自行车推到巷子。一开始把握不好平衡，好几次直接摔到地上，我忍着疼痛，扶起车继续练习，来来回回好多次，慢慢找到一点平衡感。刚学会如何溜车，便看到前面有一个破烂的井盖，我紧急转弯，一下摔倒在地，膝盖被磕破了，血流了下来，一时不知如何是好。一抬头，看到爸爸站在院子门口看着发生的一切，我以为他要安慰我，或者帮我处理伤口，或者告诉我骑自行车的要领，又或者表扬我在炎热的中午学习自行车，本以为他能看到我为融入新环境所做出的努力，哪想到，等来的是打击。

“笨得跟猪一样，还能学会自行车?”他无奈地摇摇头，便转身走了。

他的话，像泼来的一盆凉水，又像一把锋利的刀，刺得我内心鲜血直流，比磕破腿的痛强烈一万倍。我转过脸，眼泪哗哗地流下来。为什么爸爸那么苛刻、不近人情？为什么没有看到我的懂事？我含着泪默默地发誓：一定要学会骑自行车。

忍着疼痛，一点点保持着平衡，先从滑行开始，再试着蹬上车蹬……一次次从车上摔下来，一次次爬起来。那天，我赌气学会了骑自行车，带着浑身的伤，闷闷不乐地回了家。

爸爸看到我，用嘲讽的话说：“你肯定没学会吧。”

他的话冰冷如雪，我瞪了他一眼，没有说话。

原以为我从大山来到父母身边，我会成为被照顾、被呵护的孩子，我心甘情愿地承担起家务，照顾着刚出生的妹妹，而爸爸并不领情，还时不时地对我进行打击和说教，这让我对渴望了无数个日日夜夜的团圆产生了怀疑，对新生活、新环境产生了恐惧。

爸爸嘴上唠叨，但还是托关系让我获得了秋季入学的资格，虽然需要复读一年，但总比没有学上要好。此后，爸妈的说教变本加厉，我似乎欠了爸妈的人情，只能更加努力地干活。

上学第一天，爸爸把我送到老师办公室，女老师们都画着精致的妆，双手白皙细腻；而我由于常年干农活、家务活，双手早已粗糙不堪，跟城里人形成强烈的反差。我有些自卑，把手缩在衣服后面。

爸爸跟老师聊起我的情况，他告诉老师："她从四川老家过来，成绩不是很好，请老师多多费心，我们会督促她好好学习的。"

"放心吧，我会多关注她的。"老师的通情达理，让我松了一口气。

爸爸一离开，我立马紧张起来，我还不太会讲普通话，接下来该怎么办？我紧张起来。

我惴惴不安地跟着老师走进教室。几十双眼睛齐刷刷地盯着我，而我不敢看大家，干脆低下头。老师简单地介绍后，让我坐到第三排的座位。幸好没有让我做自我介绍。我低头挪到自己的座位，拿起书学着大家的语音语调，轻声地跟着晨读，重新回到课堂，无数情绪在内心翻滚涌动。

下课后，好奇的同学们故意凑过来。我不敢说话，怕一开口，招来他们的嘲笑。

我的同桌也是四川人，看上去憨厚老实。上课回答问题时，"奶奶"他念"来来"，"篮球"念成"南球"。四川人讲话，容易"n""l"不分。一个问题答完，老师劈头盖脸地骂他："你这个畜生！毛驴子！你这四川来的狗！乡巴佬！赶紧滚回去，别在班里祸害人，教了多少遍都教不会。"

那愤怒的谩骂字字诛心，我也是刚从四川来的，那谩骂似乎不只是在骂他，也是在骂我。我的脸火辣辣的，憋得通红，瞬间对老师这个职业产生了怀疑，明明纠正发音就可以了，为什么要用地域性的歧视话语骂人？我偷偷地看

了同桌一眼，只见他沮丧地低垂着头，其他同学也用鄙视的眼光看着他，我同情他，却不敢与他做朋友。

到一个新的集体，一次两次可以回避与同学们的交流，时间长了还是会露馅。有一次，有同学跑过来跟我说话，我试着用拙劣的普通话交流，他很快听出我的口音，问道："你从哪里来的？"

我怯生生地回答："四川。"

他哈哈大笑："你也是四川的，怪不得你的口音跟你同桌差不多。"一时，旁边的同学也都跟着哄堂大笑起来。

我有些气恼，想反驳，又生怕说得越多，暴露得越多，只好低下头，不敢再说话。那段时间，我内心有个巨大的黑洞，自卑埋藏在我的每条神经、每个细胞中。

我尽量把自己藏起来，又像在老家学校那样当一个透明人，不让任何人看见。但我还清醒着，强迫自己快速学习普通话，分清楚"n""l"，分清楚前鼻音和后鼻音，学习本地方言。

除了环境的变化，身体也开始发生变化。没多久，我来月经了，妈妈买来卫生巾偷偷塞给我，可她并没有介绍使用方法。接连几天，我裤子上溢满鲜血，凳子上常常血迹斑斑，同学们的耻笑，让我更加尴尬、自卑。

连续几个月都是如此，每次血弄到裤子上，都会被妈妈骂一顿，爸爸也总嫌弃地给妈妈使眼色。后来才知道卫生巾用反了，我怎么如此蠢笨。我一边恨自己的笨，一边在想要是妈妈多跟我说一点就好了，就不会到处丢人了。可她似乎不愿谈及这个话题。

很快，身体其他部位也开始发生变化，胸部开始肿胀、鼓起，妈妈没有注意到这些变化，在她眼里，我就像一个成年人一样，而不是需要照顾的青春期少女。

为此，我很难为情，总是驼着背，尽量把渐渐隆起的胸藏起来，甚至用白布裹着它，限制它生长。妈妈见我驼背，又骂起来。还是邻居提醒她，孩子开始发育了，需要穿内衣了。

粗心大意的妈妈，一心扑在妹妹身上，完全忽略了我的成长需求，邻居都能看到我的变化，作为一起生活的妈妈，怎么一点都看不到呢？很长一段时间，妈妈把我像佣人一样指挥着，做饭、洗碗、洗衣服、带妹妹，爸爸在工地上忙碌着，他们谁也不知道新环境给我带来了多大的压力，谁也未曾关注我情绪和身体的变化。

我以为只要离开大山，跟爸妈在一起，就能获得温暖和爱，就能弥补过去缺失的一切，我认为我会开怀地大笑，变回小时候那个乐观开朗的姑娘。

不知道哪个环节出了差错，明明自己那么任劳任怨地承担家务，却仍没有得到认可。一个人跌跌撞撞地走入青春期，没有人伸手拉我一把，没有促膝长谈，没有拥抱和鼓励，被忽视的痛苦啃噬着脆弱的内心，往日折磨我的孤独感，更加强烈地袭击而来。

在陌生的环境，旧伤没有好，又新添了许多伤疤，我成了同学嘴里的乡巴佬，父母吆来喝去的佣人，我到底是谁？

2 乌烟瘴气的家

新疆的秋天很短，冬天来得很快。平日里嘈杂的院子安静下来，院子里的老乡们“忙着”进行一项室内活动——打麻将。他们今天在这间屋搓，明天在那间屋打，有时好几个房间里同时响着搓麻将的声音。

我家拥挤的小屋竟然也成了麻将屋。常常一圈人围着麻将桌，他们嘴里叼着香烟，吞云吐雾，大声喊着“和”“碰”，偶尔还用麻将一下下敲着桌子，从早上十点多开打，一直打到晚上八九点。

妈妈一只手抱着妹妹，一只手搓着麻将，几个月大的妹妹，在麻将声中和烟气熏人的嘈杂环境里，接受着不良的“早期教育”。我多次祈求妈妈，别这样带妹妹，别让人来家里打牌，但无论如何请求，她依旧我行我素，仿佛手里的麻将比自己的孩子还重要。

生活空间被挤压得没有一点缝隙，有时妈妈还指挥我，让我给“牌鬼们”做饭，我简直要气疯了，麻将到底有什么魔力，能让这群人对生活不管不顾？他们只不过是一群没有责任感的“巨婴”，只知生、不知养，连自己都管不好，哪有能力来教育孩子。

屋里乌烟瘴气，我的怒火无处排解，贤惠勤劳的妈妈去哪了？她为何背井离乡来到千里之外，却在这里浪费着她的光阴？这一屋子打牌的人——城市的外来者，虽然已经生活在城市里，但他们生活在狭小的贫民窟里，找不到生活的出路，依旧过着贫苦的日子。

我习惯了大山里的寂静，如今每天被打麻将的声音折磨得痛苦不堪。

这天，我从嘈杂的屋子逃走，躲进安静的小树林，看着雪花慢慢从空中降落，落在脸上、身上，生活里受的伤，也许在大自然里能够得到治愈。我坐在雪地里、靠在大树上，看着路上来往的车辆、行人。平日里繁忙的巷子，此时寂静无比，一个穿着臃肿的中年妇女，戴着头巾，一只肩膀挎着绳子，两只手扶着车把，用力地拖着有两个轮子的平板车，四岁左右的孩子，脏兮兮地坐在平板车上，脸冻得通红。

看着她的艰辛，我想着自己的爸妈，他们离开大山，像这样过毫无意义的生活，不是我要的。像这位带着孩子捡破烂的女人，我也绝对不想成为她。我期望在一片沃土中生长，长成参天大树。老天爷把我丢在石缝中，让我费尽力气，挣扎求生，我的未来在哪里……

打麻将的风气越演越烈。熬过了寒冬，春天如期而至，我们居住的院子即将被推倒，要重新盖成二层小楼。院子里一共住了十几户人家，房东让大家去外面租房，修好后再回来，也可以在煤棚子凑合半年。

老乡们手里都没有什么钱，都选择在煤棚子里凑合。煤棚子没有门，大家用一张旧床单遮挡。我们那一间小屋不在修缮范围，成了唯一能打麻将的地方。原本就很凌乱嘈杂的院子，在施工期间变得更加凌乱不堪，屋里屋外一片狼藉。

妈妈沉迷在麻将中不能自拔。

终于，出事了。

那天放学回家，在巷子口，有老乡看见我，催促我赶紧回家，说我妹妹的腿被烫伤了。

我一听三步并作两步冲回家，眼前的景象令我心碎：妈妈怀里的妹妹，一整条腿血肉模糊。妹妹双眼哭得红肿，我的心像被熨斗烫了一般，疼痛不已，怒喊道：“是不是又因为打麻将?”

妈妈没说话，旁边的人示意我不要再追问，说：“你妈妈已经很难过了，别再提了。”

果然如此，我压抑不住内心的怒火，疯了一样地吼她：“跟你说多少次，你就是不听，这下你满意了吧!”

“你以为我想让她烫伤吗?”她沮丧且愤怒地回应。

“你等着后悔吧。”我绝望极了，哪有如此不负责任的母亲。

看着妹妹脸上还挂着眼泪，整个人在妈妈怀里一动不动，我心如刀绞，难过至极。

第二天是周末，妈妈抱着妹妹去看医生，我不放心地跟着。妈妈担心医院费用太贵，坐公交车到又远又偏僻的城中村找大夫。在一个平房里，大夫承诺，几十块钱就可以治疗。我有点不敢相信，妈妈却说，“来都来了，就在这里治吧。”

医生询问烫伤过程后，我才知道，是刚学会走路的妹妹要喝水，叫妈妈，但妈妈忙着打麻将，没回应，于是妹妹自己去拿水壶，却不小心打翻了，水壶当即爆炸，这才烫伤了妹妹的腿。

我愤怒地看着妈妈，心想：犯了这么大的错，你还不知道悔改吗?

医生开了一些药后，提醒千万要小心。

回家路上，我再次苦苦央求妈妈：“别再打麻将了，你生下孩子，就要为她负责。”我已经被你们忽略了，难道妹妹也要跟我一样，没人疼、没人爱地长大吗?这几句话到了嘴边却无法说出来。

妈妈信誓旦旦地说：“以后再也不打了。”

抓住这个机会，我继续“教育”妈妈：“你们是成年人，为什么需要我这个未成年人给你们讲道理?你们常常笑话在外面收破烂的人，一边拉着孩子，一边收破烂，可你们呢?又能好到哪里去呢?眼睛总是盯着别人不如自己的一面，嘴巴总是谈论别人的是非，从来不看看自己的言行，从来不知道自我反思，作为父母，你们要给我和妹妹树立什么样的人生榜样?”

妈妈被我批评，有些愤怒，但她愧疚难安，便不再与我计较，任由我唠叨。

那几日，被烫伤的妹妹，因疼痛不停啼哭，我却只能手足无措地安抚。后来，妹妹的腿还是因为耽误治疗，留下了严重的疤痕。

妹妹被烫伤后，妈妈不打麻将很长一段时间。在那段时间，妈妈变得温柔体贴，开始关心我的学习，还关注到我没有衣服穿，带我去买衣服。但买完嘴上又唠叨，“养孩子开销大，你自己算算你今天花了多少钱?”

她的唠叨，让我背上沉重的心理负担和枷锁，好像父母养育我、为我花钱，不是因为爱，而是不得已。我好想告诉他们，可不可以别这样去计算，爱不是用金钱衡量的，我深知赚钱不易，所以从不攀比，但面对暴躁的父母，我完全丧失和他们沟通的欲望。

我全力扮演好自己的角色，甚至还要承担爸妈的一些责任，可我的忍耐和努力没有得到任何抚慰。他们对我提出各种要求，我有一点儿不符合他们的要求，就会被唠叨、责骂，他们不允许我有情绪，而他们每天都把坏脾气挂在脸上。

我常常想起爸爸在田间地头与老乡们聊起外出打工的初衷：赚钱、养家。让家人生活好一点，几乎是每一个外出打工人的初心，单纯而又美好。但外出打工赌的是运气、机遇，拼的是力气、胆识，有时甚至危及生命。像爸爸这样第一批出去闯荡的人，要面对太多不确定性，现实的残酷让曾经那个温和而幽默的爸爸变得暴躁易怒，甚至偶尔会失去理智。我理解他的困境，但我为自己所承受的无缘无故的责骂而感到不公。

3 自卑的青春期

复读这一年，我一直保持着不错的成绩。但在小学升初中考试中，数学居然只考了30多分。

爸妈看到我的成绩后，暴跳如雷地骂道："看来平时对你凶，没有冤枉你，你这一辈子有什么出息?"

我低垂着头，不做任何辩驳。在只有责骂和训斥，没有关爱的家庭里，我始终摆脱不了自卑、自我怀疑，这样迷茫的我又要进入中学，再次去适应一个新环境……对未来，我毫无信心。

不久后，妈妈又继续打麻将了，她甚至为自己开脱，说妹妹被烫伤是命中有此劫难，以前老生病，自从被烫伤后，再也不生病了。一句话，将自己的责任，推脱得干干净净。

我简直不敢相信自己的耳朵，怎么能如此荒谬地为自己找借口？我发誓，未来一定不要在这种愚昧至极的环境下生活。

我深知我和爸妈之间有了隔阂，开始在外面寻找志同道合的朋友。住在巷子对面的小静，偶然在巷子里和我遇到过几次。初中时，我们被分到一个班。小静家住着整套院子，楼上楼下收拾得干净整洁，靠收房租过日子，跟我的生活完全不同，但她没有嫌弃我。刚开学，我们结伴而行。

军训期间，我身后站着一个叫小柳的女孩子，长相甜美，被同学们称为班花。小柳总是友善地邀我一起去逛校园。

小静和小柳，在我青春期最灰暗的日子里出现，她俩就像冬日里的暖阳，给我的生活带来一抹光亮。

有一天，小柳问我："你们家电话多少，晚上给你打电话。"

这是个难以回答的问题。家里除了爸爸的传呼机，没有任何通信工具。我担心她看不起我，不想失去好不容易交到的新朋友，可我也不会撒谎，只能坦诚地告诉她："我们家没有电话。"

"那怎么找到你呢？"她追问。

"回家后，你就找不到我了。"我没有避讳。

本以为这样的回答，会让这段友谊戛然而止。不料，小柳从口袋里拿出一个可爱的小本子，写上一串数字，撕下来，微笑地递给我："这是我的电话，你可以打给我。"她巧妙地化解了尴尬。

我感动得一塌糊涂，紧紧攥着写有电话号码的纸，那七个数字被我烙在了心里。

小柳成了我生命里的一道光，照亮内心深处自卑的角落。我小心翼翼地维系着我俩的友谊。

一天放学后，小柳邀请我明天和她的家人去吃火锅。

"火锅是什么？"我第一次听说。

小柳有些诧异，但很快反应过来，说："那你一定要来，来了就知道了。"她和善地微笑着，然后转身，留给我一个华丽的背影。

回家后，我兴奋地告诉妈妈这份热情的邀约，她却说："人家自己家人吃饭，你去干什么，再说，朋友都是礼尚往来的，你下次请别人吃什么？"

她的回复似乎在告诉我：别去高攀，我们没有对等的条件和有钱人交往。

我想与朋友们平等交流，我想甩掉自卑，但妈妈在提醒我，我们跟别人不一样。

第二天，我只好告诉小柳，感谢她的邀请，但家里有事，没有办法去，她露出一副无奈的表情。

随后一段时间，我有意避开小柳，不想再陷入难堪的境地。小柳虽然感知到我的刻意远离，可她不介意，总是主动找我。

而我的自卑感，总是如影随形。

一天，我们漫步在校园里，她说：“你最好离××远一点，她让我别跟你做朋友，说你很土，不配做我的朋友。”

我愣在原地，内心五味杂陈，原来那么多人看不起我。树叶在头顶摇曳，太阳光透过树叶间的缝隙，像星光一样跳动闪烁。

想起在学校楼道拖地时，同班男同学大摇大摆地从刚拖干净的地上踩过去，全然不顾我的幸劳，还大声喊：“滚开！”而我只好默默等他走过去，把刚刚拖过的地再重新拖一遍。

我曾在小卖铺打电话，走到电话机面前，盯着键盘，但数字以外的符号完全不知道其含义。老板娘不耐烦地呵斥讥笑，那表情在脑海里挥之不去。班上除了小静、小柳，再无其他朋友，很多同学甚至都不愿跟我说话……

小柳却拉起我的手，说：“我才不会听她的，拉钩，我们是一辈子的好朋友。”

我盯着她明亮的双眸，一时支支吾吾说不出半个字，她温暖的手在我手心发热，慢慢温暖了我全身，我眼里噙着泪水，暗自发誓，一定珍惜这位毫不嫌弃我的朋友，是她让我相信，人与人之间纯粹的友情与贫富无关，是她让我一点点拾起被践踏的尊严。

初中开始出现拉帮结派的风气，学校出现了臭名昭著的“青龙帮”，大家都以认识“青龙帮”的同学为荣。

我不认识什么帮派的人，但在手绢上绣了三个字：“柳”“静”还有自己的名字“秀”。后来，我鬼使神差地把“青龙帮”三个字也绣在上面，希望“青龙帮”能带给我力量，让我不再自卑懦弱。

周末，小柳邀请我和小静去她家里玩，我们欣然前往。

小柳住在部队大院里，大门被军人严格守卫着。小柳在小区门口迎接我们。到她家后，看到一尘不染的家，我有点手足无措。小柳妈妈漂亮温柔，她热情地招呼我们，“快进来坐。”

“经常听小柳提起你，你是个好姑娘。”小柳妈妈看出我的紧张，用鼓励的话来安抚我。

阿姨夸我好姑娘，我怎么也无法将自己与那个称呼连在一起，一时不知如何回答。

阿姨很体贴地说："我把空间留给你们，一会儿你们自己玩，吃的都准备好了。"

小柳带着我们参观她的家，有钢琴、新式的家具，还有电脑、电视等各种电器，这其中的任何一样家具都相当于我们家一年的房租。这时我才明白什么是家境悬殊，我们确实是两个世界的人。小柳不受他人的影响，真诚待我，感动之余，我也倍加珍惜这段友谊。

晚间，小柳妈妈做了一桌子丰盛的饭菜，我第一次被如此隆重地招待。

小柳邀请我和小静晚上留下来住，阿姨也热情地挽留："现在家里都是一个孩子，很孤单，留下来陪陪小柳吧。"

盛情难却，我和小静给她家打电话，希望小静的妈妈去巷子对面转告我爸妈，我们明天一早回家。

哪知，小静的妈妈在电话那头炸了锅，生气地吼道："不行，你们不能住外面，必须马上回家，否则就打电话报警。"

小静妈妈的反应让电话这头的我们尴尬极了，尤其是小柳一家人。

人和人之间就是这么大的差距，有的人让你如沐春风，有的人让你手足无措。

我和小静跟小柳和阿姨道歉后，便迅速赶回家。

回到家，妈妈怒火冲天，一只手抖着那条写着"青龙帮"的手绢，另一只手指着我鼻子骂："你天天在学校搞什么名堂？是不是跟黑社会混在一起了？为什么要住在外面不回家？你知道别人怎么说你吗？说你是乡下的野孩子。"

看来小静的妈妈来过了。这一堆难听的话，从妈妈嘴里肆无忌惮地说出来，让人难以接受。别人说我可以，但你是我的妈妈，不能替我挡风遮雨，不去理解我、帮助我就算了，反倒偏信外人，你只在乎自己的面子，不敢冲别人发火，把怒气撒到还没成年的孩子身上。我如果长成了野孩子，你作为妈妈，难道不应该自责吗？我钻进被子，捂着耳朵，不理睬、不解释，任由她责骂。

小静的家人禁止她跟我往来，而我和小柳的关系也变得尴尬起来，我渴望的友谊就这样一点点被摧毁。

长久被误会、被家人冷暴力，绝望中生存的我，变得更加叛逆。

终于爆发了。

那天，妈妈做了几个菜，院子里的几个叔叔在家里喝酒。

一个酒瓶能卖两角钱，我和邻居家的妹妹商量好，一人一个空酒瓶。她临时变卦，不遵守约定，霸道地抢走酒瓶。在老家，我处处遭受欺负，处处让着别人，而现在，回到爸妈身边，我不愿再次被欺负，这不单是钱的事。我一把夺过酒瓶，她号啕大哭起来。

听见哭声，大人们冲出来。爸爸不分青红皂白，愤怒地朝我嚷道："你抢什么抢，你都那么大了，好意思抢吗？"

如果爸爸好好说话，我会谦让，但他蛮横的态度将我拍醒，一直渴求的父母所能带给我的底气根本不存在，我用愤怒的眼神向他表示抗议。

爸爸气急败坏地夺过手上的酒瓶，给了那个妹妹，回去继续喝酒。我满腔怒火，退回到那个一米二的小床边。

爸爸看见我在角落生闷气，把空碗重重地放在桌子上，命令道："快来给我盛饭，那么大的人，能不能有点眼力见儿？"

我的懂事从来不被他看见，那一刻，内心积压的情绪就像火山般喷发而出。我怒气冲冲地，把碗扔到他面前，反抗道：

"我不去，要吃自己盛。"

这个动作彻底把爸爸激怒了，他冲过来，一巴掌重重甩在我脸上。

来不及躲闪，半张脸都麻了，我捂住脸，吼叫道："我到底是不是你亲生的？"我在质问父爱去了哪里？

爸爸听到这话，像疯了一样拿起地上的板凳，举过头顶，就要往我身上砸。旁边的叔叔赶紧拉住他，对我说："秀，你这样说话不对，你爸爸挺不容易的，你要理解他。"

另一位叔叔说："这要是我的孩子，估计早就被赶出去了。"

妈妈也跟着骂起来："白养了，一天到晚脑子里不知道在想什么，真不该把她接过来，就该放在老家自生自灭。"

所有的指责都砸向我，我的世界彻底坍塌了……

大家看家里乱成一团，酒也不喝了，纷纷散去。爸爸夺门而出。

我认输了，在那些叔叔眼里，我是个不懂事的孩子；在妈妈眼里，我成了白眼狼；在同学眼里，我是个乡巴佬……我盼望着走出大山，和爸妈团聚，但走出来又有什么意义呢？我是爸妈的出气筒，一不合他们的心意，就恨不得拍死我，竟然能说出让我在老家自生自灭的话。你们这么不待见我，当初为什么要生我？我来到你们身边，却感受不到一点点的关爱，还要处处让着别人。一家人，难道非要像冤亲债主那样，剑拔弩张地过日子吗？

我蜷缩进那张一米二的小床上，用被子捂住脑袋，任由眼泪不停地流、不停地流，希望一切就此结束。

我似乎做了一个梦，梦里没有约束，没有评判，没有鄙视，没有巴掌，更没有自卑。我自由畅快地在天地间奔跑、嬉笑。

第二天醒来，我摇摇晃晃走到屋外，院子里热闹依旧，抬头望向那蔚蓝的天，一切都像是新的一样。妈妈在院子里闲聊，没有注意到我的异常。

事情就这样过去了，家里的氛围冷如冰窖，我和爸妈之间的关系坏到极点，别扭地生活在一起。

九、我在适应，也在对抗

我努力让自己适应，面对学习的重压、父母的期待、老师的苛责、同学的嘲讽……我无法喘息，前行的方向看不到一点希望的光。

1
糖厂15岁的小厨娘

没过多久，我们搬家了，搬到一个独立的院子，屋子很大，我有了独立的房间。但那其实是厨房后面的一间浴室，没有窗户，见不到一丝阳光，除了房顶都贴了瓷砖。厨房生火的时候，这间屋子全是水蒸气，瓷砖墙上细小的水滴往下流，贴着墙边的被子几乎全被浸湿。

尽管如此，我很满足，能有一个独立空间、一米五的大床、专门学习的桌子……我用心地打扫自己的房间，把它布置得尽量温馨，我喜欢躲在屋子里。

让人欣慰的是，这边没人再陪妈妈打牌了，我像从地狱里走出来一般。爸爸忙于工地上的事，我们的矛盾随着时间推移渐渐淡化。我的重心终于可以放在学习上了。

上英语课时，几乎每节课，英语老师都会提问坐在第一排的我，让我背单词、背课文。同学们在背后埋怨她太凶。我也很怕她，常常被她打，但格外尊重她，因为她没有区别对待我，一视同仁。

为了不被罚站，我努力地背课文、背单词，上学路上背，放学路上背，骑自行车的时候背，晚上回家背，甚至做梦的时候都在叽里呱啦地背英语课文。

后来，我不再被罚站，不再被留校，也不再被打，英语成绩有了很大的提升。但对英语的过度投入，挤压了数学学习时间，数学成绩一落千丈，偏科严重。

步入初二，小静与我的关系忽近忽远，小柳转学去了克拉玛依，我又开始独来独往。那段时间，我常常跑去收发室等小柳的来信，等待生命里温暖的光给我力量。

初二暑假，爸爸承包了修建博乐糖厂烟囱的工程，那地方远离伊犁，距离哈萨克斯坦边境线六十多公里，人烟稀少。前两年暑假，我跟随爸妈去过六十六糖厂、西宁糖厂，厂子都在县城，吃住条件非常恶劣。

妈妈需要给另一个工地的工人做饭，还要照顾妹妹。新承包的工程缺做饭的厨子，老爸左右思量，眼睛停留在我身上。

“别看我，我不想去。”我推诿道。

“你刚好放暑假，你不去谁去?”他用不容置疑的语气说道。

给十几个工人做饭?学习怎么办?一年后即将中考，万一考不上，就这样跟爸爸混迹工地了吗?爸爸丝毫不关心我的前途和命运，而我只能服从他的安排。

出发之前，妈妈给我买了几身新衣服，爸爸说干得好，他还给我发工资。我带着情绪嘟囔着：“对我温柔一点，比给我发工资好一万倍。”

准备锅碗瓢盆，打包好行李。两天后，爸爸带着工人和我，搭上前往博乐的大巴。虽然我对爸爸的安排感到不快，但很长时间没有出过远门，这次能出去，内心又雀跃起来。

大巴翻过陡峭的果子沟，映入眼帘的是美丽的赛里木湖，在太阳照射下，湖水闪耀着蓝宝石般的光芒。

我兴奋地趴在玻璃上，试探性地问爸爸能不能下去看看，他却说，“司机要赶路，谁会等你?”

他的话总是那么呛人，我生气地扭过头，心想：真没劲儿，一辈子跟个陀螺一样，忙个不停，也不知道图什么。我无法理解他的活法。

我遗憾地望着深邃的湖水发呆，暗暗许下心愿，长大后一定不做像爸爸那样疲于奔命的人。

经过几小时的颠簸，顺利抵达博乐。爸爸找来一辆敞篷货车，装上行李，我们坐在货车后斗，这让我想起在老家坐的拉猪车。

博乐城不大，没几分钟，货车便出了城，向郊区开去。路边是高挺的白杨树，树下是一片片金灿灿的太阳花。很快，路边的树木开始变得稀少，地面黄色的沙砾显露出来，荒凉的戈壁滩出现在眼前。

车子行驶到一个挂着“博洲糖厂”牌子的门前停下，爸爸匆匆下车去办理证件，其他人下车原地等待。旅途疲惫，有的工人叔叔直接坐在地上，有的蹲在那里抽起了烟，我有些嫌弃，故意跟大家保持距离，在远远的树荫下站着。

不一会儿，爸爸拿到通行证，车子开进厂子，绕过厂区，朝一片荒凉的戈壁滩驶去，而后在七八间低矮的平房前停下来。屋前，杂草丛生，窗户玻璃没有一块完整的，屋里昏暗破旧，垃圾成堆，到处是蜘蛛网。爸爸提前给大家打过预防针，说糖厂的条件非常差。看到眼前的破烂景象，大家面面相觑，唏嘘两声后，卸下车上的行李、工具，开始打扫卫生。清理干净蜘蛛网，扫掉墙上的灰尘，将垃圾从屋内清除，室内收拾干净后，从外面找来两块石头，石头上铺上板子，做成灶台。其他的板子铺在地面，搭成大通铺。共收拾出来两间屋子，男的一间，女的一间。

没有洗漱的地方，叔叔们直接对着水管子冲洗，而我只能关起门稍做擦拭；没有厕所，在不远处刨两个坑，当成男女厕所。一切安排妥当，两名工人开着三轮车，从巴扎（集市）上买回生活用品。夜里，大家在噼里啪啦拍打蚊子的声音中，沉沉睡去。

顶着烈日，15 岁的我，每天在简易的灶台和锈迹斑斑的水管间来回穿梭，为十几个人的一日三餐忙碌。我渐渐忘记走出大山要干什么，我的成长困惑和那些缥缈的理想，被茫茫戈壁滩淹没。

为获得一丝安全感，不做饭的时候，我会去人多的工地上待着。通常工厂不允许闲人进入，但博洲糖厂的生产车间和施工场地是隔离开的，我们活动区域算是工地的一部分，所以我才可以进进出出。

去工地的路上很是荒凉，几乎没建筑，厂房周边大型的管道、设备常年裸露在外，锈迹斑斑，如同沙漠中被遗弃的工厂。站在巨型的管道前，感到自己渺小无比。

烟囱就要修建在这些巨型管道旁边，是过滤颗粒物的环保烟囱，可以处理

生产中排放的大量烟尘。

糖厂把工期压得很紧，负责人不断追问进度。

工人们汗如雨下，搬运着笨重的石头，把庞大的石块切成圆弧形的固定尺寸，然后将切好的石块砌起来，再用手工揉好的泥灰填充缝隙。施工现场发出刺耳的噪声。短短几天，地基已打好，爸爸绕着大烟囱的底座仔细检查，反复测量，不敢有丝毫偏差。

看爸爸和工人们赶进度，我第一次感知到承包一个工程所面临的压力，也懂了那次和爸爸吵架时，旁人提起爸爸的不容易。

生活的重担，让一家人独自承受各自的痛苦，父母不和我说他们的难，我不和父母讲自己的苦，每个人在各自的世界里，苦苦煎熬。我决定放下埋怨，尝试去分担爸爸身上的重担，为大家做好厨娘，干好后勤。

此刻，我的同学们有的去了夏令营，有的上着补习班。命运是不公的，我必须在自己的路上咬牙前行，无法逃避。但命运又是公平的，我在工地上领悟到的人生意义，根本无法在补习班、夏令营中学到，把磨难变成人生奋斗的动力，何尝不是一种人生财富呢？

不知不觉中，我学会了换一个角度思考问题，不再嫌弃脏兮兮的工人叔叔们，我知道他们和爸爸一样，都在为了自己的家从事最苦最累的体力活，甘愿做社会底层的铆钉，他们如此伟大，我怎能远远地躲着他们？如果我能接纳他们、爱他们，世界就会接纳我、爱我。

地基打好，一切进入正轨，爸爸在短暂交接后离开博乐，去了伊犁工地。

当我慢慢看清生活真相后，内心有了更大的承受力，学着一点点接受家人的沟通方式；学着适应艰苦的生活和恶劣的环境，全力以赴做好小厨娘的工作。

尝到了生活的艰辛，我忽然意识到学习的重要性，学习才是改变命运的唯一途径。如果不想被命运摆布，不想当一辈子厨娘，那就抓紧时间学习，跳出令人绝望的困局。

糖厂的工人长期生活在这荒凉的地方，孤独而空虚。有时在去工地的路上，他们看到我，就会吹起口哨。我吓得仓皇跑开，他们在我身后更加放肆地哄堂大笑。我不敢告诉任何人，悄悄躲避恐惧，每次去工地，尽量避开那些工人。

隔三岔五，我就要去巴扎购买食材，一路没有遮挡太阳的地方。不几天，我晒得跟当地村民一样黝黑。博乐的蚊子，嚣张跋扈，在我全身上下留下红肿的包。

煎熬又漫长的四十余天终于过去了，烟囱工程迎来尾声，爸爸也回来了。看我晒得像黑炭，胳膊和腿上全是蚊子咬的包，爸爸没有关心和安慰我，反倒哈哈大笑。他的反应让我格外生气。

爸爸压根没有注意到我的情绪，直接去工地关心即将完工的烟囱，他像猴子一样爬上钢架，钻到烟囱顶部，指挥大家认真完成收尾工作。

我垂头丧气地准备回去做饭，走在荒芜的路上，眼前突然出现一个男孩，他穿着篮球服、运动鞋，跟我差不多年龄。他也看到了我，放下推着的水泥车，朝我走来。他热情地向我打招呼："没想到在这儿，还能见到跟我一样的童工。你好，我叫陈林。"

他友好地伸出手。

我还陷在被爸爸冷落的低沉情绪中，没有伸出手。

陈林有点尴尬，收回手，在自己裤子上擦了擦，说："对不起，我忘了，干活的手太脏了。"

我一下子被逗笑了，他的自信和阳光感染了我。

"你在这里干什么？"他问。

"给爸爸工地上的工人做饭。"

他惊讶地说："做饭？太厉害了，我只会西红柿炒鸡蛋。你要给多少人做饭？"

"十来个。"

他吃惊地瞪着眼睛说："给这么多人做饭！"

我点了点头，笑着说："我爸说给我开工资。"

“别相信他，大人们说话从来都不算数，我爸还说给我开工资呢。”他老道地讲着。

我赞同地笑了笑，说：“你在这里做什么？”

“跟你一样，帮爸爸干活，能帮点就帮点吧，他平时也怪辛苦的。”

看来我们都一样，穷人的孩子早当家。

“你家是哪里的？”他好奇地问。

“从伊犁来的，不过老家在四川。”在新疆同学面前，我不敢说自己是四川的，说自己是四川的就好像主动承认自己是乡巴佬。但在陈林面前，我没有任何顾虑，可以坦然地介绍。

“我家是博乐的，伊犁很美啊，有空要去看看。”他主动说。

“欢迎来玩。”

“好啊。”他又笑了，灿烂的笑容让我放下戒备。

“我得回去做饭了。”我有点不舍。

“我也要回去搬水泥。”

转身准备离开，他追问道：“你明天还在这里吗？”

“还在。”

“明天找你玩吧。”

我点点头。

刚刚还笼罩的阴云，在遇到陈林的短短几分钟里，全部消散。很长时间以来，我把自己当作工人中的一员，爸爸和工人们也没把我当未成年人，有时候饭做得不好，他们也会直接表示，并提要求。陈林的出现，他的鼓励，他的惊诧，让我意识到，我还是一个未成年人，值得被认可和表扬。

晚饭时，爸爸说工程即将竣工。大家都有种如释重负的轻松感，我却莫名其妙地有些不舍。

第二天，戈壁上空的蓝天格外蓝。陈林推着拖车，又在那条路上运沙子，看到我出现，朝我招手。

“我过两天要回伊犁了。”我说。

“太遗憾了，刚认识一个小伙伴。哎！又要独自面对这无聊的工地了。你们什么时候走？”他做了个鬼脸，又让不开心的我瞬间开朗起来。

“可能就这两三天，不确定。”

“好遗憾，我后面两天都不来，第三天不知道会不会来。”

他担心我们失去联系，又问：“你家有没有电话？”

我摇摇头。

“我家也没有，没事。”

他笑了笑，说：“你有纸和笔吗？”

“有，你等我一下。”我转身跑回屋子，身子无比轻盈。我很快拿来一张纸和一支笔，气喘吁吁地递给他。

他把纸撕成两半，在一张纸上留下一个传呼机号、通信地址；我在另一张纸上写下我的通信地址。他不放心地说：“一定记得给我写信啊。”

我点头答应，紧紧地攥着纸条，生怕弄丢。

他看到他爸爸从远处走过来，忙说：“我得走了，我爸来了。”

我们匆匆告别。

我收好纸条，去了糖厂工地。高大的烟囱已经成型，工人们在处理细节、收拾场地，等待竣工验收。爸爸还在反复检查、检测。

验收时，爸爸跟在工程老板后面，工程老板跟在糖厂领导左右，领导旁边还有十几个人，一群人围着烟囱量来测去，爸爸的施工队在一旁恭敬地站着。

最终，领导在爸爸手上的工程单上签了字，工人们脸上露出轻松的笑容。

当晚，工程老板买来一车食物，有啤酒、下酒菜、鸡、鸭、鱼、肉……大家一起做了一顿丰盛的大餐，在平房前临时搭了一个大桌子，摆满酒菜庆祝。施工过程没有出现安全事故，按期交工，还能顺利通过验收，对大家来说就像过年一样开心。工人叔叔们夸奖我这一个月的表现，而“吝啬”的爸爸，没有一句夸赞。

我不打算跟他斤斤计较，也不想破坏这欢乐的气氛。

那一夜，大家彻底放松下来，喝着酒、哼着歌、讲着笑话，笑声穿透茫茫戈壁滩，歌声在中哈边境上空回旋。

明天就要离开这里，陈林会不会出现？我莫名其妙地想起了他。我在家庭中缺失的部分，他都能带给我，关爱、鼓励和肯定……明天一定要来啊！我对着天空，默默地许愿。

第二天早饭后，大家开始打包被子、褥子、衣物、锅碗，装了十几个大袋子。我一边清理屋子，一边望向陈林的工地处，却不见他的踪影。

爸爸已经办好了出厂手续，在大老远的地方高举着手上的出门单招呼："车来了，准备装车。"

大家把行李搬上车，这时，我看到陈林站在很远的地方，远远地看着我。我不敢挥手打招呼，远远地看着他，我们用这种方式告别。

坐上货车，车辙压过路面扬起尘土，他的身影在尘土中渐渐变小，直到消失。

从博乐回到家，我有些疲惫，爸爸冷不丁地夸了一句："你好像长大了啊。"

我有些意外，趁机提醒他之前说要给我发工资的承诺。没想到，爸爸突然又严肃起来："你每天吃喝，是不是也要支付生活费？"

我还没到 18 岁呢，你有义务抚养我成年，跟你要工资，只是希望得到多一点的肯定和鼓励，你不给工资就算了，夸赞一下，怎么如此难？爸爸还是那个不近人情、斤斤计较的爸爸。

开学后不久，初三的课程越来越紧张，我进入快节奏的学习中。我常常梦见陈林，梦见我们邂逅的那片戈壁滩，他的肯定给足我信心。我们的通信持续了很长时间，后来陈林来学校找过我一次。当时通讯不发达，他在校门口空等了一场。情窦初开的我们，期待美好事情的发生，但传统的家庭背景、遥远的距离，将青春期懵懂又美好的情感扼杀了。我和这位阳光大男孩渐渐失去联系，后来我们的生活再也没有交集。

2
六十九块钱

初三是冲刺的一年，我英语和语文成绩还不错，但数学仍不见起色。几轮通考下来，成绩居然排到最后十几名，我担心起自己的未来，更担心爸妈的狂轰滥炸，好不容易和他们的关系缓和一些，糟糕的成绩无疑又要挑战我们的关系。

中考前，学校召开最后一次家长会，爸爸西装革履地去了学校，我胆战心惊地在家里等他。

如我所料，爸爸气势汹汹地回到家，扯下脖子上的领带，大发雷霆道：“我特意穿得有模有样，生怕给你丢人，你看看到底谁给谁丢人？”

我站在墙角，不敢言语，任由他批评。“你们老师说了，最后十几名的孩子根本没必要中考，让你们直接报职高，这就是你给我的交代？”

他把一摞职高的宣传单重重地扔在我面前，那电脑培训班、机车培训班、空姐职业高中的招生单散落一地，好似在呼唤我。

我缩在墙角，问自己：这是我要走的路吗？我要过怎样的生活？整天疲于应付生活的我，只想摆脱自己的命运，过跟爸妈不一样的人生。可怎么努力都不管用，残酷的现实摆在面前。

父母期望我长成参天大树，而我长成了他们眼里低矮的灌木，这令他们大失所望。但这都怪我吗？他们给过我关注吗？在我需要陪伴和鼓励的时候，他们远在天边；在我需要心无旁骛地学习的时候，还要帮忙分担家庭的重担。从小学开始，我孤独地面对一切，学习上得不到辅导和帮助，生活上缺乏关爱，绝望的我，多少次想放弃自己的生命。青春期回到父母身边，却依旧没有得到

关爱和呵护，只有辱骂和打击，我自杀过，虽然没有死成。这样的我，跟自生自灭、没人管教的孩子有什么不同？

我的嘴巴，永远说不出内心的呐喊，只会胆怯地站在墙角，生怕爸爸的拳头和巴掌打过来。

这一次，他没有动手，失落地说："今天开家长会，我真想找个地洞钻进去，丢死人了。以后我再也不去开家长会了，你爱怎样就怎样吧，这是你的前途，你自己不上心，别人着急也没有用。"

爸爸表达爱的时候，言语匮乏；羞辱我的时候，滔滔不绝。发泄完愤怒和不满，他一言不发地坐在沙发上。

我们没有对话，屋里的空气冷了下来。

妈妈推门进来，意识到上一分钟发生的事后，像愤怒的狮子那样向我咆哮着，我一个字都听不进去。面对爸妈劈头盖脸的斥责，我从来没有招架之力。我就是井底的青蛙，一次次爬到洞口，又一次次被他们的冷言冷语打回井底。从糖厂回来这一年，跟家人有所缓和的关系，再次冷到冰点。

我有些怨恨功利的老师。如果中考失败后他们再介绍出路，我会感恩，但他们却急着把我推向职业学校，着急拿回扣。为了那点钱，老师就像"人贩子"一样，把学生当商品，贴上标签，卖给那些盯着家长钱包的学校，我再次怀疑老师这个神圣的职业。如果所有的老师都像英语老师那样，无论我如何孤僻、自卑、沉默寡言，都不放弃我、鞭策我，就好了。

学校的功利，家人的斥责，一点点将我推向深渊。初中升高中的冲刺阶段，大家都在紧张地准备考试，而我在恐慌、焦虑中胆怯前行。

临近考试，各种各样的费用需要支付。每次开口向家里要钱都极其艰难，拖了又拖，直到拖不下去时，才胆战心惊地去面对爸爸。

"爸，我要交钱"那几个字，喊出来比登天还难。爸爸有时会在沉默后臭骂我，有时候干脆当没听见。每次费力地拿到钱后，我会快速冲出家，在街上狂跑，逃离令人窒息的家。因为总是最后一个交钱，我时常被老师无情地责骂，被收钱的同学冷眼对待，自尊心屡次被践踏。

跟父母要钱成了我的噩梦。

“大家这两天交一下六十九元考试材料费。”对要钱有阴影的我，一听到老师这句话，浑身瑟瑟发抖。

晚上回到家，我低头吃饭，没敢开口提钱；早晨出门，没敢张嘴，直到截止日，那六十九元钱都没交上去。

“全班就差你没交钱，现在滚回家去。”班主任冲进教室，打断正在上课的老师，不顾我的脸面，当着所有人的面喊着我的名字，呵斥道。

我尴尬地从座位上站起来离开教室，颜面扫地，老师却还不放过我，补了一句，“能要来钱，你就回来上课，要不来，你也不用回来了。”

我脸颊发烫，拖着沉重的双腿，茫然地走在大街上。我被逼到绝境，没有勇气回家要钱。街上行人不多，我无助地坐在马路牙子上，看着来往的车辆，再次有了轻生的念头。

“生无可恋，就此结束吧。”学习无望，家人无爱，未来无可期，还要面对可怕的考试，每一天、每一分、每一秒，都让我绝望。从小被独自留在大山里，一个人跌跌撞撞成长，可世界给我的回应总是冷冰冰的，我拼命努力，却得不到一丝包容和温暖。

我绝望地蹲在路边，内心积压的委屈，化为倾盆大雨，从眼角喷涌而出，眼前这个世界，模糊成一片。

待情绪慢慢平缓，我抹了抹眼泪，想着怎样解决那六十九元钱的问题。

突然想起住在附近的小姨。“干脆去借钱吧”，这个想法冒出来的时候，我又燃起生的希望，上帝还没有把我逼到绝境。

我用袖子擦了擦鼻涕和眼泪，起身往小姨家走去，一边走一边想借钱的理由，仿佛小姨是最后一根救命稻草。

十几分钟后，站在小姨家门前，装作若无其事的样子敲门。

“你怎么来了，今天不用上学吗？”小姨看到我有些惊讶。

“小姨，能不能借给我六十九元钱？今天出门的时候，忘记问爸爸要了，今天是最后一天，老师着急交上去。”我把练习了很多遍的话，一口气说出来。

小姨愣了一下，没有拒绝，也没有直接答应，有些不知所措地看着我。

我担心她有其他顾虑，赶紧说："老师上课时间把我打发出来，回家要钱太远，会耽误上课，所以来你这里借了。"

小姨没说什么，回屋取完钱递给我。

我想小姨应该看出我的异样，只是没有为难我。如果小姨也没有借给我钱，不知命运会把我推向何处？说不定我真会冲到奔跑的汽车轮子下。

回到学校，交完钱，回到座位上，内心五味杂陈，无法平静，怎么都不能专注听课。我低头不语，彻底将自己关起来。

晚上回到家，爸爸知道了我借钱的事，似乎觉察到有些不妥，却依然不承认自己的问题，责骂道："你哪次要钱没有给你？你还跑去问你小姨借，别人知道了会怎么想我？"

"是啊，你们的面子比什么都重要，为何不想想我的尊严在哪里？每次要钱都挨你们的骂，我的面子呢？如果爽快给我学杂费，我怎会因为六十九元钱，被老师当着所有同学的面赶出教室？又怎能差点为了这六十九元钱钻到汽车轮子下？你金贵的面子差点把我逼死，到头来，你还如此理直气壮地谩骂我？"我一声不吭，只能在心里做无声的反抗。

"我知道生活艰苦，赚钱不易，你为了钱在外面苦苦挣扎，可我不曾乱花一分钱。看着同学买零食吃，我只能咽口水；别人花钱补习，我只能靠自己。为何要把社会带来的压力，粗暴地转嫁到我这个未成年人身上？我为何要当社会的末端受害者呢？这两年接的工程多了，明明看见你从外面拿回好几摞人民币，为什么每次都因为几十块钱的学杂费，你都要百般羞辱、刁难我呢？你把自己的孩子当泄愤的垃圾桶了吗？"我不停地在心里犯着嘀咕，仍旧不敢顶嘴。

爸爸在钱上为何如此吝啬？后来我才找到答案。一次，他跟邻居叔叔在院子里喝多了酒，爸爸说："我低头哈腰给别人赔笑脸去拿项目，好不容易拿到，顺利完工后，又要低头哈腰去要钱，真像个孙子。"

尽管我深知爸妈的不易，但我无法面对无理的父亲每次倾倒过来的坏情绪，我决定用——偷钱的方式来报复他。既然你们不尊重我，那我也不想尊重你们。

父母或许永远都想不到，曾经懂事的乖乖女，因为缺爱和家庭冷暴力，开始自暴自弃，向一个坏孩子发展，但他们的注意力永远在外部世界，对我的变化毫无觉察。

十、开始改变

我尝试去接受自己的出身和家庭，学着重新去认识自己，寻找自己的位置，不再费力改变别人对自己的看法和评价。

唯独改变自己的命运，才能赢得真正的尊重。

1
高昂的赞助费

在极其低落的情绪中迎来了中考，很显然，不会有奇迹，我落榜了。落榜一事，像一枚炸弹把整个家庭炸得开了锅。

爸爸似乎早就预料到这个结果，在去工地前，甩下一句狠话："之前跟你说过好好学习，总是不听。现在没有学上了，开心了吧，干脆给你买台车当出租车司机吧，早点赚钱，我也没有压力了。"

他的话字字灼心，如同一盆凉水把我浇醒。我花了大量时间去处理情绪，处理与父母的关系，却不但没有处理好，还浪费了宝贵的学习时间，错过了改变命运的机会，真是愚蠢透顶！如果只管好好学习，不去讨好般地操持家务、当厨娘、带妹妹，不把时间用在处理情绪上，其他功课都像学英语那样努力，成绩一定不是今天这个样子，可一切都为时已晚，我要承担这个后果。

缩在自己的被窝里，陷入无尽的失眠……真的要服从爸爸的安排，去当一名 16 岁的女司机吗？

同样难以入眠的还有妈妈，她坚决不同意我去当女司机。出租车上常常发生的恶劣事件，令她不安。那段时间，她放下手里的麻将，到处找老乡帮忙找学校，跟老乡们解释是自己打麻将影响了孩子的学习，希望孩子能继续上高中。她不再将全部责任推给我，像变了一个人一样，对我的未来负起责任来。

妈妈的突然觉醒，让我很意外，她终于有点妈妈的样子了。我渐渐放下对她的成见，不再与她对立、相互责怪，我们开始一起寻找出路。我每天在家做饭、做家务，妈妈每天到处找人托关系，无数次落空后，终于有一天带回了好消息。

我喜出望外，正要问细节，她又担心地说："一年需要交四千五百元的赞助费，不知道你爸爸会不会同意？"

爸爸那么吝啬，他肯定不会出赞助费的。刚刚看到一点希望，又再次陷入绝望。

妈妈看着心灰意懒的我，安抚道："等你爸爸回来，咱们一起努力说服他，你嘴巴甜一点，别再闷着不说话。"

虽然真的不知道该怎样去面对爸爸，但为了自己的未来，只能尽力去沟通。我点头答应。

爸妈从农村来，不善于表达爱和关怀，也从来不把爱放在嘴上，我很难了解他们内心真正的想法。中考落榜，妈妈的跑前跑后、唠唠叨叨让我确信她还是爱我的，只是用了我理解不了的方式。

我暗自发誓，如果还有机会，一定会好好读书，不再虚度时光。

半个月后，爸爸风尘仆仆地从外地回来。我站在院子里，鼓起勇气，胆怯地喊了一声："爸。"

他看我一眼，没有作声。我不敢再说话，默默地帮他搬笨重的机器。

妈妈做了一桌子饭菜，吃饭时，她提及上学的事，告诉爸爸："最近她表现挺好的，再给她一次机会吧，出去开出租车确实不安全。"

我低头吃着饭，不敢插话。

"出去开车有什么不好的，早点赚钱，过两年找个人嫁了，我的责任也尽了。上学有什么意思，还得继续养她，我对她也没什么期待。"爸爸的话，像刀子一样扎得我心痛。

"这样真不行啊，我们对孩子挺忽略的，很少在她学习上花时间，这个成绩也不是她一个人造成的，事已至此，不要把所有的责任都推给她。"

听了妈妈的话，我泪如泉涌，内心祈求爸爸：再给我一次机会吧！却怎么也无法说出口。

爸爸想再争辩，见妈妈使了个眼色，不再吭声。

妈妈继续说："一年四千五百元的赞助费，咱们有能力掏出来，别因为这点钱，断送她的前途。”

“什么？四千五百元？谁一年给我四千五百元啊，钱哪那么好赚啊？别再想了。开出租车有什么不好，现在司机缺口那么大，一个月赚五六千元钱，有什么不好的。再说，她上高中就能考上大学吗?”一提到钱，爸爸情绪立马失控。

妈妈也急了，连忙说：“一个女孩子，那么早步入社会，万一出点事怎么办？咱们给她一个机会，不好好学习的话，第二年就不上了，还不行吗？再不同意，托人找的这一个名额也没了，后面想上都没有机会。”

“她根本不是读书的料，没有读高中的意义。”爸爸态度坚决，依然不松口。

爸爸眼里的我，原来是不成器的料。无数次被他否定，早已万念俱灰，我的自尊心似乎被他狠狠地踩在脚底。

那几天，妈妈一直和爸爸争论不休。我除了祈祷爸爸能网开一面，不敢为自己的未来去多说一句求情的话，只能被动地等待命运的宣判。

一天，爸爸把我叫到葡萄架下。我不敢看他，我们各自盯着葡萄架，没有眼神交流。

他不再那么凶，平和地说：“没有哪个父母不希望自己的孩子有出息，我希望你好好学习，就是不希望你像我这样赚钱，真的很辛苦。你从来都体会不到我的艰辛，总是有很多不满，也不知道你到底在想什么。让你去开出租车，也不是我的初衷。你妈一直在说情，我想再给你一次机会吧，也是唯一的机会。这一年如果你不好好学习，你就主动辍学吧。”

这是爸爸第一次敞开心扉，与我平等地谈话。我内心翻江倒海，无法用完整的句子说出内心感受，只是哽咽着点头。

爸爸平时的冷言恶语，我习以为常，今日的坦诚交流，倒让我意外。如果早一点这样该多好！

爸爸给的一次机会，让身处深渊的我看到希望。我一人在葡萄架下，站立良久，暗暗发誓，要放下一切情绪，好好学习。

接下来，爸爸和妈妈一起四处托人，为上学的事奔波。

中考落榜，但我有了意外的收获：我真正地跳出自己的世界，去理解父母的爱和付出，不再拿他们和别的父母对比，不再计较他们是否懂我，尝试去接纳不完美的他们，如果没办法去改变他们，唯一能改变的是自己。

爸爸带我去了那家交赞助费的高中。年级主任严肃地说："我们已经上课一个月了，你明天能参加入学考试吗?"

我不知道会考成什么样，但不想错过好不容易求来的上学机会，硬着头皮说："可以参加考试。"

"那你先回去准备明天的考试吧。"她递来一张纸条，上面有考试科目、考试内容、考试时间……

结果，考卷上的大部分知识点都属于高中的内容，我完全没有接触过，这下又要完蛋了。

两天后，我和爸爸再次站在年级主任办公室，她不停地打击我，说："高一一共七百五十个学生，你比最后一名还差几十分，完全拖年级的后腿啊。你上学没有太大意义。"她想让我们打退堂鼓。

我辩解道："考试内容是新的课程，我没有学过。"

"你怎么总给自己找理由啊？考得不好就是不好，没有理由。"她扯高嗓门说。

"主任，还是给她最后一次机会吧，如果学不好，高二就不上了，不会拖后腿的，麻烦主任了。"爸爸生怕被拒之门外，赶紧求情。

主任看着苦苦哀求的爸爸，给了一个白眼，嘟囔几句，不情愿地收下了我。我不敢看她的眼睛，默默地低下头。

办完手续，从办公室出来，我长舒一口气，硬着头皮去找班主任报到。班主任见到我后，再次提及成绩的事，虽然她的语气比年级主任温柔很多，但依然让我倍感压力。

班主任问我是否住校，没等爸爸开口，我很快回答："住校"。

我用余光看到爸爸在看我，表情有些不快，他可能是以为我想逃离家庭。而我只是不想再受家里任何因素的影响，心无旁骛地学习而已。

办完手续，交完赞助费，爸爸闷闷不乐地带着我回家，看着我打包行李，他没说一句话。而我完全不知道该如何去安抚他不爽的情绪。我拎着大包小包，喊了一声“爸妈，我走了”便走出院子，咬牙走出家门的那一刻，有种解脱的感觉。

来到学校，需要融入集体，我有些忐忑。

狭窄的宿舍里有八个床铺，到处是女孩子们各种各样的化妆品、装饰品和漂亮的衣服，被物品填满的宿舍，显得异常拥挤。和其他女孩丰富的日用品比起来，我只有被褥、脸盆、脚盆等几样物品，强烈的落差，再次催生了自卑。

班级里，条件好的同学用上了小灵通；漂亮的女孩子们每天精心打扮，被男生们追求，而我还是那只无人在意的丑小鸭，努力隐藏着自己内心名为“自卑”的这只恶虫。

经历过暑假打工、中考失败……我比同龄人更早地认识到生活的残酷，我只有一年时间。我不能再把时间花在与学习无关的事情上。

深知自己的短板是数学，便花大量时间恶补。周末，妈妈请了数学家教，爸爸看到我的变化也不再反对，我学习格外卖力；英语和语文是我的强项，尤其是英语，我在课堂上积极发言，流利的英语让大家刮目相看，原来不断地自我超越，可以克服自卑。

我渐渐直起弯曲的腰，不再低垂着头，尝试去正视别人的眼睛，不再回避。那种由内而外散发出的力量，由弱变强，帮我逐渐克服恐惧，驱逐住在心里的那只恶虫。

换了心态和思维，我的目光不再盯向外界，而是向内看，强化自身的优势，进入一个崭新的世界。

后来我知道，这个过程叫作自我重塑。

2
偷东西

班里有一个漂亮女孩叫晶晶，她唱歌好听，会主动与我分享美食，分享秘密。她的自信开朗，像阳光一样照耀着我，很快我们便成为好朋友。在她面前，我将残存的自卑感隐藏起来，学习她身上的闪光点。

住校以后，花费明显增多，这让我很头疼。家里每周给五十元钱，只够吃饭。我不想再给家里增加额外的负担，努力把打扮自己的念头压住。

有一次，我陪晶晶去学校的文具店，她挑选了一些精美的饰品。囊中羞涩的我忽然燃起偷窃之心，趁老板不注意，偷偷地把一根手链放进口袋。我也不知道为什么要这样做。

我故作镇定地等她结完账，走出文具店一段距离后，才从口袋里拿出那条手链，让她看。

晶晶一下子反应过来，诧异地看着我说："你偷的？"

我点点头。

"你怎么这样？你怎么可以偷东西呢？"她生气地甩开我的胳膊，头也不回地大步往前走。

晶晶的反应给我当头一棒，一下子把我敲醒了，刚刚克服自卑感，虚荣心又控制了我。我不知何时开始在意物质，我随时在跟别人比较，努力寻找平衡，却不知不觉地走向邪恶之路。

我很害怕失去晶晶这个真诚的朋友，追上去赶紧和她解释。

晶晶很愤怒，但放缓了脚步。我鼓起很大的勇气，与她敞开心扉："我知道不该这么做，但我没有买饰品的零花钱，又不愿意多花家里一分钱，我要交高额的赞助费才能上学。从小到大，我总生活在角落，没有人在意我的存在，可我不想跟你们格格不入，我想跟你们一样，平等地活在这个世界上，拥有你们也拥有的东西。我意识到自己做错了，偷拿东西是不对的，我以后肯定不会这么做了。”

我一口气把憋在内心的话出来。晶晶看着我，不再那么生气了，用充满同情的眼神看着我，真诚地说：“我家里其实也不富裕，但这不是自甘堕落的理由。如果你不想活在贫穷中，就要自己改变命运，以后别再干这种事了。”

从此，晶晶成了我推心置腹的朋友，我也在没有犯大错之前，彻底改掉了偷东西的毛病，我们彼此鼓励，向阳而生。

3
爸爸的一场车祸，我彻底觉醒

住在学校，看起来很是自由，但实际上，我无法真正融入宿舍生活，毕竟像晶晶这样关注我内心的同学是少数，大多数人在看到我寒酸的外表后，就会远离我，在外久了，居然莫名地想家。

到了周末，我回到家，看到爸爸躺在床上，胳膊上绑着绷带，一边脸肿得老高，下颌也受了伤。

“你怎么了?”我走到他身边，着急地问。

“没啥事。”爸爸口齿不清，不能流利地说话。

“你这是怎么弄的?”

“真没事。”

从爸爸嘴里问不出什么，干脆跑去问妈妈。

“妈，爸爸怎么受伤的?”

妈妈正在厨房做饭，看了我一眼，说：“前两天，我跟你爸爸去工地，他骑着摩托车带着我，不小心被货车撞了。”

“啊?”我内心一震。

“我被甩了下来，你爸爸连同摩托车侧翻到车子下面，差点就……”妈妈叹了口气，“万幸啊，没出大事，只是胳膊骨折，你爸爸要是没了，你还上什么学啊。”

人的生命，随时可能像幺爸那样，说没就没了。

我内心难以平静，生气地问：“出了这么大的事，为什么不告诉我?”

“你在学校上课，你爸不让告诉你，怕你分心，影响学习，你也帮不上什么忙。”

妈妈的一番话，让我看到一个受伤的爸爸，一个为家庭扛下所有苦难的爸爸，一个被我责怪的爸爸，一个从未发出任何爱的信号的爸爸，他像墙一样坚硬的外表，骗了我。

内心驱使我去做一件事情：真正与爸爸和解。

我端着粥，走到爸爸床边，他躺在床上不能动弹。

“张嘴吧，我来喂你。”说出这句话，有些不自在，长大后从来没有这么靠近过爸爸，也从来没有为他做过类似的事。

爸爸更不自在，说：“放那里吧，我自己吃。”

“快张嘴，别说话。”我舀了一勺粥递到他嘴边。

他没有再拒绝，慢慢张开嘴，一点点地咀嚼着。

十几年来，我们都活在各自封闭的世界里，从未站在对方的角度去考虑问题，我不理解他，他也不理解我，我们就像两只刺猬一样，相互伤害，相互较劲。当意识到生命的脆弱和无常时，才尝试着和解，尝试着包容和爱彼此。

我不想再错过和家人相处的时间，和爸爸说：“我准备回家住。”

爸爸一如既往地嘲讽道：“是不是外面的饭不好吃了?”

他说话还是那么难听，但我不想跟他硬碰硬了，用迂回的方式回复道：

“嗯，还是妈做的饭好吃。”

他看了看我，微微一笑，没有再诋毁我。

很快，我搬回家住，勤快地帮妈妈做饭、收拾家务，他们看到我的变化，很是欣喜。爸爸下颌日渐恢复，胳膊还打着石膏。

我和爸妈的关系，曾经是一根紧绷的皮筋，我们总是恶语相向，彼此伤害，现在我意识到唯一缓和的方式是前进一步，让紧绷的皮筋松下来。我也渐渐发现，不能一味地去指责父母，即使他们不是我期望的样子。我能做的就是先改变自己，放下埋怨的情绪，接纳不完美的爸妈。

我在缺少爱的环境中挣扎了十几年，爸爸出车祸后，终于找到了从深渊中爬出来的阶梯。我变了，父母也在一点点改变，我一直渴望的爱，原来是可以

自我创造的。

中秋节晚上，四川老乡们来家里聚餐，我没有参加，把自己关在房间里学习到很晚。

过去十几年，我不知道读书的意义，每天在痛苦情绪中度过。一次次看到生活的真相后，我清醒过来。我像上足了劲儿的发条一样，每天都铆足劲儿学习。

一天半夜，我起身上厕所，迷迷糊糊站起来，却一头栽倒在地。

当醒过来时，我发现自己瘫在地上，整个身体冷得像冰块一样，想站起来，没有力气。

我努力回想怎么会在地上，却怎么也想不起来，头剧烈地疼痛。我失控地哭喊起来，浑身抽搐。爸妈听到我的哭声，冲进房间，惊愕地看着我瘫在地上。

妈妈慌张地抱起我，喊道："你怎么了？你怎么了？"

我说不了话，手指着厕所的方向。

妈妈扶着我向院子里的厕所走去，还没赶到厕所，就大小便失禁了。

妈妈吓坏了，赶紧帮我洗澡、换衣服。我浑身没有力气，无法站立，意识稍微清醒一点。天有些亮了，原来我在地上晕倒了好几个小时。

爸爸分析着："不像是癫痫，以前从来没有出现过。也不像是煤气中毒，屋里还没有烧炉子。"

爸妈都陷入了疑惑，到底怎么了？

妈妈看到我额头上的淤青，问我能不能想起来头上的伤是怎么回事？我摸了一下，隐隐作痛，拼命地想，却想不起来。

妈妈抱着我，细心地喂着热水，我的身体还在不停地抽搐。那一刻，我似乎回到小时候，原来爱我的爸妈一直都在，不曾消失。

接下来的几天里，爸妈带我跑遍大大小小的医院，中医、西医看了个遍，拍了很多片子，但所有医生都没有办法判断我得的是什么病。

吃了十多天的药，我没有再晕倒，也没有出现任何异常，干脆断了药。我自己知道是压力所致。

这次晕倒，爸妈将埋藏在心底的爱再次展现出来。我悔恨自己为什么那么傻，眼里看到的全是他们不好的一面。关心我的父母，原来一直在我身边。我越发感恩，每一天都在努力地学习，不断给自己疏解压力。

第一学年结束，我意外地考到班级第 27 名，处于年级的中等水平。看着自己的进步，我哭了。拿着成绩单回到家，爸妈笑了，不再提及退学开出租车的事。

高二文理分科，我征求爸爸的意见。他告诉我从现在开始，我要自己选择人生的路，要学会思考和选择，并且为自己的每一个选择负责。

爸爸说出这番话，像换了一个人一样。

爸爸的放手，反而让我有些不知所措。我毫无方向，开始对自己的优劣势进行分析。

家里的氛围发生翻天覆地的变化，爸爸拿下更多的工程，常常在家里画着复杂的图纸，工作有了很大起色；妈妈用心地给我们做着饭，关心着我和妹妹的生活。在历经这么多磨难后，我们之间断裂的亲情桥梁，终于修复好了，虽然没有我渴望的那种亲昵和爱。

4
捡垃圾的外爷

顺利进入高二，经过反复思量，最终我选择了文科，和好朋友晶晶被分配到不同的班。

再次进入一个新班级，迫切地想要和新同学建立新的关系。我尝试把自己展示给别人，或许用力过猛，或许过度热情，反而让大家反感、不适。我不断地调整、适应、再调整、再适应，在这个过程中，我好像失去了自己，总感觉班上很多同学都不喜欢我，害怕孤独和被孤立的人际障碍又回到身上。

放学路上，有一位家境很好却满身傲气的女同学愿意与我同行。为了获得友谊，我每天骑着自行车，辛苦地带着她上下学。我隐隐约约地感觉到，我们的友谊不纯粹，靠一辆自行车维系着。

自卑感并没有真正离开过我，我尝试与它共处，让它变成身体里的一股正向力量，激励我努力前行。直到有一天，我才发现，“自卑”这条恶虫，其实一直待在身体深处，随时都会控制我。

一个周五的下午，我推着自行车，那位同学走在我旁边。走着走着，我看到路边一个熟悉的身影，正弯着腰翻着垃圾桶，仔细一看才发现那是我的外爷（外公），他一只手在垃圾桶里不停地翻找着，另一只手拿着一个麻袋，里面装着空瓶子。

这两年，舅舅把外爷接到新疆，想让他享享福，但他闲不下来，经常到外面捡废品卖。外爷不喜欢热闹，不善言辞，话少得可怜，总是一个人待着，让人感受不到他的悲喜。

我内心开始挣扎：要不要打招呼？如果打招呼，旁边的同学肯定看不起我，明天全班同学都会知道我外爷在捡垃圾。如果装作看不见不打招呼，外爷看见我，会不会很伤心？

我的心被两股力量拉扯着、撕裂着，仿佛随时都会被撕成碎片。我浑身不自在，脸涨得通红通红。

很显然，一股力量获胜了。和外爷相隔不到三四米时，我低垂着头，装作没看见他，快步走过去。我明显感觉到外爷的一双眼睛，正火辣辣地看着我。外孙女的视而不见，对外爷来说，应该很心痛吧！

我不敢抬头，自责、愧疚深深地刺着我的心。

到底是什么东西在内心作怪，把我变得如此没有人情味？我恨不得扇自己几个巴掌，骂自己是混蛋。

同学看出我的反常，问怎么回事，我一时慌了神，真想告诉她路边捡垃圾的是我外爷，但没有勇气说出来。

为什么那么在乎同学们对我的看法呢？我明白一个人在别人眼中是什么样子无足轻重，做一个真实的自己更重要，可我没办法摆脱世俗观念对我的控制。过去那些歧视、冷言、讥笑，让我一次次跌入人生谷底，“乡巴佬”这个标签，像狗皮膏药 样贴在身上，让我感到耻辱。我一直包装着自己，试图维护自己脆弱、不堪一击的面子和尊严，在夹缝中寻求生存的机会。我们这些外乡人，并不能真正地融入城市，真正地被平等对待。

我不断追问自己，喊了外爷又怎样？就算全班同学都知道外爷在捡垃圾，又怎样？为什么要在乎那些不友好的歧视呢？在很长一段时间的家庭聚会中，我都故意推辞，害怕见到外爷，害怕他质问为什么看见他不喊他？

自卑和虚荣就像孪生姐妹，如影相随，让我无法从懊恼里走出来。我被这件事困扰很久。我慢慢理解了，为什么父母在新疆一开始混得并不好，住在简陋的大杂院，可每次回家，还是要穿上最好的衣服，带一堆礼物。那身装门面的衣服，会在回老家的时候穿上，会在开家长会的时候穿上，他们比我更明白，在世俗的社会里，尊严的意义。没有人有足够的耐心和友善，去接纳你的失败和不完美。相对于城里人，我们从一开始就输了，输在骨气上、观念上。

我们被贫乏的物质困住了灵魂，在遭受冷嘲热讽后，脆弱的自尊心会吞噬掉活下去的勇气。我曾讨厌父母在外人面前打击我的可笑行为，可我不也是他们的样子吗？在同学面前，连捡垃圾的外爷都不敢认。

我尝试去接受自己的出身，偶尔也会邀请一些同学来家做客，试图用真诚改变他们对我的认知，但一切都是徒劳。渐渐地，我接受了同学们的疏远，不再全力改变别人对我的看法和评价，因为我知道，唯独努力才能改变自己的命运，才能赢得别人的尊重，委曲求全、奋力讨好来的友谊都是不堪一击的。

我也不再像马夫一样，去带着那个并不尊重我的同学上下学，我俩很快便形同陌路。我回到自己的世界，更专注地学习。

5 再次回到大山

每两年的冬天，爸妈都会带着妹妹回老家，我被留在新疆独自过年。我很想念爷爷奶奶，但从老家离开多年，从来没回去过。

高二暑假，我很想回去看看爷爷奶奶，把想法告诉父母后，他们欣然同意了。沟通的力量原来如此强大。

经过几天几夜的辗转，我先抵达表姐定居的城市绵阳。住了几天后，姑姑陪我一起回老家。这是离开老家六年来，第一次归乡。

一点点靠近曾想逃离的家乡，连绵不绝的山脉、芬芳的泥土气息，生我养我的土地唤醒了我在大山里的记忆。泪水在眼眶里打转儿，我终于读懂大山无言的爱，不论我曾经多想逃离这里，令我魂牵梦绕的地方，依旧是我的家乡龙儿山。

六年前，我带着破碎的心逃离这里，去往新疆，一路走向城市。虽然艰难，但命运已经在改变。曾经的我，总在埋怨爸妈丢下我，而现在，又何等感激他们义无反顾地走出去打拼。如果不是他们走了出去，他们的命运、我的命运，就跟这大山里的人一样，终日为生计发愁，看不到希望的曙光。

我和爸妈还属于城市的边缘人，没有得到尊重和接纳，但爸妈勇敢地踏出了第一步，我要接力，像爸妈那样闯荡，打破山里人的宿命，看到山外山、天外天、城外城、人外人，看到大山外的那个世界。

车子停在离家很近的路口，姑姑用大嗓门喊：“出来帮忙搬东西啦！”声音在山间回荡。远处山脚下，爷爷和大伯招手欢迎，背着背篓向我们走来。爷爷蹒跚前行，我的泪水瞬间充盈眼眶：爷爷一下子就老了，背更佝偻了。

爷爷老远喊着我的乳名，我跑到他身边，他用有力的双手握住我的手，高兴地说："秀，几年不见，你都长这么高了。"

是啊，六年不见，我长高了。我不敢哭出来，任由眼泪打转。

精神矍铄的奶奶也远远迎出来，喊着："秀啊，秀啊！"她一时哽咽。皱纹爬满了奶奶的脸颊。

我跑过去握着她的手，就像当年分别时，她紧紧地握着我的手一样。

记忆中，家里的院子很大，但是再次看到，却发现并没有那么大，原以为很高的屋梁，也没有那么高。看来，我真的长大很多，周围的一切都变小了。

奶奶家里的家具，原封不动地摆在那里，屋里到处都是灰尘，家具上的油漆都已经慢慢脱落，露出里面的原木，一切都有了岁月的痕迹，却如此亲切。过去的点点滴滴，不断地在脑海里回放。

离开奶奶家，一路回到自己家的小院子，回想曾经在这个屋子前苦苦等待爸妈归来的小女孩。菜园的苹果树不再结果，院子里杂草丛生，一片荒芜。曾以为一家人能在小院里重逢团聚，但从妈妈离开家乡那天起，我们就再也没有回来居住过。小屋还是那个小屋，我却不是以前那个我，心境变了，不再孤苦、不再绝望。我已经找到人生的航向和生活的意义，正追逐着美好的未来，彻底与过去那个胆小、怯懦、自卑、孤苦的自己说再见。

回到奶奶的院子，发现堂姐们不在家，安静的院子里毫无生气，显得有些寂寥。我特意从新疆给她们带回礼物，她们和我一样，都是大姑娘了。想起我们曾经在院子里的打打闹闹，对于那些不开心的过往，我早已选择了原谅。不几天，堂姐们从外地归来。再次相聚后，我从容地和她们开起玩笑，我真的长大了，明白包容和原谅别人，是同过去自己和解，毕竟，过去的一切都在时间中沉淀为成长的阶梯。

归乡那段时间，我围着爷爷奶奶，跟他们讲新疆的故事，就像小时候他们给我讲他们的故事一样。

在家乡小住了一段日子，跟随姑姑再次离开家乡，没有了第一次离开时的迷茫、不安。归乡探亲，让我明白了家乡的意义，它是永远的港湾，有根的人，才能无所畏惧地向着理想和目标坚定地前行。

十一、绝望中探索希望之路

不断燃起的希望之火，一次又一次被现实浇灭，但那个渴望平等、渴望克服自卑、渴望获得尊重的梦想依然像炽热的火焰，在内心跳跃。社会底层人们的勤劳和艰辛令我有所触动，激励我勇往直前。现实或许残酷，但依然要在绝望中找到希望。

1 高考落榜

进入高三，黑板上的高考倒计时像被调快了一样，很快从一百天变成几十天、几天，同学们进入高度紧张的状态，积极备考。

除了数学，其他科目我信心满满。那天，我以最佳状态，参加完人生最重要的考试。从考场出来，一身轻松，感觉发挥得比平时都好。回到家后，爸妈看到我轻松的状态，欣喜万分。

高考七天后，回学校评估分数，本以为最多上个专科，但我评估的分数比模拟考试高出近四十分，意外地上了本科分数线。从高一入学时的全校倒数第一，到高考时分数能够到本科线，我喜极而泣。

根据评估的分数填报志愿是件特别考验人的事，我抓耳挠腮、苦思冥想，第一个志愿报了本科，接下来的志愿填了专科，无论如何，至少能上个专科吧，我信心满满。

高考结束后，感觉像得到了解脱一般。我自信心爆棚，前往当地电视台参加主持人大赛，虽然形象一般，也毫无专业知识，但我试图突破自我。

著名心理学家阿德勒说，如果一个人有自卑感，那么他的潜力是无穷的，自卑是创造力的源泉，它促使人们努力去追求超越、成功和完美，当我们体验到自卑时，同时也受到追求卓越的推动。

我抱着克服自卑、建立自信的念头，站在电视台的演讲台上开始了我的演讲："我知道，无论从什么方面来说，我都不足以站在这里，没有才艺，没有突出的形象，甚至没有接受过专业的培训。但今天站在这里，是我人生的里程碑，我曾经迷茫无助，没有梦想，只有绝望。当我把自己从崩溃的边缘拉回现实，勇敢面对现实，一点点重塑自我，战胜内心的恐惧，走向更好的自己时，我已经真正地成长了。无论今天比赛的结果如何，我今天站在这里敢于面对失败，我就是自己心中的英雄。”开场白之后，念了一段喜欢的英文诗。

我拿着话筒，站在舞台中央，灯光打在身上，勇气和自信魔法般地回到身上。看到导演在台下点头表示赞许，妈妈面露微笑。结果已经不重要了，重要的是，我在成长，爸妈也在成长，爸爸不再凶神恶煞，妈妈不再围着麻将桌，大家都在蜕变。

一个多月过去了，同学们陆续收到大学录取通知书，而我还在翘首以待，但一直等到八月中旬都没有消息。我每天跑去网吧查看消息，无果。那时，学校的招生广告铺天盖地占满 QQ 空间，我随便填报了一些学校。

等待的时间越长，我便越焦灼，只好每天蹲在院子门口的杨树下等快递……邮差一次次从我身边经过，又一次次扬长而去，我的心渐渐空了。

八月下旬，终于收到一份录取通知书，是我在网上随便填报的学校——一家自考学校。一个多月来，我每天抱着希望等待通知书，却等来一场空。

本以为高考发挥得很好，最差还能上个专科，没想到现实还是跟我开了个大大的玩笑：我落榜了，被一家自考学校录取。

眼看大家都陆续开学，考得不理想的同学也已经开始复读，而我不知如何向前迈步。复读，没有优势，语文、英语、文综，我自认为发挥到了极致；而数学，我的弱项，在一年时间里分数也不会有太大的提升；小学已经复读一年，比同学们大一岁，再去复读一年，承受的精神压力会更大。

摆在面前的似乎只有自考这条路。上网查询一些资料，确认学校是真实存在的。内心有个声音，怂恿我前行。

我彻夜难眠，思考再三，收拾行囊，前往这个自考学校。未来在哪里不重要，眼下，先要走出去。

当亲朋好友打听我考取的学校，爸妈不再像以前那样处处给我揭短，而是小心翼翼地保护着我的自尊，对外人隐瞒着我的学校。

2
大连求学

八月底的新疆，天空蔚蓝，瓜果飘香，妈妈已帮我备好行李，塞给我人生第一部手机。离开那一天，妈妈带着妹妹站在院门口的铁门外，反复叮嘱着路上小心，多给家里打电话。没说两句，妈妈哽咽不语，蹲下去抱着妹妹，目送我和爸爸离开。她身边不远处是一棵笔直高挺的白杨树，跟白杨树比起来，妈妈如此渺小。无数次的分别，我都是那个被留下的渺小个体，一晃眼，我长大成年了，留下渺小的妈妈在原地等待。

上车后，妈妈和妹妹依然在原地一动不动。我依依不舍地看着她们，直到司机开着车拐出巷子。

爸妈是改革开放后迁徙的第一代，出门打工以养活家小；我算是第二代迁徙人，去千里之外的学校读书。两代人被时代洪流裹挟着，聚少离多，在漂泊中跌跌撞撞寻找出路。

一个孩子的自信，最早来自家庭，在充满爱的家庭里长大的孩子，拥有的自信和安全感，是我这样缺失父母陪伴的孤独孩子所匮乏的。在踏上人生新征程时，我常怀疑自己：我可以掌握自己的命运吗？可以应对生活的无常和考验吗？内心给不出坚定的答案，只能闭眼往前走。

我和爸爸坐了一夜大巴卧铺，第二天凌晨抵达乌鲁木齐，又从乌鲁木齐坐上硬座火车，穿过茫茫戈壁滩、河西走廊、黄土高坡，向华北平原挺进，三天两夜后，抵达中转站北京。

从熙熙攘攘的北京西站走出来，爸爸提议去天安门看看。几天几夜没好好睡觉，我浑身无力，但还是应了他。拖着行李箱，穿过地下走廊，拐进地铁

站。城市到处都是看不懂的路标。城市的规则，对城市的人来说，轻车熟路；对于从未在大城市里待过的我来说，两眼墨黑。我在拥挤的人群中躲闪，被不耐烦的吆喝声吓得直往角落里钻，时刻担心到处寻找路标的爸爸走失，在人群中紧紧盯着爸爸。

地铁一辆一辆地驶进来，人流在我身旁快速挤进地铁里。第一次坐地铁，我好奇地观察着：年轻人穿着时尚，有的情侣在地铁上无所顾忌地接吻，他们不尴尬，我却尴尬得脸颊通红。眼前这个光怪陆离的世界，这些开放、张扬的年轻人，带给我的冲击比第一次去新疆还要大。如此强烈的文化差异，无所不在的感官刺激，令人无所适从。

到了天安门，课本中的图片真实地出现在眼前，莫名的神圣感充斥周身，就像梦想实现了一样。爸爸感慨，时间过得太快了，多年前，他打工时来过北京，十多年过去了，一切就像发生在昨天。而我也在想十年后自己会在哪里。前路漫漫，一切都是未知数。

当我疲惫地坐上开往大连的列车时，爸爸心疼地说："以后你回家有得折腾了，得倒好几次车。"

我也知道遥远的路程将是未来四年里的很大考验。但木已成舟，无法挽回，只能咬着牙往前走。美好的大学生活在向我招手，吃这点苦不算什么，我心想。想着想着，头再也抬不起来，呼呼地睡着了。

经过一夜颠簸，火车到达海滨城市大连。走出车站，到处是赶路的乘客。

听着方言，看着这个没有一个熟人的城市，孤独感袭来。

几经打听，学校在开发区，要换乘轻轨，然后坐公交车。轻轨在林立的高楼间穿梭，望着窗外俄式、日式、欧式等风格的建筑，有些恍惚，不知自己身在何处。轻轨很快驶出城市，向郊区开去。

一个小时后，我和爸爸下了轻轨，转乘公交车。到站后，我打听着找到学校。看到学校那一刻，彻底傻眼了，梦想中有大草坪、图书馆、体育场、宿舍楼、教学楼的大学，竟然只是一栋二十几层的楼房，地下室是食堂，一层是接待大厅，二层、三层、四层、五层是教室，六层以上是宿舍。

我简直不敢相信自己的眼睛！伊犁的初中、高中，甚至家乡山村的学校都比这大很多。我的大学梦，犹如落地的玻璃瞬间破碎。

如此不正规的学校，却要收一年一万四千元的高额学费，简直就是敲诈。我站在荒凉的马路边，当即做出决定，说："我要回家复读。"

爸爸也难以接受这个学校，却劝道："复习一年也不一定能考好。来了就上吧，别折腾了。"

我委屈得哭了："这里能念出什么来？有什么出路？"

爸爸停顿良久，不再用强硬的手段，改用激将法劝我说："不上的话，可以去打工，也没有别的路可选。"

我一听，绝望地坐在路边的石头上，一言不发。命运一次次在和我开着玩笑，摆在面前三条路：回家复读、外出打工、留下上学。这三条路都黯淡无光，未来变得毫无希望，我不知如何抉择。

干脆去打工吧，餐厅服务员、保洁阿姨、足疗小姐、商场的导购，只要有点钱赚都可以考虑。或许真如爸爸说的，应该早点出来工作，这样他也能轻松点。但我心有不甘，真的要向命运低头吗？

爸爸看我难以抉择，待情绪稍微平复后，试探性地说："先给你交钱了，先学着，不行再说？"

我似乎被命运拽着往前走，完全失去掌舵的能力，极不情愿地跟着爸爸在那栋楼里上上下下。爸爸不给我后退的机会，交完学费，领好被子，拿着行李把我送到宿舍。

宿舍空无一人，其他几位同学的床铺整整齐齐，爸爸在最后一个空床位上放下行李。我刚准备坐在床上喘口气，爸爸突然开口说："你这安顿好了，我回家了。"

一听他要走，我慌了，以为他还能在大连待两天，惊慌地问道："今天不是刚到吗？你歇歇再走吧。"

"工地上还有好多事呢。"

"可是……"

没等我说完，爸爸起身走了。

我赶紧放下身上的背包，站起来跟着他一起出去。

爸爸心疼地说："别送了，你休息休息吧。"

我执拗地跟在爸爸身后，把他送出大楼。大楼外面那条路很荒凉，爸爸着急赶火车，脚步匆忙，头也不回地朝毫无人烟的方向走去。我拖着沉重的步子，很快就跟不上他的步伐。我实在走不动了，放慢脚步，停下来，看着爸爸渐行渐远，眼泪模糊了双眼，问自己：该如何应对接下来的生活？

爸爸走了很远才意识到我没有跟上，他回过头看我站在原地一动不动，又从很远的地方疾步走回来。看着他慢慢走近，我像黄河决堤般地大哭起来。

他不知如何安抚，意外地给了我一个拥抱。十几年来，多少次的分离，他都是头也不回地留下我一个人在原地。这是他的第一个拥抱，我趴在他肩上，号啕大哭。

爸爸鼓励道："从现在开始，人生就是你自己的，未来交给你了。加油。"说完，拍了拍我后背，头也不回地走了。爸爸的拥抱很管用，情绪很快平复下来。

坐了几天几夜火车，同样疲惫不堪的爸爸，走路的身影有点飘了，他的背影渐渐消失在我模糊的视线中。

我暗暗发誓：即使未来渺茫，也不能就此放弃，一定不能让自己看不起自己。

我拖着灌铅般的双腿回到宿舍，倒头就睡着了。我做了一个噩梦，梦里学校变成贩卖人口的非法机构，我一下子吓醒了。

被噩梦吓醒，一睁眼发现宿舍的同学都回来了，她们热情地同我打招呼。

我介绍自己来自新疆。大家对这个遥远的地方充满好奇，同样，从江西、河南、辽宁、黑龙江等全国各地而来的她们，也让我产生好奇。谈及大家对学校的感受时，不出所料，都是莫大的失望。对自考生概念的模糊，对未来的迷茫，此刻大家同是天涯沦落人。

爸爸用手机发来消息，说他已上火车，叮嘱我无论外在环境如何，都别放弃学习，要坚持下去。而坚持下去的压力，丝毫不亚于复读，因为我知道，自考学校的学生，需要比别人勤奋很多倍，但即便这样，毕业后也不一定能找到满意的工作。

很快，自考学校的真实面目就显露出来，一些同学退学了。同宿舍的几个小伙伴都选择留下来，相互安慰和鼓励，常常把“既来之则安之”这句话挂在嘴边，大家成为亲密无间的好朋友。

让我安心的不是学校，而是大海。小时候，爸爸在信中第一次提到大海。来大连求学，实现了多年来看海的梦想。

秋天的大海，海风微凉。面对大海，思绪万千，海能容纳百川，才有了壮阔无垠的景象，人生不也是同样的道理吗?

那段时间，我学会了未雨绸缪，时常上网搜索未来就业方向，顶着巨大的精神压力刻苦学习，积极地参与学校的各项活动，主动地跟家里打电话，汇报生活和学习情况，分享所见所闻和自己的理想与目标。

爸爸提供了很多人生建议。他说，从学校到社会的过渡，需要成熟的心态和大量的知识储备，既要学习好，还要有社会交际能力。他让我把心安定下来，告诉我人生并没有多少退路，走好当下的路，比任何事情都重要。

积极参加学校社团，踊跃参与各项活动，让我逐渐有了稳定的社交圈子，不再像初中、高中那样孤苦一人。我性格发生了翻天覆地的变化，变得开朗、乐观、能说会道。我终于从自卑的深渊里走出来，找到了快乐的自我，由内而外地散发着光。

3
艰难回家路

临近寒假，我们都盼望着回家，跟同学们去排队抢一票难求的火车票。大连的冬季，海风肆虐，好像再多的衣服都无法抵挡这寒风。我排在买票的长队中，缓慢挪动，手脚冻得失去知觉。正规学校能帮助学生买到车票，而自考生一切都要靠自己，和在城市里的打工者一样，为车票发愁。

排了半天队，只预定到一张去北京的票，无法买到联程票。但有打折的机票，一千元出头，询问爸爸意见时，他在电话那头没有回应，我只好主动放弃。我已经花费了高额的学费，不再纠结于他的吝啬。

回家那天，我拖着塞满大连特产的沉甸甸的行李，满心期待地奔向火车站，终于顺利地搭上开往北京的列车。车上不算拥挤，过道内零零星星站了几个没有座位的乘客。我坐在靠窗的位置，趴在桌子上，脸朝车窗外。天还没完全黑，灰蒙蒙的，冬日里的太阳已经没了踪迹。

车厢摇摇晃晃，周围噪声不断，想睡却睡不成，恍恍惚惚度过一夜，到了北京站。从车站走出来，我费力地拎着行李上上下下，手上的行李变得越来越沉重。赶到售票口，足足排了一个小时队，却只等来两个字：没票。

我咬牙拎着行李上上下下了无数个台阶，艰难走到马路对面，搭上向北京西站开的公交车。偌大的北京，人人向往的北京，对我来说，陌生而又毫无温度，在北京，没人在意你去哪里。即便礼貌地问路，也常常得到冷冰冰的答复。似乎我与这个城市之间存在一条无法跨越的鸿沟。

当我疲惫地赶到北京西站售票窗口时，奇迹没有发生，售票员丢出来冷冷的两个字：没票！

绝望之余，突然想起爸爸第一次带我坐火车时用的站台票，这办法我打算再用一次。但站台票是否能挤上车？车上无座，我是否能熬过几天几夜的路程？来不及多想，拿上站台票，我忐忑地挤进车站。

还要在车站等待半天，只好在等候区吃点面包、喝点热水。我疲惫地趴在行李箱上，在来来往往的春运人潮中睡着了。

醒来已是下午，睁开蒙眬的双眼，看着车站里熙熙攘攘赶车的人群，我似乎看到十年后的自己，跟大多数来来往往的行人一样，在社会底层摸爬滚打。

思绪被广播声打断："发往乌鲁木齐的 T69 车次准备检票……"

我起身拉着行李，快速冲到检票口附近。默默祈祷，无论如何也要赶上行程 42 小时的 T69，如果这趟车上不去，晚一点的那趟车行程是 72 小时，更加煎熬。

检票口处的队伍缓缓地向前移动，我无法确定春运期间站台票是否能顺利进入站台，内心突然恐慌起来，胃也跟着痉挛，疼痛不止。一边望着检票员的表情，一边拖着沉重的箱子，跟着簇拥的人群一点点挪动，行李箱的轮子已经不太灵活，拉起来格外费力，后悔往箱子里塞了太多行李。

万幸，检票员没顾得上检查票，我长舒一口气。

顺利通过检票口后，只见乘客们扛起行李，从楼梯口冲下去。我用尽全力，艰难地提起箱子，一步一个台阶地缓慢挪动着，看着站台上的人纷纷涌向车厢，我却无法加快速度，看来赶不上这趟车了。

"我帮你拎下去吧。"身后响起一位大哥的声音，他直接拎起箱子下台阶，我连声道谢。

"你箱子真重啊，大家都上车了，赶紧找你的车厢吧。"大哥说完，很快消失在站台上，我来不及看清他的脸。

每节车厢都塞满了人，根本上不去。站台上的列车员拿着喇叭催促："还没上车的旅客抓紧时间上车，列车即将发车……"

我焦灼得像热锅上的蚂蚁，看着满满当当的车厢口，束手无策。

这时，在我面前车厢最外侧站着的一个中年大哥，同情地看着我，喊了一

声：“大家再往里走走，稍微挤挤，这边有个小妹妹，出门在外都不容易，咱们帮帮她。”他说完便张开两个胳膊，把身后的乘客使劲儿往里推，大家都配合地往里挤着，我感动得热泪盈眶。

大哥一手撑着车门，一手帮忙把箱子提了上去，在车门关闭最后一刻，我挤上了车，嘴里还不停地喊着“谢谢”，感动的泪水止不住地流。车上的拥挤程度无法想象，我被挤得趴在车窗上，左脸贴着玻璃，心脏都要被从身体里挤出来了。没一会儿，列车徐徐离开北京。

多亏好心的大哥和努力腾出上车空间的乘客，否则我就得去赶那趟 72 小时的慢车，若再错过慢车，今晚还要在车站睡一夜，第二天再继续买站台票来挤车。

过往的成长经历充满荆棘和坎坷，让我对人性充满了怀疑，而这位素不相识的大哥，在短短几分钟里，就治愈了我，让我明白越是在困境时，越能看到人的真诚和善良。被帮助时的温暖和感动，足以改变一个人的心态。

列车行驶几个小时后，车厢内有一点松动，乘客往里面挪动，我也挪到车厢内的位置，找列车员补了张站票。有好心的乘客在自己的座位上挤挤，以便让更多人坐下，也有蛮不讲理的乘客霸占别人座位。人性百态，在车上表现得淋漓尽致，就像我生命中出现的人，有的为善，有的为恶，为恶的人渐渐被忘却，而为善的人，则被永远地记在心里，他们不断地发光发热，照亮我前行的路。我默默发誓，在未来的人生道路上，一定尽我所能去帮助那些需要帮助的人。

我靠着座椅背站着，看人打扑克，听人讲笑话，在拥挤的环境中苦中作乐。

渐渐地，天黑了。没有座位的乘客干脆在地上铺上报纸睡觉，过道里横七竖八睡满了人。我坐在地上——一位大学生给我腾出的巴掌大的地方，稍做倚靠，没一会儿，腰和颈椎酸疼不已，我不停地看时间，煎熬地等待时间一分一秒地过去。

后半夜，坐在斜对面地板上的甘肃大哥，呼噜声一长一短，把我从浅眠中唤醒。他头倚着座椅，上衣内衬中揣着一个兔子玩偶，他白天说起自己的女儿属兔，这应该是送给女儿的礼物吧。他倚靠的座位上坐着的是一对夫妻，他们幸运地买到了坐票，这时已疲惫地相拥而眠。夫妻俩常年在北京打工，有一个在家留守的孩子。躺在夫妻俩脚下的是一个不爱说话的老大爷，看着十分瘦弱，头已经钻到座位下了，他带着满满当当的行李，像是离家很久了。一眼望去，车厢交接处、过道里到处都是熟睡的人，没有落脚点。车厢内空气浑浊，充斥着方便面的味道，以及浓烈的脚臭味，我不由得羡慕起那些在“厕所单间”睡觉的乘客。

第一次感到众生皆苦，生活在底层的人原来都一样，没有最苦，只有更苦。

在大山里，承受与父母分离的痛苦，我以为那是最大的苦。当走出大山，到了城市后，却发现外面的世界有不一样的苦。如果不奋斗，或许这一生都要坐拥挤不堪的硬座火车。现实的残酷，深深地刻在我的脑海里。

熬到凌晨五点，上厕所的人多了起来，“哎呀”“妈呀”“慢点啊，踩得好疼啊”“我的肉啊”……各种声音充斥在车厢中。人们纷纷从睡梦中醒过来，蒙眬的睡眼，疲惫的面容，分外狼狈。

不久后，车厢内开始供应第一波早餐，趴在地上的人无奈地站起来，餐车艰难地从人群中穿过。连续几顿没有好好吃饭，这时我的胃又隐隐作痛起来，而我毫无对策，任凭它疼痛不止。

列车才走了1/4路程，我憧憬着相隔几个车厢的卧铺，如果能睡上一觉该多好。

快熬到甘肃站时，那位甘肃大哥扯开嗓子唱起了西北民歌，声音饱满，很有穿透力，赢得一阵阵欢呼和掌声，我的胃痛因歌声缓解了点。

唱完歌后，他扛着那硕大的行李下了车，虽然东西有些笨重，但他归心似箭，一直在加快脚步，朝家奔去……

熬过第二夜，我已蓬头垢面，疲惫不堪，似乎随时都要倒下去。列车跨越河西走廊，进入西北大漠，疾驰在一望无际的戈壁滩上。午饭后，车窗外出现

骆驼、羊群，绿色植被渐渐多了起来，应该是离乌鲁木齐不远了，大家激动起来，有乘客开始给家人打电话报平安。

列车从浅黄色的沙漠慢慢开进白雪覆盖的城市，人们迫不及待地从座位上站起来，车厢内充满着欢乐的气氛。抵达目的地时，大家相互道别。或许是因为陌生人再也不会相见，大家一路上都敞开心扉，毫不掩饰地谈及任何话题，相伴四十多个小时，面对即将到来的分别，有些不舍。

我还不能庆祝，还要坐一晚的长途客车。

从站台出来，呼啸的寒风吹僵了身体。火车站门口，要乘坐出租车的人已经排起长长的队伍，我实在不能再等，只好拖着行李箱往外面的马路走去。艰难地走过了两个路口，才拦到正规的出租车。安全抵达汽车站后，我来不及吃晚饭，赶紧买了末班车的票。

躺在卧铺车上，身体疲惫到极致，我躺在床上，掏出手机，用电量不足的手机给家里报个平安，告诉家人明早就能到家，然后便关机睡觉了。

不知睡了多久，汽车颠簸起来，把我摇醒了。

打开窗帘看了一眼窗外，漆黑一片，车子像是在走盘山公路，这一段应该是果子沟。循着前方的车灯，看到鹅毛大雪呼呼飘落。汽车速度越来越慢，车轮在打滑。车上有的在睡觉，有的醒着但没说话，死一般寂静，果子沟路段是出事概率很高的路段……

汽车从山顶缓慢开到山下，我松了一口气，但车慢得几乎停下来。司机喊了一声："哎呀，前面好像雪崩了。"

车内的乘客神色慌张地爬起来，靠在窗户边，伸着脑袋看外面，却什么也看不见。车子彻底停了下来，司机拉了手刹，下了车。过了好久，他搓着手哆嗦着回来，哈着气说道："前面雪崩埋了两台车，暂时走不了了。大家有上厕所的下去自行解决。"

乘客们七嘴八舌地问司机："外面什么情况？有人员伤亡吗？"司机也只是从前面的司机那里听了只言片语，他回答不了这些问题。

我对外面的情况产生了极强的好奇心，试图看看靠山这一侧是什么情况。

刚好想上厕所，我穿上衣服，走下汽车，狂躁的寒风扑面而来，雪花在空中狂舞，寒气瞬间穿透了两层羽绒服。

同去上厕所的几人打着寒战，我正想问在哪里上厕所，可话还没喊出来，风已经刮得让我张不开口。我艰难地在雪地里走了几步，看到周围没有人，于是迅速脱下裤子解手。从未经历过如此恶劣的天气，竟然在这里碰上了。

冲进车里，浑身哆嗦个不停，赶紧缩回被窝，身体的温度许久才渐渐恢复。司机担心机油不够，关了暖气。没一会儿，寒气再次透过车窗逼进来，乘客们穿上羽绒服、盖上被子，都不足以抵挡寒冷。一晚上过去，浑身冻得像冰块一般，根本不敢入睡，怕冻死在车上。

天色渐渐亮了，身体被冻得毫无温度，肚子也饿得咕咕直叫，我将自己紧紧地蜷缩起来。这时，车子终于缓缓向前移动，再不离开，真要出人命了。

车开了几百米，我用哈气吹化玻璃上的冰霜，看见一辆白色的小轿车被雪压得只剩下一半，还有一辆车也陷在雪里。上面的悬崖有雪滑落的痕迹，一些救援人员正在施救。

这个时间原本已经抵达目的地，现在耽误了一夜的行程。手机被冻得彻底开不了机，没办法跟家里报平安，不知爸妈是否开始担忧。

直到下午，汽车才到达车站。一进站，便看到爸妈在停车场一台车一台车地着急寻找。他们从车窗上看到我，皱起的眉头才舒展开。

爸爸看着狼狈的我，没有说话，拉上行李箱往家走去。

妈妈说看到雪崩埋了两台车的新闻，快要吓死了。爸爸给交通事故科打了一早上的电话。

这经历永生难忘，却不敢告诉他们细节，笑呵呵地说："没事，这不好好的嘛。"

回到家，长高的妹妹围着我打转，欢喜地拿着我给她买的礼物。

妈妈烧了一盆热水，让我泡泡脚。当脱下鞋袜、挽起裤腿的那一瞬间，我再也坚强不起来，双脚、小腿、大腿肿得像发酵的馒头，眼泪喷涌而出，顺着脸颊流下，滴在热气腾腾的洗脚水里。

累计八十多个小时的煎熬，要么站着，要么蜷缩着，加上昨夜被冻了一晚，我放进热水里的脚，完全失去知觉。

妈妈看着我的腿，责怪爸爸舍不得一千元钱的机票，让我遭罪受苦，还遇到雪崩。爸爸满脸的心疼，却笑着说：“经历一些磨难是成长最好的方式，我当年站岗的时候，一样在风雪中站几个小时。”

早就习惯了他这个样子，磨炼我就像磨炼士兵一样，我不怪他，心里却委屈地流着泪说：“我不是你的兵。”

爸爸没有再接话，妈妈戳穿他：“你就是嘴上不服软，谁早上坐立不安，明明担心得不行，非要装出一副冷酷的样子。”

本以为走出大山，走出小村庄，便脱离了贫困，逃出了困境，但当我十三岁到达城市，生活在城市边缘时，才渐渐懂得，我才刚刚踏上真正走出大山的征程，火车上、汽车上经历的磨难，是我必须经受的考验，这条路，望不到尽头，或许没有终点。出身决定了命运的起点，很大程度上也决定了命运的终点，但我依然要努力改变。

4
寻求实习机会

两天后，像馒头一样的腿渐渐消肿，疲惫感也渐渐消失了。

一路上看到的人生百态，给了我莫大的触动。我不敢荒废每一天。

想起电视台有实习记者出镜，我计划去试试。冒出这个想法时，妈妈以为自己听错了，惊愕地问："你说什么？"

"去电视台实习。"我重复道。

她开始泼凉水："你以为那是什么地方，想去就能去？"

妈妈当了一辈子家庭主妇，对于任何打破常规的事，她想都不敢想。我不好再跟她解释细节，生怕被她阻拦。要怎么去实习还没完全想好。无论结果如何，先要主动迈出第一步，大不了被拒绝。

我精心准备了一份简历，第二天一大早便出门了。出门前妈妈像看外星人一样看着我，我留给她一个鬼脸，并说道："祝我成功啊。"

银装素裹的伊犁，天空还在飘着雪，空气格外清新，行人、车辆非常稀少，一眼望到巷子口，也没看到一辆车。

距离电视台只有三公里，我哼着小曲儿走在路上，内心激动又忐忑。步行半个多小时，我站在电视台的大门口，看着"伊犁洲电视台"几个金色大字在闪闪发光。保安室的大爷看见我在张望，拦下我。

"您好，大爷，我在大连上学，想在电视台找份实习的工作。"我礼貌地向他说明来意。

大爷见我很客气，没为难我，和蔼地说："你要实习啊，你去主任办公室问问吧。"

“谢谢您，请问主任的办公室怎么走?”

“进大门后上二楼，门口有牌子，你进去就看见了。”他一边开门，一边指路。

走进办公大楼，找到主任办公室，一位中年男士问：“你找谁?”

“您好，主任，我是从大连回来的大学生，对电视从业者很崇拜，在学校也经常组织相关方面的活动，希望寒假能够在电视台实习。”

主任见我毕恭毕敬，接过简历看了看，回复道：“以前还真有很多来实习的，今年没有一个人来，还挺奇怪的。你等一下，我打个电话问一下啊。”

他拿起电话，拨通经济台部门的电话。我没想到如此顺利，内心充满希望。

“×××，你们部门需要实习生吗?我这边有个大学生想要实习……那好，我让她去找你们。”

几分钟后，主任安排好了实习。昨天还只能在梦里想想的事，今天就如愿以偿，我激动万分，对主任千恩万谢。

按照主任的指引，我找到经济台，还没来得及敲门，一位姐姐就看到了我，说：“快进来，你就是刚刚主任打电话说的那个实习生吧。”

她热情地把我引进办公室，开始向我介绍其他几位同事：摄影师、编辑，还有今天未到场的主持人。他们说话风趣幽默，让我明天正式开始实习。我欣然同意，跟大家告别后走出大厦。这次经历让我明白：很多看似困难的事，只要勇敢地走出第一步，一切就都不再遥不可及。

路过门口，大爷热心地问：“怎么样?办妥了吗?”

我微笑地说：“嗯，明天就能来啦，谢谢您。”

他也一样开心：“太好了。”

回家路上，我开心地跳着、笑着、跑着；溜着冰，从这头滑到那头；拍打被雪花压弯了腰的树枝，任由一跃而起的雪花洒落在我身上，有的落进脖子里，一阵冰凉，我惊呼尖叫。那感觉极其美妙，仿佛全世界都跟着我的好心情在舞动。

曾经那个孤单、自闭、对未来毫无信心的小女孩，长成了另一副模样：变得积极热情，对明天、对未来充满期待，遇到挫折也不会轻易放弃，努力去实现一个又一个梦想。这一切的改变，都来自内心超越自己的信念，我活成了一个不轻易向命运低头的人。

回到家，我故作正经地对妈妈说："注意啦，我有重要的事情宣布。"

妈妈问道："你不会真的要去实习吧?"

我笑着点点头："从明天起，就正式在电视台实习啦。"

妈妈不相信："真的假的？骗人的吧?"

"你看我像骗人的吗?"我自信地反问。

妈妈忍不住好奇："你怎么做到的？为什么人家要你?"

"不去试试，你怎么知道自己不行。"

跟别人比起来，我少了很多机会，起点也低，只能自己争取机会，创造机会，但哪怕只有很小的概率，我也要去试试。

妈妈连连点头夸赞。

爸爸晚上回到家，妈妈迫不及待地分享好消息，他终于笑起来，我得意地问他："怎么样？我厉不厉害?"

他不回答，我一直追问，直到他说出"厉害、厉害"，我才善罢。我终于讨到了他的肯定。

我慢慢探索出跟爸爸的相处方式，不再纠结于他打击式的语言，改用诙谐幽默的方式跟他相处，这样反而变得更加自在。要学费的时候，我不再像以前板着一副僵尸脸站在他面前，而是提前做很多铺垫，告诉他最近实现了哪些目标，要的钱用来做什么。爸爸也不再那么吝啬，对我的鼓励也多了起来，我们之间的沟通顺畅起来。

我跟妈妈也换了沟通方式，告诉她外面的世界有多少人在为生活而苦苦挣扎，孩子成长过程中希望得到的是什么样的爱，应该如何带好妹妹……妈妈虚心地接受着我的建议。

只有把想法积极表达出来，才不会让家人之间误会丛生。

实习生工作很杂，如跟摄影师出去采访，帮助记者整理资料，跟主持人在演播厅学习录制节目，跟编辑做后期节目剪辑，人手不够时我还会扛着重重的摄像机跟拍。

每到一个部门，哥哥姐姐都热心地把我介绍给别人。虽然只是实习，但我依然努力工作，并且赢得了大家的尊重。

短短一个月时间，我跟了三期节目：一期交通安全、一期福利院的孩子，还有一期春节采购年货。在这个过程中，我学习了采访、摄影、后期制作方面的知识和技巧。在拍福利院的孩子那一期时，当摄像机对准那些孤儿，孩子们纯真的笑让我想到自己童年的经历，人生最苦的时候，开心地笑比哭更有力量。这让我又想起爷爷的教诲：任何时候都不要哭丧着脸。

在春节采购年货那期节目中，节目组的人让我实习主持，我婉言谢绝。我对自己的形象非常不自信，自卑感或许还没有彻底消失。节目播出时，我的身影一掠而过，能在电视里看到自己身影已经格外欣喜了，追逐梦想的感觉真好。

主动实习，进一步探索新的世界。如果一个人停止探索和挑战，那么人生就只会变得平淡乏味，体会不到新鲜事物带来的冲击感，也无法了解探索未知领域带来的成就感。

实习结束时，我给部门同事送去礼物，感谢他们在我人生的关键时刻，给予了我探索的勇气和机会，帮我找到了认知社会的新视角。

充实的假期结束，我踏上回程的汽车。在爸爸送我去汽车站的路上，我偷偷地发现，“铁人”爸爸的眼里居然闪着泪花。后来，我故意拨通爸爸的电话，俏皮地问：“那天你咋还哭了呢?”

他笑着矢口否认。

从乌鲁木齐到北京，只买到了车程 72 小时的慢车票，我欣然接受这些考验，无所畏惧，哪怕再来一个 72 小时又如何？人生就像列车，一旦驶入轨道，便没有退路可言。当我微笑迎接这一切，勇敢面对命运给予的考验时，我收获的更多。

5
追讨学费

返回学校后，我更加勤奋，即便面临种种不确定，只要日复一日地积累，或许也能抵达成功的彼岸。除了专业学习以外，我还积极参加校内外各种活动，学习沟通技巧，锻炼各方面的能力。

本以为学习生活会这样继续下去，没想到挑战又来了。

大一即将结束时，关于学校搬迁的流言四起：校方迫于房租压力，要搬迁到更偏远的地方。好不容易用一年时间接受现状，并适应了环境，现在又面临变动，所有人都焦虑难安。

谣言成真了。不久，学校正式发布搬迁的通知，安排大家去参观新校区，当同学们像羔羊一样被安排坐进大巴时，所有人脸上都写满了惶恐与忐忑。

车子徐徐发动，离开开发区驶向城市的另一端，穿过一片片村庄，车窗外的海岸线时而出现，时而消失，胶东半岛的夏季海风猛烈而又炙热，路边的树木被吹得来回摇摆。一个多小时后，大巴车在一处杳无人烟的地方停了下来。眼前是一所废弃的陆军军校，偌大的校园杂草丛生。

难道我们要在这偏僻而荒凉的地方学习三年？眼前的荒芜景象湮灭了我所有的希望。

从军校回来，每个人都满面愁容。高昂的学费、恶劣的环境，令人怒火难平。

我渐渐意识到自己上了一所野鸡大学，这所大学随时会关门倒闭，我搭乘的这只依靠学习改变命运的船，随时会沉没。眼前除了辍学，似乎没有其他选择。我再一次失去对命运的掌控能力。

我痛恨这些一心赚钱的大学，他们根本不知道，多少家庭为了孩子将来能有好的出路，节衣缩食供孩子上个学。他们把我们骗到这里，提供不了好的教育，耽误了多少人的前途。

那几天，陆陆续续地，有的离开学校回家了；有的想好出路，去语言学校进修，为留学日本、韩国做准备；有的干脆直接找工作；还有的甚至跨入直销行业，每天被洗脑，做起一夜暴富的发财大梦，对身边的同学展开猛烈的游说……

每个人都在找出路，可我的出路在哪里？下一步该何去何从？与家人商议时，爸爸不同意辍学，让我坚持下去，至少要把本科证拿到，绝不能这样毫无技能、毫无经验地走向社会。

一切还未考虑清楚，暑假来了，我们只好先各自回家。

这个暑假我过得很不安，躲在屋子里，很少外出。新学期开学，我提前两天赶回偏僻的学校。

我是第一个回到学校的，学校有一条霸王条款：先交钱才能拿到宿舍钥匙。我只好乖乖地交上学费，拖着行李走在无人的校园，眼前的荒芜令我不禁问自己：大家都会回来吗？这是一个正确的选择吗？我真的还要在这里学习吗？这些问题不停地在脑海盘旋，我的高考成绩足以上个本科，由于没有填报志愿的经验，错失良机，现在又选择了一个错误的学校。没想到一步走错，步步走错，最后沦落到如此尴尬的境地，毫无出路。

宿舍楼长长的走廊空无一人，我打开宿舍门，映入眼帘的是军绿色的上下铺、桌子、窗帘，恍惚间以为自己进了军营。

我放下箱子，脱下在火车上穿了好几天的臭烘烘的外衣，端着水盆去水房洗漱。刚走出房门几步，一股强劲的海风吹来，只听“哐”的一声，门被关上了，我内心大呼糟糕，迅速冲回去，用力地推门，发现门已紧紧地反锁上了。而我身上只穿着连肚脐眼都盖不住的吊带和一条超短裤，身上没有手机、没有钥匙，窘迫极了，愣在原地不知如何是好。

我一只手捂着胸，挨个门敲，期望有同学已经回校，能帮忙去取备用钥匙。我从走廊的这头敲到那头，二三十间屋，没有一个人回应。我尴尬地坐在宿舍门口，海风呼啸地吹着，荒凉让人万念俱灰。我开始思考继续在这里读书的决定是否正确。

那一刻，我动摇了，我不应该留在这里，不应该像被扼住喉咙一样束手就擒。我一定要离开这鬼地方，去市里找正规的大学，哪怕换个专业，哪怕重新高考，也不能待在这里自毁前程。

在门口坐了很久，终于来人了。我尴尬地向她求助，她热心地帮了忙。我一拿到钥匙，立刻冲进屋穿好衣服，向教学楼跑去，边走边拨通爸爸的电话，告诉他我要退学和下一步的决定。爸爸没有反对，只是担心学费不会退还，我坚定地说："一定会让学校退的。"

挂了电话，我冲进收费办公室，几个学生在家长的陪同下正在缴费。他们见我要求退款，有些奇怪，负责收费的老师拒绝道："我只负责收，不负责退，要退找校长去。"

我追问："如何找校长？"

"不知道。"收费的老师冷冷地回答。

不一会儿，几位家长从宿舍回来，也强烈要求退款："这校园太偏僻，在这样的地方上学太不安全。"

准备缴费的家长也有些迟疑。老师担心大家的抱怨会影响还未缴费的同学，不敢再拖延，便告诉我们校长在开发区的老校区。

我们一行人兴师动众地到达老校区，直奔校长办公室，一心想把学费追回来。校长不在，主任推托说，这事不归他管，让我们离开。

我强硬地表态："今天校长不出现，我们坚决不会离开办公室一步。"

主任不为所动，以为大家小闹一下便会离开。

我情绪比其他人都要激动，拉高嗓门喊："如果今天不退钱，我们绝不善罢甘休。"别的家长或许只是抱着试试的态度，可我不会放弃，这笔钱是爸爸的血汗钱。

主任出去打了好几个电话。

两个多小时后，校长出现了。

他不像主任那般客气，态度极其强势：“不明白你们这样闹有什么好处？校区是提前带你们看过的，钱也是你们自己交的，没有人强迫你们。你们说来就来，说走就想走，把这里当什么地方？”

我没有被他的流氓嘴脸震慑住，怒气冲冲地回道：“新校区确实看过，我们不同意换校区，校方采取措施了吗？再说，这么偏远的地方，如何保证师资力量？如何保证学生的安全？我不想跟你辩论，只有一个诉求：退钱！”

大家七嘴八舌地应和道：“就是，退钱吧，我们也不想闹事。”

校长丝毫没有退费的意思。争论了很长时间，他一溜烟儿地跑出去。

我见势不妙，喊上大家追出去，校长回头大喊：“你们别跟着我，没有用。”

遇到不讲道理的无赖，叫他“校长”简直是抬举他了。眼看他就要逃脱，我不知哪里来的胆量，一下子冲过去，在校门口揪住他的衣领：“今天你别想走，不退钱就别想离开。”

校长万万没有想到我会如此举动，他愤怒地喊着：“你想干什么？松开！”

“我不松。”

“对不起，校长，我也不想这样，但今天必须退钱。”

他向我背后的保安使了一个眼色，那一刻我特别害怕。然而保安只是不知所措地站在那里，或许他不想当帮凶，一起骗大家的血汗钱。

其他家长不敢上前，远远地观望着。僵持好几分钟后，校长情绪平复下来：“同学，你松开，这样解决不了问题。”

“校长，我只有一个诉求：退钱。”我依然不松手。人被逼到绝境时，表现出来的不顾生死，都是不得已。校长颜面扫地，妥协了，同意退钱。

回到办公室，家长们拿到退款陆陆续续离开了。校长故意把我留到最后，他会不会为难我呢？会有危险发生吗？

我有些后怕，迅速拨通了爸爸的电话：

“爸爸，校长要跟你通话，你稍等。”

校长狠狠地瞪着我，接过电话对爸爸说："家长，你好，你知道你们家孩子退学的事情吧。"

"知道。"

"那我就给她办退学了。"

"好的，谢谢校长。"

"你们家这孩子该好好管教了。"

"是，我们有责任。"爸爸现在也明白了这是一所什么学校，没有和无赖校长纠缠。

挂了电话，校长反复念着我的名字，一脸不满地办理了退款。这辈子，他应该都会记住我了。

追回学费，我松了一口气，疲惫不堪地回到偏僻的新校区，真想立马躺在床上好好睡一觉。

快到校门口时，看见有两个同学站在一堆行李旁，被子、褥子、皮箱、盆，堆了一地，我不知道发生了什么，冲了过去。

同学说："学校不让你住了，老师把你的东西扔出来了。我们也得找住的地方了，幸好我们没有交费。"

我愣在原地，想起校长曾反复念我名字，他的报复来得还真快。真应了刚入学时的噩梦，这是一所像人贩子一样把学生当交易品的无良机构，没有一点学校的样子。

"其他人都怎么安排的?"我问。

"十几个学生要求退款，有的去了亲戚家，有的已经回了市区。现在只剩我们仨没有去处，另一个同学马上出来，稍等她一下。"

八月酷暑，我的内心却冰凉无比。天黑透了，我们三个女孩子拿着一堆行李，身上带着很多现金，不知道去向何处。

商量一番后，决定去市区。金州非常偏僻，没有直达的交通工具，我们尝试打车，拦了好几辆车，司机都说太远了，不去。

一天没有吃东西，体力已经快耗尽，不能再等下去了，必须找到办法，否

则真的要在这鸟不拉屎的地方睡一夜。

拦下一辆车，请求师傅往市区的方向开，开到他不愿意继续前行的时候，在有旅馆的地方把我们放下来，可以额外给他加二十元小费。司机还在犹豫，我动之以情："拜托了，师傅，女孩子在外面不安全，今晚一定要找到地方住下。"

他让我们上了车，往市区开去。三个人的行李塞满了后备厢，车内也塞得满满当当，被子只能抱在腿上。车子在没有路灯的路上开着，我提心吊胆。车子开到金州市区时，外面闪烁的霓虹灯映在脸上，我的心终于落地了。我摇下车窗，海风扑面而来，看着城市，不争气的泪水流了下来。有的人一生轻松顺遂，有的人一生磨难，我为何成了那个屡遭磨难的人？

"就在这里吧，前面有个小旅馆，再远回不去了。"司机说着把车停在一条小街上。

连声道谢后，付完车费，我们抱着被子，拿着行李，朝小旅馆走去。从街边建筑的破旧程度看，这里离市区还有段距离，但我们只好在这里先落脚。自己落魄的样子，和打工妹进城没有任何区别。

小旅馆的老板娘既不热情又不冷淡地说道："三十元一位，一屋刚好可以睡你们三人。"

我们没有看房间，直接交了钱。拿着这么多东西，实在没办法去左挑右选。老板娘把钥匙递给我们，指了指上楼的楼梯。我们扛着行李艰难地爬上楼，楼上传来喧哗声，路过一间客房时我从门缝看到房间内云雾缭绕，几个光着膀子的男人在叼着烟喝酒打牌。

我们蹑手蹑脚地进了房间，放下一部分行李，小心翼翼地去楼下搬剩下的行李，往返两三趟才搬完。

每次从那个房门前经过，都生怕那群人开门走出来。我悄悄提醒大家，去公共卫生间洗漱时，不要发出声音，不能让他们知道旁边住着几个女孩子，能不洗漱就别洗了。最后，大家都不敢洗漱。

轻声关上门，将行李箱、被子堵在门后，狭窄的屋子没有多余空间。我把一摞厚厚的学费裹在袋子里，压在枕头下，这时感觉到，钱是一种负担。

房间不隔音，吆喝声、吵闹声灌进耳朵，我们蜷缩在床上，不敢说话，最后终于昏昏沉沉地睡着了。

天刚亮，我们赶紧起床，并办理退房，离开了小旅馆，拦了一辆出租车向市区开去。现实的冰冷化作藤蔓，缠住我的身体和灵魂。我重新一点点寻找信念，就如车窗外一点点亮起的晨曦。

十二、在挫败的关系中学会成长

我是一叶孤舟。该和父母建立关系的时候，父母外出打工；该和同伴建立关系的时候，却躲在无人的角落，任由自卑吞噬。由于长期缺乏爱和关怀，当爱情来临时，那个人注定会成为我生命里的一场劫难。

1
接受挑战

出租车开进大连市区，我直奔其他同学介绍的一所名牌外语大学，走进美丽的校园，才看到梦寐以求的大学该有的样子。

在招生办详细了解了学校的课程设置后，我顺利办理了入学，并告诫自己，一定要珍惜这次来之不易的学习机会。

我们几个女孩在学校附近租下一间60平方米的屋子，安顿下来。

我抓住一切提升能力的机会，课堂之余报了学习班，加入学生会，并担任学生会副主席，把每一天的日程安排得满满当当。经历如此多挫折后，变强大的决心异常强烈。

任职学生会副主席期间，我注意到虽然在同一所大学，自考生和本科生还是不一样，正规的本科院系都有迎新晚会、中秋晚会，各类社团活动层出不穷，处处洋溢着青春的活力。而自考学院，大家上完课便匆匆离开教室，同学之间关系疏远，没有人组织任何形式的活动。这似乎又在提醒我，哪怕选了名牌大学的自考体系，依旧摆脱不了自考生的标签。

刚从自卑的深渊中爬出来的我，不愿意再被自卑绑架，渴望获得跟其他同龄大学生同样的机会，渴望摆脱颓废、毫无生气的青春。

我冒出组织圣诞晚会的念头，给身边和我一样的人，带去希望与活力。

当我告诉系主任关于办晚会的想法时，她很支持，同时，也告诉我有很多困难，比如学校没有任何经费、时间仓促等。

“没关系，交给我。”

我自信满满地跟另外两位学生会干部筹办起圣诞晚会。如果一直给自己设置障碍，就永远不可能做成任何事。

自告奋勇的我，召集学生会、分配任务、宣传、募集节目，挖掘身边同学深藏不露的才艺。真没想到，同学们个个身怀绝技，节目单很快就出炉了：古筝独奏、韩语歌、T 台秀、舞蹈……才艺展示那天，参加活动的同学释放出青春的气息，那一刻，我既惊喜又感动。我每天沉醉在富有激情的学生会和社团工作中，脑袋里冒出无限的灵感和创意，那感觉简直太棒了。

但事情进展得并不十分顺利。大家平时各自学习，没有合作过，如今一同准备一场晚会，矛盾分歧自然层出不穷。大部分问题都能应对，唯独跟另一位学生会主席的合作让我头疼，我的很多想法常常遭到她强烈的反对，我曾尝试用各种方式化解矛盾，但都不见起色。

为了减少冲突，我选择妥协，她想要英文主持，我默认；她压缩其他人的主持时间，延长自己的主持时间，我接受；她在黄金时间安排自己上去唱歌，我没反对。这台晚会逐渐变成了功利的场所，而我正慢慢失去话语权……

她身边有个像男孩子的女跟班，圆脸、胖乎乎的，时刻洞察我的言行，还把我的一言一行报告给她。我心知肚明，但仍抱着幻想，希望我秉公办事的做事方式可以打动她，让她帮助我们化解矛盾。

岂料，不但矛盾没有解决，很快演化成我跟系主任的冲突。我的任何想法都会遭到系主任的反对，至此，我无法再正常推动晚会的准备工作。

我不想看到事情愈演愈烈，便主动去了办公室，敞开心扉跟系主任说："为了把晚会办好，如果有做错的地方请直接指出来。"主任眼神回避着我，脸拉得很长，冰冷地应道，"你看着弄吧，别问我了。"

我意识到人际关系问题一直是我的人生障碍，我在沟通上吃了无数亏，这是我必须攻克的难题。我期望与系主任真诚交流，化解她对我的抵触情绪，而她扭头走出办公室，不予理会。

我不甘心，跟着走出去，她走得很快，拒绝沟通，而我不愿放弃交流的机会，便追上去问："主任，能给我一点时间吗？可以聊聊吗？"

她头也不回地走了，告诉我她要吃饭去了。

主任的态度，让晚会的组织工作寸步难行，分配下去的任务没人执行，赞助费无法落实，演出服无人跟进，灯光师、摄影师没有着落，节目编排一团乱。质疑的声音也冒出来：现在最主要的任务是学习，搞这些没用的东西，脑子有问题。甚至有流言说，晚会是我的一场秀，搭上大家的时间来成全我自己。

面对越来越多的流言蜚语，我决定召开学生干部会，告诉他们我想办这台晚会的初衷，就是想让大家知道自考生不比别人差，希望通过晚会帮大家找回自信，参加晚会纯属自愿行为，对此有质疑可以退出。如果想继续办下去，就竭尽全力，分配下去的任务两天内完成，若完不成视为退出。这不是我一个人的秀场，是大家的舞台。

会议结束后，我主动跟学生会主席沟通，打开天窗说亮话，告诉她如果对我个人有任何意见，晚会后再解决，现在舞台是大家的，必须齐心把晚会办好。

我和她谈完，就带着学生会干部去解决紧要的大事：谈妥礼服赞助，安排节目彩排，找好灯光师、摄影师……忙得不可开交，我想让那些人看到我是如何全力以赴的。拿下五千元赞助费那一晚，我用实际行动证明了自己的能力，我和一起去的学生会干部在街头兴奋地跳起来，笑着、尖叫着。

那些冷眼旁观的人或许无法理解为什么我总是站在队伍前面，不但要承受巨大的压力，还要被人指指点点。确实，大把的时间留下来学习不好吗？安安静静地只管自己不好吗？

但选择安逸，就意味着放弃成长。在做事过程中，不轻易被困难打败、能够承受住各种压力、勇于担责的美好品质，需要在历练中才可以获得，而不是靠头脑想、嘴巴说。去谈判、拉赞助，把难题一一解决，这些经历会变成人生宝贵的财富。

最后一次彩排，我特意邀请外校一位诙谐幽默、可以调动气氛的朋友作为嘉宾主持，来中和我们几位主持人沉闷的风格。

正在彩排时，系主任冲上舞台，指着我的鼻子嚷起来：“你彻底不把我放眼里是吧，明天搞砸了看你怎么收场!”

没等我反应过来，她已经气呼呼地甩头走了。学生会主席和她的女跟班等几个人也跟着系主任离开了现场。很多人远远地看着我，不敢靠近，我脑子有些懵，不知道为什么被骂。难道是因为我请了外援主持人吗？明明之前跟她申请过，她只说让我看着办，难道我理解错了吗？

时间紧迫，彩排节目要紧，顾不上思考太多，我拿起手上的话筒，说：“继续彩排!”晚会只能成功，不许失败。

彩排结束后，我一个人在礼堂待了很久。明天，这里就会变成我的战场。

晚会当天，我带主持人化妆、换礼服时才发现，自己120斤的体重，穿上礼服有些臃肿。外表给不了我自信，幸亏我内心已经强大起来，可以承受住所有的压力。

候台时，有些紧张，背过的主持稿全都忘记，脑子瞬间一片空白。从小到大，我被很多人嘲讽，这一次会不会傻站在台上，被全系人嘲笑？

学生会主席看出我的紧张，得意地等着看笑话，露出挑衅的表情，我浑身哆嗦起来，紧张得连呼吸都变得困难。

这时候，我的好朋友们来到后台，给我拥抱，并鼓励我说：“谁给你脸色，你就狠狠地还回去，千万不要示弱。”道理谁都懂，可台下有五六百人，院系领导也全都在场，我止不住地紧张。

幕布一点点拉开，我硬着头皮和其他几位主持人往台前走去，舞台下爆发出雷鸣般的掌声，我不敢看台下的观众，脑子依然一片空白，主持词忘到九霄云外，心脏快要蹦出来了。

灯光师将一盏灯打在我们身上，就像小时候走在黑夜里，那一束从山头爬出来的阳光一样，那是驱走黑暗的光，神奇地把担忧、害怕、紧张、恐惧通通赶走，我看不到台下的观众，那一刻，没有别人，只有我自己，主持词清晰地回到脑海。我找回自信，临场发挥自如，台下顿时响起阵阵掌声。

开场结束后，我不再紧张，冷静地安排着各个环节，一个又一个精彩的节目顺利出场，现场不断地响起阵阵欢呼声、口哨声，一切都超乎预料。压轴的模特走秀和韩语歌将气氛推到高潮，同学们尖叫着、呼喊着。最后，所有的演职人员上台致谢，礼花爆开，洒在整个舞台上。我抬头看着洋洋洒洒的礼花，那一刻，我的世界仿佛按下暂停键，激动的泪花从眼角滑落，我告诉自己：我成功了！

幕布缓缓拉上，台上所有的人尖叫、拥抱，有人冲过来把我抱起，系主任对我露出微笑，夸奖说晚会很完美！这句话，让所有的委屈、所有的压力烟消云散。

朋友们跑上台与我紧紧相拥，天啊，看我收获了什么！如果没有挑战，如果不愿意扛下这责任，又怎能收获这无比的喜悦呢？

晚会后，我和系主任的矛盾不解自开，她无非就是怕晚会搞砸了丢她的面子，将压力全压到我身上。我和学生会主席仍形同陌路。

我拿出一天时间来复盘，分析是什么使自己产生巨大的精神压力？为什么没有在晚会前将这部分压力释放？为什么与其他人的隔阂没有消除？在背后诋毁我的人到底要的是什么？我的沟通哪里出了问题？

在复杂的人际关系中，我摸索出一种沟通方式：主动出击，破釜沉舟。在重重的质疑声中，我坚持自己的想法，并努力将其实现。那个曾经生活在大山深处，生活在城市边缘的自己，逐渐战胜自卑，不断自我超越，与残酷的现实抗争。曾经围困住灵魂的藤蔓，渐渐在身体里开出了绚烂的花朵。

2
生命里美好的相遇

寒假来临，爸妈已从新疆返回老家，我也坐上回四川的列车。

火车一如既往的拥挤，我很幸运，买上了一张硬座票。到达西安时，下去一批乘客，又上来一批，一个看似跟我同龄的小伙子坐到我对面，他眼睛清澈、五官立体，主动同我打招呼，我怦然心动。

他让我叫他强哥，和我聊起天来。好巧，他也是大学生，父母也在新疆打工，在很小的时候也被父母留在四川老家。我并没有过多地谈及自己，只是很奇怪为何在他身上看不到留守所造成的任何阴影。

我喜欢自信、热情、阳光、幽默的人，我的好朋友小柳、小静，初中、高中暗恋的男生，大学交往的朋友，他们身上都有这样的共同点，给我无尽的能量。我生命里似乎急需这些能量，将内心阴暗又潮湿的地方烘干。强哥身上由内而外散发出来的积极阳光，让我刮目相看。

在他面前，我分外活跃，卷着舌头用日语、韩语逗他开心，他也被我的俏皮吸引了，饶有兴趣地学着我的腔调。我期待与他眼睛对视，真对上了却又会羞涩地躲闪开。

很快就到了广元站，在互留联系方式后，我下车了。

寒假期间，我每天会收到强哥的问候短信。

由于自卑，我从来不敢向他人表达爱慕。父母定的家规总浮现在脑海，爸爸总是要求我必须在天黑前回家；妈妈挂在嘴边的话永远是，女孩子要洁身自好。他们常常把女生跟男生在一起嘻嘻哈哈的行为叫作“莫名堂”（没有修养）。我视“莫名堂”如洪水猛兽，不知道该如何和异性正确地建立关系，不知道该如何交男朋友。

上大学以后，我依然回避跟父母提及此类话题，他们对男女恋爱的偏激观念影响着我，让我在强哥一条条问候短信前，不停地躲闪、后退。无法想象，和强哥刚刚认识不久便如此暧昧，在父母眼中我该是多么浅薄、不矜持。所以，我压抑心动的感觉，逃避这份懵懂的感情。

我越逃避，越无法停止想念强哥，我开始正儿八经地跟他分享生活里的点点滴滴。我们聊得很开心，我却从未提及灰暗的童年，我讨厌身上所贴的留守儿童、城市外来者、农民工子女、乡巴佬等标签，我把黑色的情绪用一个箱子装了起来，甚至都不愿意说四川话，害怕自卑又把我吞噬掉。

强哥依然坦诚如初，我体内隐藏的自卑的另一个自我，随时都在张望，跃跃欲试想从躯壳里爬出来。

寒假结束，我特意拐去成都。他请我吃饭，带我去各个景区闲逛，但我依然不敢往前多迈一步，同他保持着一定的距离。

回到大连后，我们之间模棱两可的关系靠电话保持着。

几个月后，家人打来电话，说爷爷时日不多了。想起春节时回去看爷爷，他的身体每况愈下，大部分时间躺在床上，只有几根毛笔和几本书作伴。

远在新疆的爸爸提议，让妈妈代替全家回去尽孝送终。

妈妈说她到了老家，爷爷拼尽全力坐起来，看到妈妈身后再无其他人时，一头仰过去倒在床上，绝望地闭上了眼睛。我虽未亲眼所见，但仍能想象得到，一时内心五味杂陈。我责怪爸爸把金钱看得太重，他不回去，也没有让我回去，还不是心疼路费。

这是怎么了？为什么走出大山，就真的把大山丢在身后，把大山里的亲人丢在身后？我又何尝不是躲避着那座大山呢？外面的世界流行起了“杀马特”，我也曾跟风，顶着“杀马特”发型回家，爷爷看到爆炸头后，很生气地说看到我就像看到狮子一样。我不以为意，都不愿意跟爷爷奶奶用四川话交流。幼稚的言行，把儿时同爷爷奶奶建立起来的亲密关系，硬生生地切断了。

妈妈再次打来电话，说爷爷走了。听到这个消息，那些深藏的回忆如潮水

般涌来：和爷爷长途跋涉去姑姑家，他一路教我人生道理；深夜跟他一起去山上找水；他在圆饭桌前讲故事……往事历历在目，泪水像泄洪一般把愧疚、痛苦、思念全部带出来，多希望有个人可以倾诉。

我用颤抖的双手给强哥发了条短信，告诉他爷爷去世的消息。他立即打来电话，不停地安抚我。我曾无数次坠入痛苦的深渊，身后从无一人，而此刻强哥稳稳地接住了我，给了我久违的安全感。

那段时间，爷爷常常来到梦里，凶神恶煞地骂我、吓唬我。不知道爷爷在另一个世界，是否可以读到我的心思，他是不是生气了，不然为何每次在梦里，他的愤怒都那么真实。他是不是气我没有回去看他最后一眼？气我外出后就忘记了大山里的亲情？

我慢慢地跟强哥敞开心扉，诉说我的梦，选择性地分享过去那些从未对别人说过的、不美好的经历。强哥没有因此看不起我、笑话我，他总能捕捉到我敏感的情绪，还分享他更窘迫的故事："5·12"大地震那天，他在宿舍里睡午觉，被地震摇醒后，没来得及穿衣服，光着身子就跑出去了。这个笑话并不好笑，这场灾难让太多人失去亲人，我庆幸他安然无恙。

强哥的阳光，把我从深渊里一点点救出来，给了我自由翱翔的勇气，我渐渐丢掉过去沉重的包袱，再次飞向天空。抛开杂念，我做了他的女朋友，即使两个人远隔千里，依然能体会到浓烈的幸福感。

那段时间，我兼职给孩子补课；在纪念品店做讲解，锻炼口才；积极参加网上各类营销方案比赛，了解消费者心理学；还给中东一些贸易商做翻译；参加各种品酒会，熟悉酒庄运营方式……在此过程中，我提升了能力，还获得了赚钱的本领，变得越发自信。

我从大三开始为毕业做准备，去企业参加面试，不断地实践、学习，融入学校外的圈子，向社会上的精英请教，学习他们的言行举止，以优秀的人为榜样，决心未来也成为有能力影响别人的人。

强哥在电话那头，他的鼓励、他的支持融入我的生活里、生命里。

大学四年，身边很多同学陆陆续续辍学，走向社会。我也迷茫过，但还是咬牙坚持到拿毕业证。考试结束后，有的同学考研，有的选择出国深造，大部分人选择工作。我很想继续读书，也想过出国，进一步提升外语能力。跟爸爸商量未来的规划后，他建议我早点工作，在社会上摸爬滚打几年，比一味在学校学知识更重要。

慎重考虑后，我采纳爸爸的建议——找工作。

要在哪个城市落脚呢？为了我们的爱情，强哥多次来过大连，尝试在这个城市留下来，却没能如愿。我要去强哥所在的成都工作吗？

但一想到成都到处都是麻将馆，老老少少都在打麻将，我就头皮发麻。因为妈妈曾沉迷于麻将，我一听到麻将声，就会想起那些痛苦的回忆；还有成都的口音，时刻能让我想起大山里的日子。我想逃离过去，逃离大山，最终决定不去成都。

在电话里我把这个决定告诉了强哥，他听到后突然没有了声响，我却不知该如何解释。从那时起，我们之间的感情已经出现裂缝，却没能及时补救。

即将踏入社会，即将开启新的赛道，将在什么样的环境下生活？应聘什么样的工作？我的心思全在自谋出路上。四年来，我从不敢松懈，现在正是检验我的努力的时刻。未来的一切有很多不确定，不能麻痹大意。

大连是一个高消费、低收入的城市，本科毕业生工资为 1000 ~ 5000 元。自考生呢？出路在哪里？我在网上做职业测评并进行分析，把分析结果讲给强哥听。

强哥彻底成了“倾听者”，只是在电话那头安静地听，几乎不讲话。滔滔不绝的我，压根没有意识到，我的未来计划里没有他。我一心只顾规划未来，忘了停下脚步问问他。

3
得到工作，失去爱情

阳春三月，大连召开春季大型企业招聘会，我穿着西装，带着精心准备的简历，向人山人海的招聘会奔去。

第一次参加如此大规模的招聘会，被现场惊呆了：人头攒动，清一色的黑色或深色职业装，每个人眼里都饱含希望，在一个个公司的展台前热情地展示自己，期待招聘者递来橄榄枝。

整齐的西装，不一会儿便被人群挤得凌乱不堪。有人隔着好远，从人海中向招聘者递去简历，还未来得及攀谈，就被人潮挤走，应聘者还朝展台处微笑点头，而招聘者的眼神早已经移开。

我艰难地在几家公司展台前递去简历，却被人潮挤出来。在嘈杂的招聘会中，根本没有机会和招聘者交流，哪有可能应聘上呢？我垂头丧气地穿过星海广场，来到海边，春天的海风带着浓浓的鱼腥味。不努力的人，和一条咸鱼有什么区别？我不想做咸鱼，可出路在哪里呢？

第二天，新闻报道中说这场招聘会参加人数达到六十万。从小到大，辛苦读书十几年，等来的是文凭贬值，求职竞争的激烈程度比高考还要可怕。接下来的一周、两周、三周……没有接到一个面试电话，投的简历全部石沉大海。

我开始反思，是简历定位不明确？英语专业需求少？做对外贸易的工作需要外贸证，当培训班老师需要教师资格证……我想走的道路似乎都被堵住了。

距离毕业还有三个月，我整日泡在网吧，在网上搜索招聘信息、投简历。幸运的是，遇到一位相谈甚欢的阿姨，在她的推荐下，我获得一家小有名气的外企的面试资格。

阿姨明确表示，能不能通过面试全靠自己。为了不辜负这位阿姨，我开始认真地准备面试，详细了解这家外企，认真练习口语。

面试那天，我早早地到了公司。一进入大楼，便领略到大企业的魅力，每个人看上去都很优雅、专注，能在这样的企业工作该多好。

面试者进进出出，我紧张地等待着，默默给自己打气：一定能成功，加油！

轮到我了。进入办公室，我主动跟面试经理握手打招呼，表现得从容、淡定。经理直言不讳地问："今天面试不少人，很多大学生说话都非常紧张，你是如何做到这样沉着冷静的？"

"很淡定吗？其实我也紧张，只是没被你发现而已。"一句话逗笑了他。

经理当场表示很满意。英文面试后，他直接介绍起工作内容，并准备留下我。半个多小时的面试结束后，我信心满满地走出大楼。

前几天一切都还混沌不清，此刻希望的曙光出现了。我要把好消息第一时间告诉强哥。

拨通强哥电话后，从他祝贺的话语中我感觉到一丝落寞。我小心地安慰强哥："我先在大连工作着，我们的事再慢慢考虑，好吗？"电话那头没有回应。

我们两个人就像要各自远航的船，驶向不同的方向。

一天，我在出租屋里照旧拨通了强哥的电话，电话里却传来他跟另一个女生嘻嘻哈哈的声音。

强哥手机应该放在口袋里，不小心碰到了接听键。嬉闹声点燃了我内心的怒火，直觉告诉我，他已经放弃了我们之间的关系，开始了新恋情，只是一直瞒着我。

想起曾经许下的诺言，想起曾经的点点滴滴，此刻他的背叛令我难以接受。我像被点燃的炸弹，愤怒地将小灵通砸向茶几。"啪——"的一声巨响，厚厚的玻璃桌面一下子被砸裂了。室友惊叫着从屋里跑出来，问我发生了什么事，我失控得说不出话来，大脑一片空白。

我像疯了一样冲出房间，跑出院子，跑到马路上。脚下的拖鞋跑丢了，我光着脚穿梭在马路中间，来往的车辆疯狂地按着喇叭，我无法站稳，脚下的地面好像要坍塌了，身体快要被撕碎。

那一夜，我们在电话里分手了，他没有解释什么。

从小到大，我都是一叶孤舟，强哥的出现让我不再孤单，慢慢融化了我内心的坚冰，让我不用伪装，做最真实的自己。我曾以为，他是这个世界上唯一一个让我觉得自己值得存在的人，他曾给予我最温柔的爱。现在，他偷偷地把全部的爱都收了回去。

我在海边坐了一夜，第二天朋友把我接回去，一路上骂我小题大做，不值得为一个男人糟蹋自己。只有我自己知道，这绝对不单单是失恋，从小到大缺失的亲情、友情、爱情，被强哥一个人填补，当他转身离开时，走的不仅仅是一个人而已。

接下来的几个月里，我都处于低落状态。时间是最好的疗愈师，慢慢地，我开始自省，学着从泥泽中走出来。我尝试去正视自己的性格缺陷，尝试正视自己身上的弱点，我开始充分地理解自己，如果没有一个恒定的自我，那永远不可能真正地活在世界上，被爱的前提是自爱，我需要潜心修炼自我，做一个真正强大的人。

后来，我听说强哥娶了电话里那个会笑的女孩，我们彻底断了联系。时隔多年，我仍要感谢他，感谢他带给我刻骨铭心的成长，感谢他教会我爱与被爱。

4
走向社会

失恋，让我蜕变成另一番模样，帮助我更了解自己，快速成长。自考生大都是毕业即失业，而我是个例外。

因为实习期间的出色表现，我留在了大公司。跟我一起实习的两位同事，都毕业于名牌高校，但我不因低学历而自卑，工作上比他们更卖力。后来得知，老板对这个职位有三个条件：不要女的、不要非管理专业的、不要应届毕业生。这三条我占全了，却意外地被留下来了。

我踏进梦寐以求的外企，没有成为洗脚妹、出租车妹子……这些形象曾在脑海里盘旋，我以为自己会成为她们中的一个，感谢家人给我三年高中、四年自考的成长机会。努力，是改变命运的不二法则。

试用期结束，我以为能顺利办理转正手续，开始过着朝九晚五的生活，再遇到合适的人，结婚成家……

可命运从来不是提前写好的剧本。三个月的实习期满，公司核心项目丢了标，迫于人员成本压力，老板召集新人开会，表示无法签订正式录用合同。

他认可我们几位新人的能力，便帮忙指了一条路：他朋友在北京的公司正在招人，急需顾问，如果愿意可自愿前往。我当即决定，第二天去北京。

匆匆回到住处，两小时内打包好随身行李。在大连生活四年积攒的东西无法全部带走，一部分暂时放在出租屋内。然后召集要好的朋友，来一场分别大餐。

我们在露天烧烤店喝酒、聊天，一直到凌晨两三点。毕业前，大家都会预测未来的去向，谁会留在大连、谁会离开、谁会回老家，朋友们都笃定地认为我会留下来。然而，剧情反转，我成为第一个离开大连的人。突如其来的告别，似乎在给我们上毕业季的最后一课：很多事情，不是等你准备好了，才会发生。

不论是爱情还是友情，在大连四年的时间里，我成长了许多。站在人生的岔路口，来不及深思熟虑，就被推着向前走，在工作面前，我没有矫情的资本。

酒气未消，我拖着笨重的行李，去赶最早的航班。初升的朝阳，给胶东半岛连绵不绝的山镶上金边，阳光洒满海面，照进机舱。飞机冲向高空，我俯瞰身下这座还没完全醒来的城市，默默地向它告别：大连，再见。

曾经在大山里搭乘拉猪车的乡巴佬，坐了四年硬座火车的自考生，今天坐上飞机，展翅飞翔，追逐更高的理想。

十三、自我觉醒和救赎

我努力去感受心里那叫作信念的东西，我能感觉到它依然坚实而有力。它偶尔会被现实打倒，但我能让它不断再生。

原来，意志的磨炼、意识觉醒比教育本身的意义更大。

1
四处漂泊

九十分钟后，飞机降落在北京南苑机场。

一度被我排斥的北京，却成了毕业后第一个给我提供工作机会、收留我的城市。

公司安排我在一家二百元一晚的小旅馆住下，进行为期半个月的培训。随后，几十名顾问被分配至全国各地的省公司，为一家大型国企项目服务。和我一起从大连来的两位同事，一位被分配到西安，另一位因为恋家返回大连，我被派去哈尔滨，担任黑龙江实施团队的组长。第一次带领团队，仿佛被赶上战场，面对前所未有的压力与挑战。

秋高气爽，动车以每小时250千米的速度穿过一望无际的东北平原，向哈尔滨驶去。窗外的树木一闪而过，动车比当年坐的硬座火车要快很多，干净整洁的车厢内不再拥挤，每个人都有座位。坐过无数趟火车，而此刻似乎感觉到自己的努力有了回报。四年的学习还不足以让我自信满满，但我拥有大山人的淳朴善良和爷爷教给我的责任与担当，这样一想，我从容很多。

九月的哈尔滨，已经有了深秋的寒意，俄式建筑坐落在街道上，独具特色。我无暇欣赏城市的街景，马不停蹄地开始看房、租房、买东西安顿下来，项目实施周期预计长达五六个月，我特意买了一盆四叶草，期许在这段漂泊的日子里有好运陪伴我。

第二天我穿上职业装，早早地抵达省公司，召集信息部门、财务部门及其他相关部门，召开启动大会。那是一间偌大的会议室，有好几十个座位，会议开始前，我有些许紧张。我打开提前备好的PPT，但关键时刻找不到PPT播放按钮。领导们已纷纷就座，我在慌乱中不断寻找、尝试，终于找到办法播放了，后背已全是汗水。我紧张地搓搓双手，开始做详尽的自我介绍、团队介绍，讲解项目实施内容、实施周期、实施范围，以及如何协同合作等。自认为开场很完美，可话音未落，接二连三的问题开始狂轰滥炸：

“在建项目如何处理?”

“财务类别如何划分?”

这些问题在培训中没有涉及，我有点心虚，只好坦诚地告诉客户需要咨询总部，后续给大家答复。

面对一双双质疑的眼睛，我只能点头微笑，还好大家没再为难，只是旁敲侧击地提出一些要求，比如加强业务能力，我深知其意，不断点头记录。为了管理好团队，我白天上班，晚上偷偷地学起了沟通技巧、谈判技巧、项目管理知识、人员管理知识、专业知识、计算机基本知识……我深知欠缺的东西还有很多。

项目慢慢步入正轨，哈尔滨的冬天也来了。上班路上，出门几分钟，浑身就会被冻透，睫毛表层迅速结上一层白霜；出租房窗户密封性不好，半夜常被冻醒，只能把被子挂在窗帘杆上，以此抵挡窗外的寒风……

熬过漫长的寒冬，第二年四月初，项目终于成功上线，我松了一口气。本以为能很快回北京，没想到漫长的运维时间，让我回北京变得遥遥无期。思量再三，我向公司提出回京申请。老板有些不满，但通过了我的申请。

丢掉全部带不走的生活用品，包括那一盆四叶草，孤身再次回到北京。

老板得知我在项目上表现出色，有意培养我做销售工作。但尝试两三周后，销售的一些潜规则，我难以应付，只好厚着脸皮向老板申请去项目上，此时老板的不满情绪写在脸上，但还是勉强通过了我的申请。

我被派到河北石家庄，再次租房、买生活用品、买四叶草。项目组同事们友善热情。在这里，我开始真正学习核心模块知识。我热情高涨，但高兴没多久，意外再次来临。

三个月后，我跟公司签署的一年合同即将到期，续签合同中有一项条款

"续签五年长期合同，中间不得离开公司，如擅自离职将面临十万元赔偿款"。我只是毕业一年、涉世不深、毫无背景的新人，我期待与公司共同发展，但谁也不敢保证未来五年的去处。我希望公司取消这项不平等条款，并打电话给HR。几天后，仍未收到回复。

临近周末，HR 突然催我周末回京。我匆匆从石家庄辗转回到北京。周末公司无人上班，HR 在办公室等着我，我微笑地跟他打招呼，可刚一落座，"咣"的一声，他重重地关上办公室的门，直接拍起桌子，指着我鼻子怒吼道："你到底签不签合同？费这么大劲儿想干什么？"

我收起嘴角的微笑，不知哪来的勇气，指着他的鼻子，以同样的分贝喊道："你客气点儿，我回来是跟你好好商量的，你不尊重人，那我就明确告诉你：不签！"

他如果继续骂，我绝对不会服软，只会抗争到底。他见我怒气冲天，没再骂，拿起手机摔门而去，丢下一句话："我去跟老板报告。"

我的脸涨得通红，除非他主动道歉，否则我绝不低头，想到有可能丢掉饭碗，我倒吸一口凉气。还没想好退路，HR 又进来了，平静地说："办理离职手续吧。"

我愣在原地，不知所措，看来老板早已对我有所不满。说出去的话，覆水难收，我只好颤颤巍巍地在那张离职申请上写上自己的名字，内心却有千万个问号向我袭来……

"下一份工作怎么办？"

"北京没有一个收留我的地方怎么办？"

"我要回大连吗？"

"我要认输回新疆吗？"

……

从办公室出来，我蹲在路边，看着车水马龙的街道，不知何去何从，无助感、迷茫感再次袭来。算了，如此不讲理的公司，没什么可留恋的，我收起所有的顾虑和担心，起身前往火车站，赶回石家庄。

辗转抵达石家庄，打车赶回住处，天已经黑了，外面下起小雨，这时手机震动了，是项目经理打来的，他简单问候后，直接说老板打了招呼，让我今天必须从公司宿舍搬出去……

我内心已经没有情绪波动，今天发生的一切已经很糟糕了，再多来几件糟糕的事，又何妨？我差点嗤笑出声，这和当年被野鸡大学的校长赶出校门如出一辙。这些龌龊的人，嘴脸简直一模一样，他们何德何能，来领导一个学校、一个公司？

我没有把气撒在项目经理头上，冷静地说："我马上回去打包收拾。"

项目经理赶紧说："我已经向老板汇报，说你已经搬出去了，HR 如果打电话别穿帮了，外面下着雨，你能去哪里啊？"

他的善意令我感激不尽。回到住处，外面的雨越下越大，电闪雷鸣，看着地上一包包朋友不久前从大连寄来的大大小小的行李，悲从心起。小时候的雨季，我曾在上学路上无数次跌倒、爬起，但我不都挺过来了吗？让暴风雨来得更猛烈些吧！摧不毁我的，终将成为我的力量与勇气，有何可惧？

项目组同事得知我的事，纷纷帮忙介绍其他咨询公司，一位女同事还收留我暂时住下。岂料，原公司老板将我纳入顾问黑名单，彻底断掉了我的后路，没有一家公司愿意聘用我。

我深知老板怒火来源于何处。有一次，他前去哈尔滨出差时，曾约我去他入住的酒店谈项目，我婉拒了。对于他的品行，我早有耳闻，深知他另有其意。这次，面对公司的不平等条款，我再次拒绝妥协。他想用下三烂手段逼迫我就范，但我的硬骨头，可不是一天磨出来的。

再次丢掉生活用品、四叶草，拖着更多的行李回到北京，在一个朋友家短暂借住。

天无绝人之路，三周后，我成功获得一份顾问工作，公司规模比原公司大很多，待遇翻倍。而困难和挫折成了成长的助力。

2
生活中处处是惊喜和惊吓

经过两年的成长，带领团队对我而言已经不再是难题。我在各个城市奔波，每次辗转到一个新城市，就要丢掉一批东西，行李箱里的东西是我全部家当，长期的漂泊让我没有归属感。我一直期待养一盆四叶草，不再丢弃，而漂泊始终没有尽头。我开始为过上稳定的生活做准备，无论项目多忙碌，都坚持学习英语、练习口语。

身边的同事，有的在北京、有的在上海、有的在山东，到了周末，他们都能赶回家。我的家远在新疆，一到周末，莫名想念起妈妈的唠叨、爸爸的训斥，从前希望从家里逃离，而现在，家变成遥不可及的港湾。

我想给家人一个惊喜，于是在爸爸生日当天，买了一张机票飞回家。

我从车上蹦下去，大声地冲着站在院子里毫无准备的爸爸喊道："我来送礼物啊！怎么样？开不开心？"

他诧异之余，笑得合不拢嘴。这对他而言简直是疯了，他一生也不会突发奇想用一张机票来当一个惊喜。我似乎在用行动告诉爸爸，这一生有许多比金钱更美好的事。

而我也深刻意识到，自己渴望的幸福可以自我创造。我与家人是命运共同体，我根本无法独自逃脱，远走高飞，我要无私地、不求回报地去爱家人。

从家里获得满满的能量后，我又开始四处漂泊。一直想要走出当前的状态，却迟迟没有勇气迈出第一步，直到发生了酒店事件，我才决定彻底改变漂泊的生活。

某次辗转到一座城市，跟大堂经理谈长期住宿价格后，我们认识了。

得知我单身，他主动邀请我吃饭，他对我有意，我心知肚明。我也想尝试去了解他。在吃饭的过程中，他一直在挑餐厅毛病。从那以后，我便与他保持适当的距离。我们不是一路人。

一个月后，迎来小长假，同事们都回家了，我却在酒店意外地发起烧，行李箱中没有应急药、体温计。我硬挺到下午，烧得更厉害了，连下床的力气都没有，我拿起床头的电话，拨通前台电话，想请人帮忙送点退烧药。

刚好是大堂经理接的电话，他听出了我的声音，立刻献殷勤，要亲自送上来。我正要拒绝，他已经挂了电话。十来分钟后，他送来药，还带来一杯冰糖雪梨水。我只身在外漂泊，从未有人如此关照我，心里充满感激。

他待在房间，没有离开的意思，竟然突然表白起来，我回绝道："我需要休息，现在很不舒服。"

他不予理会，径直走过来，重重地压在我身上，还试图解开我的衣服。

我努力用手挡着他，喊道："住手。"

他并没有停止的意思，压低声音说："别喊啊，你吓到我了。"

我害怕极了，奋力抵抗，想起吃饭时他说自己混到这个位置多么不易，想起他是慌慌张张进入房间的，一定顾忌着自己的职位。于是，我厉声对他说："如果你今天对我怎么样，你一定会丢掉工作的，赶紧出去。"

他一下子愣住了，试图说服我："别这样啊，我是真心的。"

他有所忌惮，但手依然没有停止乱摸，我扯着嗓子阻止着："现在从这里出去，大家都相安无事，否则，你真的会丢掉工作。"

他看我态度强硬，拎着裤子气急败坏地站到一边，我将他推出去。

我将门反锁上，躺回被窝，千万种情绪在我内心涌动，来不及多愁善感，我当即做出决定，向项目组申请回北京。

恰巧，北京项目组需要顾问，申请很快被批准了，不然要难堪地解释所遭遇的一切。

再次拖着行李回到北京，住在西二旗附近。我开始像大多数北漂那样，每天挤地铁上下班，但相比于四处漂泊，这点辛苦不算什么。我品尝着这些酸甜苦辣，相信命运自有其安排，相信不经历苦难，永远尝不到生活的甜。我仍旧积极地参与英语角等各类活动，提升语言能力，拓展交际圈。我脸上依然洋溢着真诚的微笑，交往了很多充满阳光、正能量的朋友。

我开始养一盆四叶草，再也不用抛弃它。

3
进入世界500强

人有善恶之分，有人是你路上的绊脚石，有人是你路上的垫脚石。在北京稳定工作一年后，一位朋友将我推荐到一家知名500强外企，那是我梦寐以求的公司，我从来没奢想过能跟世界500强企业有任何缘分。

做足充分的准备，通过几轮电话面试后，进入最后一轮面试环节。当走进高大的写字楼，一切如同做梦一般。我曾站在高山，看不到未来，为前途而感到迷茫；此时，我站在平地，仰望高楼，未来却越发清晰，真是不可思议。

老板是个德国中年人，看上去亲切和善。我流利地用英文做自我介绍，分享项目管理经验和技巧。

当他问及我为什么换工作时，我真诚地告诉他我需要一份稳定的工作。

他对我的坦诚表示赞许，随后问了些专业知识，我对答如流，他在面试现场介绍起我将要负责的工作。一个月后，我如愿加入这家公司，开始适应纯英文工作环境，适应外企的工作方式。外企提倡个性主义，文化十分多元，在这里我感受到自我被充分接纳。

在管理项目中，我游刃有余，老板也给了我足够的空间，让我自由发挥。我遵从的原则是：以客户为中心，以用户为导向。为此，我经常走访客户，根据实际需求设计方案。在彼此尊重、共同创造价值的工作环境中，我能够始终坚守踏实做事、不断创新的初心，我很快拥有了归属感。

我管理项目的模式效果立竿见影，我设计推进的项目很快成为同行业的标杆。老板在慕尼黑总部展示我的项目成果，并发来一封长长的祝贺信，表示这是公司最成功的项目之一。他的肯定，是我继续努力的动力。

工作、生活，一切都步入正轨，我也找到了归属，结束了漂泊的生活。

在十余年的工作中，我不断接触社会各个领域的朋友，那个自卑的、怯弱的，从大山走出来的小女孩，已成长为一名都市里的独立女性，而努力从未停止：读北京师范大学的心理学；上麻省理工学院的线上设计思维课；受邀去清华大学讲课；参加行业国际高峰论坛……我继续追逐更多曾经想都不敢想的梦。

如果13岁那年，幺爸没有发生意外，我会继续被父母留在老家，在大山里读书，然后步入社会，找一份普通工作，或者干脆在大山里当一名农民，20岁左右谈婚论嫁，跟山里其他孩子一样，从此过上一眼看到老的生活。

如果随爸爸前往新疆，我不能适应新环境，不能调节自己的情绪，我可能会离家出走，成为问题青年。

如果因为没有考上高中，接受了爸爸的安排，我会成为一名女出租车司机，或许一生就这样度过了。

如果在走后门上高中后，我的成绩不乐观，高考落榜，现在也可能在西部边陲小城里上着班，做一名餐厅服务员、洗脚妹、售货员……

作为第一代留守儿童，我承受着与父母的分离之痛，被接到父母身边时，又不得不在夹缝中生存。父母渴望下一代改头换面，却低付出、高期待，这让我承受了漫无止境的冷嘲热讽。父母之间愚钝的沟通方式——吵吵闹闹，让本身就拥挤凌乱的小屋充满负能量。我过早地体察人情，在生活中自我压抑和委曲求全。我无数次站在绝望的悬崖，找不到人生的航向，又一点点重拾信心，逐渐改变糟糕的生活，与命运抗争，创造自己生命的奇迹。我知道，稍微一放纵、任性、自弃、妥协，就会坠入深渊或陷在泥沼里。

现在我的眼里，世界不再是灰色的。在500强企业里，我与来自全国甚至是全世界的精英同进同出，学习他们身上优秀的品质，努力为公司创造价值；我走访不同的国度，感受五彩缤纷的世界，而原生家庭曾带给我的苦痛已内化成为宝贵的财富，让我学会自省和自救。

我彻底走出了大山……

再次回看大山，它有着更深远的意义。大山赋予我开阔心胸，给我自由探索的勇气和顽强的生命力；给我肯吃苦、不怕累，在挫折面前迎难而上，从不畏惧的坚定信念……

我从大山走来，我的根深扎于大山，而我的枝叶在大山外的城市里繁茂生长。

4
找到自我价值

郑琼导演的纪录片《出路》，讲述了三个阶层孩子的三种人生。大山里的马百娟想读书，却只能跟二、三年级的孩子混龄上学，去县城上学又无法跟上进度，她很茫然，不知出路在何处；小镇青年徐佳，在三次高考失利后，还是选择高考，因为这是他唯一的出路；生于北京胡同的袁晗寒十分厌学，辍学之后，家人为她注资在胡同里开了一个小酒吧……

同样是寻找出路的人，因出身不同、社会阶层不同，结局完全不同。马百娟七年后，嫁给了一起长大的表哥，在县城安了家，从村里走到县城，这是她能抵达的世界。

徐佳多次高考后，终于考上大学，随后的人生跟大部分人一样，工作、结婚、还房贷，这也是他能力范围内所达到的最好状态。

袁晗寒在家人的支持下，去德国学习艺术，回国后开了一家艺术公司，温饱对她来说从来不是问题。

这部纪录片，很现实地记录了各个阶层人的人生现状。每个人都有自己的天花板，很难打破。草根翻身、小镇青年逆袭之所以会成为津津乐道的故事，大抵就是因为这些都是例外，大多数人没有机会打破自己的天花板，改变命运。

而我希望用我真实的成长经历，让大家看到打破天花板的可能性。我并不想强调大山外的世界多么美好，我希望大家能看到大山外面的世界，并不是遥不可及的，只要坚持不放弃，就有改变命运的机会。

人生好比爬山，如今我不再为生计发愁，但我不想不顾一切地爬向山顶，我想先停下来，看看那些看不到希望、深陷谷底的人们：曾经在火车站帮忙搬箱子的陌生好心人、拉我上车的大哥、给我提供招聘信息的阿姨……这些善良的陌生人就像黑夜里的光，照亮我前进的路。

2016 年 4 月，我搭乘飞机前往成都，又从成都辗转到南充，开车向大山驶去。夕阳映衬着连绵不绝的山川，望不到尽头。爸爸开着汽车顺着蜿蜒的公路前行，这是我曾经走出大山的那条路。望着外面的秀丽风景，它与我当年离开时一模一样，但我已变了模样。

回到学校，向老师表明来意后，他们召集了许多留守儿童，将我团团围住：

“小朋友们，大家好，我是你们的校友，我也在这个学校读过书，你们可以叫我姐姐，也可以叫我阿姨。我曾经跟你们一样，也是一名留守儿童，跟你们一样，我也很想念我的爸爸妈妈，也很无助。很多时候，困难就像大山一样挡在面前，无法推动。如果没有办法改变这一切，就必须好好学习，因为学习是唯一一条能走出大山的路。

“当然，走出大山并非是抛弃养育我们的母亲，走出大山是为了开拓视野、获得知识，实现自我成长，找到人生目标，让自己具备帮助他人的能力。

“很高兴能够重返母校，看到学校日新月异的变化，我非常开心。你们要珍惜现在的学习时光，为今后做打算。你们有没有想过，长大后自己会成为什么样的人？努力成为自己想成为的人！你们中间将来可能有科学家、数学家、教育家，也可能有旅行家。”

曾经在这个操场上，一位老爷爷在我小时候讲过类似的话，而我现在正成为正能量的传播者。

当时，我踩着脚下的石子，在地上画着圈圈，并没有认真地听，但这位老爷爷的声音中有一股力量，他和蔼地对大家说：

“你有没有为自己设立一个梦想？

“你有没有为你这个梦想去拼尽全力？

“你可能成为这个世界上伟大的人，或为思想家、科学家、发明家、教育家。

“你可能改变这个世界，没错就是你。

“你可以走出大山，你可以去任何你想要去的地方，你可以成为你想要成为的人，只要怀有梦想，就能成功，你应该为了你的理想而拼搏，做一个追梦的人……”

如今，我把这番话送给眼前这些孩子，他们脸上挂着高原红，有的羞涩，有的若有所思，我与他们对视，用目光给他们力量。

大山，这里曾经是我的整个世界，我不知道大山外面的另一个世界有大海、有戈壁、有火车、有城市，我希望我能像那位老爷爷一样点亮孩子的理想和希望，成为爱和希望的传播者。

当年最大的敌人是贫困，而现在最大的敌人是缺少爱与关怀。

我在大山里走访了几天，确认了一批留守儿童和贫困儿童资助名单。回去后，组织了一批志愿者和资助者，如今团队不断扩大，一年后，贵州某贫困县的同心结项目也相继成立。同心结项目资助的孩子越来越多……

两年后，同心结项目受到公司的重视，我接到总公司慈善项目部邀请，飞到慕尼黑，与来自世界各地的爱心人士齐聚一堂，学习各个国家慈善项目的先进管理经验。大厅里展览着十三个获奖的世界各地的慈善项目，同心结项目是其中一个。我的名字和照片在硕大的展板上闪闪发光，我的名字，此刻有了更多的意义。

站在慕尼黑的讲台上，我把同心结项目资助留守儿童的经验，分享给晚宴的嘉宾，台下响起雷鸣般的掌声，热烈而有力量。当我接过奖杯，站在荣誉的殿堂上时，我看到了自己的未来——回到原点，和大山的孩子一起创造自己的人生。

这些孩子就像一棵棵小树苗，虽然生长在贫瘠的沙漠，仍能凭借自身的精神力深深扎根地下，吸收营养，欣欣向荣。千疮百孔奈若何，心怀金刚志不馁。我要向这些坚强的孩子致敬，他们的精神无时无刻不打动着我。

从那以后，我定期回到大山，将自己变成一束光，为大山里的孩子点亮前行的路。

我看到了无数个仰望星空的少年，他们的眼睛亮晶晶，饱含着对未来的憧憬。我要做的，就是用心守护每一个稚嫩的梦想。这些年的坚持，让很多孩子实现了蜕变，就如我当年的蜕变一样，成为更阳光、更自信的自己。

十四、补录部分

一位孩子的一封来信

写给可爱的你们：

翠叶摇摆，当给别人送一片绿；花朵盛开，当给别人捧一阵香。当你把爱放进了别人心里，关怀他们一些，帮助他们一些，你的生命之花便会在别人心中常开不败。

对于我来说，生活处处都是奇迹。小时候我父母在外打工，我是一名留守儿童，2018 年父亲患了一场大病，数月后父亲离开了我，去了一个没有病痛折磨、更加美丽的地方。父亲是家里的顶梁柱，他的离开，让本不富裕的家庭雪上加霜。

在我为生活而焦虑时，遇到了一群很可爱的人。你们的出现，让我更加坚定地前进，让我相信奇迹。

人生总有不期而遇的温暖和生生不息的希望，你们都是很优秀的人，就像大海里的灯塔，指引我前进的方向。在生活中，你们是暖心的大哥哥大姐姐，生活的喜怒哀乐，我都会与你们分享。感谢上帝让可爱的你们出现，让我们相识。

无论你遇见谁，他都是对的人。不要活在虚妄的过去，不要为曾经做太多假设，事情发生了，那就是唯一可能并且已无法挽回的，再去看、再去想没有任何意义。特别感谢其中一个大哥哥陪我走过那段黑暗的日子。既然对已经发生的事无法挽留，那就应该更好地展望未来。

村上春树说过："不负光阴就是最好的努力，而努力就是最好的自己。"你们陪我一起前行的日子，让我更加明白努力的意义，做好每一件事，都会有所回报。人生有许多有益的东西，会随着时间的流逝，自然而然地沉淀下来。

懂得投资自己、丰富自己，往往能够获得意想不到的收获。自己丰富了，价值就会有所体现。栽下梧桐树，引得凤凰来。有优秀的你们陪伴着我，我相信未来可期，人生值得。

你们让我改变了很多，遇见你们是我的幸运。对于我来说，你们带来的不仅仅是物质上帮助，更是精神上的激励。

矛盾既对立又统一，由此推动事物的运动、变化、发展。贫穷也是个矛盾体，一方面，贫穷让我感到可怕，一度让我跌入谷底；另一方面，贫穷锻炼了我的心智，让我以更加理智成熟的方式，去思考人生，能更好地面对风雨，迎接人生的挑战。幸运的是在这条布满荆棘的道路上，不只有我一个人，还有你们。我接受了你们的资助，在物质上，它减轻了家庭的经济负担，缓解了生活压力；在精神上，它给了我莫大鼓励，让我有了乐观生活的自信与勇气。无论是物质还是精神上的支撑，都将激励我迈向人生的新台阶。

漫漫人生长路，唯有激流勇进、不畏艰险、努力拼搏，方能中流击水，抵达光明的彼岸。在爱的阳光下，在你们这些可爱的人的陪伴下，未来是光明的，感谢有你们！你们就像一阵风，驱走了生活的阴霾。未来可期，人生值得，感谢相遇。宇宙山河浪漫，生活点滴温暖，都值得我为此前进。

小　郑

2020 年 3 月 25 日

写给留守儿童的家长

各位爸爸妈妈：

你们好，辛苦了。

我给很多人写过信，但第一次写给你们，不知道你们是否有缘看到这封信。此时此刻，你们或许背井离乡，在一个没有归属感的城市打拼，生活的重担压在你们身上，繁重的工作让你们感到疲惫。你们或许在别人家擦着玻璃，或许在某个工地上忙碌着，或许在照顾别人家的孩子，又或许正在烈日下送着外卖……

你们为生计奔波，背井离乡，你们是时代的英雄，为了家，为了更好的生活，你们付出了难以想象的努力，或许在你们的打拼下家里已经盖起小楼，或许已解决了温饱问题，这些都是你们用勤劳的汗水换来的。迫于生计，你们没能把孩子带在身边，但别忘了从繁忙的工作中抽出一点时间，回头看看留在家里的孩子，去关爱他们，在孩子眼里，他们更需要的也许是你们的爱。

孩子不会对你们提太多的要求，从来没有哪个孩子跟爸爸妈妈说：今年你们的目标是带十万元钱回家。他们问得最多的是：你们什么时候回家？比起你们引以为豪的新房子，他们可能更需要你们的一次探望，他们很想你们，也非常渴望得到你们的关爱。

如果孩子在小时候缺少爸爸妈妈的爱，那么他在长大后将不能识别爱，也无法恰当地表达爱，如果这方面的能力没有得到发展，那么他的生命将黯淡无光，所以你们的爱不可或缺。

写这封信最大的目的，是想和你们一起关注被留守的孩子，给他们一个有爱的童年。我关注留守儿童的心理健康，是因为我曾经就是一名留守儿童。但我知道，努力再多，也不及你们的一份爱，父母的爱才是他们快乐的源泉。

留守儿童自杀、心理出现问题的新闻，屡屡出现在我们的视野，希望这样的悲剧不再发生。

孩子不能决定自己的出生，是你们把他们带到这个世界，那么就请你们好好为他们负责。如果没有时间陪伴，那么别忘了关爱他们，不要迁怒于他们，不要在孩子缺少陪伴的情况下，毫无顾忌地谩骂他们；不要在没有建立亲密关系的时候，提过多的要求；学习不好的时候不要责怪他们，学着去理解他们，一起找原因，他们需要一句鼓励。

你们常常幻想孩子用优秀的成绩，回报你们的辛苦付出，可是在一个缺少关爱的状态下，孩子可能无法好好学习。

社会已经很残酷，父母不要再凶神恶煞了，好好地爱你们的孩子吧。如果孩子说什么都被骂、做什么都被打，渐渐地，他们会变得不爱说话，丧失沟通的能力。

让孩子多表达，家长多聆听，你们多做他们忠实的小听众吧。

如今，网络发达、交通便利，你们在为生计奔波时，也别忘了回头看看那个永远在向你们张望的孩子吧！一个电话、一次探望对他们来说多么弥足珍贵。请你们关注留守儿童，让儿童在快乐中成长。

写给千千万万的留守儿童

每个人都希望留住那些美好的回忆，删除不堪的回忆，我也一样。我从来没有想过要回忆童年，对我来说，那是灰色的、自卑的、无助的、不堪回首的……

我尽量不去触碰童年的创伤，尽可能地去逃避它、美化它。过去，我不敢正视自己来自大山，更不敢正视自己的过去，今天我要为过去的虚伪道歉。当我渐渐意识到我的一切都与过去的点点滴滴有着千丝万缕的联系，这些点点滴滴造就了现在的我后，我再也无法忽视、逃避、割舍那些不美好的记忆，我将它们一点点捡了回来。在回忆过程中，我看着那个被留守的自己——一个等待被爱的孩子，我会心生怜悯，会痛入骨髓，会泪如泉涌……

揭开过去的伤疤，需要莫大的勇气，但我仍然要用我的成长故事，去点亮千千万万留守儿童的希望之灯，让你们看到希望和曙光。

每个人都希望自己出身优渥，家庭圆满幸福，但谁也不能决定自己的出身，不能选择自己的父母和成长环境。如果你出生在偏远农村、长在大山、被父母留下甚至抛弃，在因被不公平对待而感到无助，以至于出现极端想法时，千万不能轻易放弃，更别怨恨，人生各异，每个人的命运截然不同。在这条崎岖的路上，我们仍然可以走出自己的康庄大道，虽然这条路要艰辛很多。

我能明白为什么有的孩子会选择自残、自杀，我有过类似经历，因此能理解那种绝望与无助。我知道你们需要爱和关怀，我很希望张开双臂去拥抱你们每一个人，但我做不到。我只能真实地写下自己的经历，并分享自己是如何一点点从自卑中走出来的，我希望这些文字能给你们走出绝望的力量。

在信念坍塌的时候，转念一想，我并不是一无所有，抬头便可见蓝天，低头就能看到争奇斗艳的鲜花和石缝里冒出的新芽……大自然随时在向我展示它的生命力。用你们的身体去拥抱大自然吧，它会给你们力量。

生命是一次艰难的旅行，如果我们无力改变现状，就试着去热爱不完美的生活吧！把生命中的坎坷当成磨炼，把痛苦当成收获，把眼泪当成财富，把生命的缺口当成生命的出口，把自卑、孤独、失落当成摆脱困境的动力，越是低落，越不能放弃对生的希望和对未来的追求。我们就像石头缝里的新芽长成参天大树一样，终有一天，小生命会绽放出大光彩。

每个人心里都有一块希望之田，请永远不要让它荒芜，也不要将它遗忘，谁知道明天会不会传来谷物的芬芳？

通过剖开自己，审视过去，我懂得如何生活，如何珍惜，如何去爱当下的一切。希望有一天，苦难也会成为你们的人生财富。

意识觉醒比教育本身更有意义，我不知道自己的经历是否能把你们从痛苦中唤醒，但我希望你们能够思考。生于黑暗的藤蔓，如何攀附光明？如何选择正确的人生道路？如何掌舵自己的命运？如何让自己变得强大？如何不让自己的下一代继续留守？我相信你们会摸索出答案。

衷心地祝福你们。自爱的人，才有能力更好地爱别人。

妹妹的来信

在读了《我从大山走来》的初稿后，我才意识到，我对如此亲近的姐姐知之甚少，即使我和姐姐生活在同一个家庭，流着相同的血液。我看到的永远是她的积极乐观，她总是能游刃有余地应对生活中的一切。那时的我还不懂，这个站在我面前的人，曾经是怎样一次次向生活抗争。

我和姐姐相差 13 岁，在我上小学时，她已离开家去上大学了，我们的生活交集不多。妈妈说，我小时候，都是姐姐给我熬鱼汤、洗尿布，我完全没有印象。

我记得，在我小学毕业后，姐姐在北京的工作刚稳定，便接我去了北京。那是我第一次坐飞机，在万米高空中，看到夕阳西下。飞机在北京上空盘旋时，我看到了夺目璀璨的城市灯光。姐姐用她别样的方法，告诉我学习的意义、奋斗的意义。

上大学这些年，无论我想做什么，无论是爬山、摄影、插花，还是一个人去旅行，去外面探索神奇的世界，只要我有想法，姐姐都会鼓励我，她告诉我：有想法就去做。这句话，给了我无穷动力。姐姐身上好像有神奇的魔法，她总能让我振奋起来。

姐姐当了妈妈后，我常发自内心地感叹：她真是一位好妈妈！在我外甥发脾气甚至无理取闹的时候，姐姐都给予他充分的发泄时间，还会给他一个爱的抱抱，然后才去讨论事情的对错。小外甥上幼儿园和回家的第一时间，永远都会收到一个拥抱。五岁的小外甥关心人的能力，早已强过我这个成年人。

《战国策》云："父母之爱子，则为之计深远。"事实上，很多父母是不合格的，他们错误的养育方法，给孩子带了巨大的伤害。孩子不是给一口饭就行，他们更需要关爱。

如果以后我有幸成为一名母亲，也会像姐姐这样爱孩子：绝对不是简单地满足孩子吃喝上的需求，而是给孩子最温暖的拥抱、抚摸，让他感知爱，给他足够的安全感。

看完姐姐的书稿，我才真正明白她的乐观不是天生的。在经历一次次生活的磨难后，她一次次顽强地站起来，乐观成为她一次次打败困难的属于胜利者的奖牌。现在的她，变得从容、平静。

和姐姐相处久了，我发现她有独立的思想，乐于一次次重塑自己，不拒绝各种可能性，无论多忙，她都坚持学习。从她身上，我也看到了自己的可能性。我想这本书的意义也在于此，帮助每个人遇见更好的自己。

后　记

在政府的带领下，2020 年我国农村贫困人口全面脱贫。我去农村走访时，也看到了新农村的新面貌，但留守儿童并没有因为贫困的消失而消失。有数据显示，截至“十三五”末，全国共有农村留守儿童 643.6 万名，这是一个庞大的群体，每一名留守儿童都在等待拥抱和关爱。希望大家透过我的故事，能看到需要被关爱的千千万万名留守儿童。

我从 2016 年开始资助留守、贫困儿童，不只是物质上的帮助，还有精神上的支持。虽然我的努力只是杯水车薪，但越来越多的人跟我站在一起，齐心协力去帮助大山里的孩子，在此我向他们表达我的谢意，谢谢大家的信任和坚持。希望孩子们在同心结项目的帮助下能找到人生目标，迈向更加光明的人生。

希望全天下的父母在看到这本书时，能停下脚步去陪伴一下自己的孩子，听听孩子内心的呼声。我呼吁社会上的爱心人士关心弱势群体和边缘群体，我希望大家在看到社会底层的人时，用最大的善意去包容他们、接纳他们、关爱他们，因为来自社会的负面情绪，最终很有可能会发泄到留守儿童身上。

我从新闻上看到过一个真实的案例：一名极其渴望爸妈回家的留守儿童在村口张望，等待外出打工的爸妈回家。而爸爸惨遭老板拖欠工资，见到村口等待的儿子后，没有嘘寒问暖，只知道问孩子的成绩。孩子不高的分数瞬间惹怒了原本就窝火的爸爸，他极为愤怒，对孩子拳打脚踢。孩子的满心期待变为一顿痛打，他当晚投河自尽。

这样的案例屡见不鲜，我或许还没有那么大的号召力和能力去解决社会问题，但我仍然要呼吁：请大家用最大的善意对待生活在社会底层的人。不要当悲剧的助推者，留守儿童不应该成为社会的末端受害者。

整本书的创作基于大量的真实故事，但也进行了文学加工。书中提到年幼时与堂姐们发生的不愉快，并不是想借文字去报复她们，只是还原当年的真实情况，便于读者了解我的心理状况。虽然她们的很多做法对幼年的我造成了一些影响，但这也成为我努力的动力，我不会违心地说感谢，但早已选择原谅。

爸妈也是我书中的主角，他们文化程度不高，普普通通，承担了很大的生活压力，我们之间有很多矛盾和冲突。他们没有至高无上的权力、没有可以挥霍的财富、早期也没有养育孩子的经验，更没有可以引导我成长的学识，我的故事中他们不完美，但他们也在成长。父亲从农村走出去，努力挣脱命运的束缚，他的精神一直在影响我。

原生家庭是一个沉重的词，有部分心理学家把所有的问题归因于原生家庭，不得不说，我也受原生家庭的影响，但我相信一个人如果足够强大，有自省能力，是可以从原生家庭的影响中走出来的。

书中提到的故事大多比较凄惨，我有意放大了这些矛盾点，希望读者能透过我的故事，看到现实生活中千千万万名留守儿童，明白陪伴孩子的意义。

故事中不堪的一面，比如偷东西，比如不敢在同学面前认出捡垃圾的外爷……讲述这部分故事，需要莫大的勇气。我坦诚地讲出自己的过去，是希望孩子看到一个不完美的我，明白即使曾经犯过错，也有改过自新的可能，有改过向善的可能。任何人都可能会犯错，任何人都有可能被别人的价值观影响，当你在家里或学校不被肯定，在人群中不受欢迎，感觉自己与别人格格不入时，请不要怀疑自己。面临任何情形，我相信每个人内心都有两个自己在打架，人的本性是向善的，你内心的天使一定会打败内心的魔鬼。即使犯错，也请试着从过去的错误中走出来，如果深陷其中，那就奋力从深渊里爬出来，向阳光处走去。

关于月经的故事，这部分我犹豫再三，但留守儿童的生理教育、性教育也是值得关注的话题，我希望让更多的人看到现状，因为有很多正值青春期的留守女孩，我期望与她们交流更多类似的话题。

本书中用了大量的真实故事，我担心出版后会影响自己的生活，但最终仍决定讲自己的故事。我想用自己的故事告诉读者：苦难是一把双刃剑，在从泥潭中走出来的过程里，苦难会升华成为人生的一笔宝贵财富。如果不是我见过现实中住在寒酸的屋舍、生活困难的孩子，以及众多生活无所依靠却依然拼搏奋进的人们，我一定不会像现在这样珍惜生活，我应该感谢那些努力又可爱的人们，谢谢你们给我力量。所以，我应该坦然面对一切。

我想感谢一路走来的朋友，感谢你们点亮我的人生；感谢家人的支持，是你们坚定了我出版此书的信心；感谢曹顺妮老师在创作过程中的帮助和指导；感谢好朋友蔡薇给了我很多创作灵感，当我冒出写书的想法时，她拍手叫好，一直支持我；感谢一直鼓励我的汤寻芳……还有很多值得感谢的朋友，这里不再一一罗列，你们永远在我心中。

感谢我思想的缔造者——爷爷奶奶，是他们让我有一种永不低头、永不服输、坚韧不拔的精神。

最后，我还想谢谢自己，生命光彩的绽放，除了命运的垂怜和运气以外，自我觉醒和反思也极其重要，而勇气是我披荆斩棘的武器。过去我没有虚度光阴，现在我还会继续探索、学习、求知，未来的生活一定还会面临各种问题，但我内心已无所畏惧，愿意接纳一切无常。

在撰写此书过程中，很多记忆片段就像放电影一样在我脑海里闪烁。在这部电影中，苦难化为财富。

小时候唯一一张全家福

高中时期的自己

上大学时的我

刚刚参加工作

重新背上小背篓

我和奶奶

部分接受同心结资助的孩子

给清华信息艺术设计系的学生讲课

在慕尼黑公司总部，获得慈善杰出贡献奖